Geneviève Senger

La Mémoire du lièvre

rom

Cette édition de *La Mémoire du lièvre*
est publiée par Succès du Livre Éditions
avec l'aimable autorisation de Pygmalion, département de Flammarion

ISBN 13 : 9782738223104

A la mémoire des Malgré-Nous,
et, parmi eux, à celle d'Achille Ehret,
mon oncle, disparu dans les steppes russes.

Il fait beau comme jamais,
Un temps fort comme une femme,
Un temps à damner son âme,
Un temps à ne pas mourir,
Un temps à craindre le pire,
Il fait beau comme jamais.
...

Louis Aragon

I

ASSIS EN PLEIN CENTRE du taillis il regarde la lune à travers les branches épineuses des acacias. Sans doute attend-il le lever du jour, les premières lueurs du soleil qui déjà pointent au-dessus de sa tête, ou peut-être attend-il quelqu'un et il a très bien pu patienter toute la nuit, insensible à la fatigue, au temps, au désespoir. Quelqu'un, sans aucun doute. C'est là l'unique raison de sa présence têtue, silencieuse. Mais à présent que la nuit recule, l'animal commence à s'agiter, de brèves saccades dans les épines lui arrachent des poils, puis il s'immobilise à nouveau et darde sa petite tête vers les ultimes étoiles qui se diluent à l'horizon.

C'est un beau lièvre, dans la force de la jeunesse, plein de sève et de vigueur, à l'image de sa forêt, en harmonie avec les bouleaux, épicéas, hêtres, charmes et merisiers où il a grandi. Rien jusque-là ne l'a arrêté dans sa croissance. Il doit avoir deux ans.

Dans un mouvement brutal, il traverse le buisson et s'élance sur la frange sombre du macadam. Jamais encore il n'a traversé la route. Jamais même il n'y a pensé.

Agathe Lolla lève le pied, écrase la pédale de frein, se raidit comme pour repousser le lièvre qui vient d'apparaître dans les lumières de sa voiture.

Il gît maintenant les quatre pattes en l'air, la tête brisée, à peu de distance de l'endroit d'où il est parti, à mi-chemin entre les deux fossés.

Pourquoi a-t-il quitté son abri de feuilles et de branches ?

Stupide bestiole, murmure Agathe en sortant de la voiture pour observer la tôle enfoncée : l'animal n'y est pas allé de main morte. Elle a pourtant tout fait pour l'éviter et il n'a pas saisi sa chance, l'hésitation a eu raison de sa peau. La fourrure s'étale sur le macadam souillé de sang et Agathe maîtrise le réflexe de se pencher, de tâter le lièvre et de constater son décès du bout des doigts. Elle laisse échapper un petit rire nerveux. Déformation professionnelle. La mort finalement est son métier.

D'un geste vif, elle s'empare de l'animal et l'expédie dans le buisson que le hasard l'a empêché d'atteindre.

Elle remonte dans sa voiture, s'assied devant son volant et tripote les boutons du radiocassette. La voix pure et vibrante de Sinéad O'Connor s'élève dans l'habitacle. La nuit n'a pas fini de se dissoudre, le jour semble hésiter, on est en pleine incertitude.

Machinalement, Agathe fouille dans sa poche, en remonte quelques cacahuètes qui poissent ses doigts de sel et d'huile. Elle les lèche lentement, consciencieusement, jusqu'à ce que les derniers débris aient disparu. Puis elle remet le moteur en marche et la voiture s'éloigne, laissant le lièvre se putréfier dans les feuilles mortes. Elle imagine la scène macabre tout en roulant lentement, absorbée par sa vision, le lièvre se désagrégeant, dévoré par la chaleur, l'air et les insectes, se mêlant à la terre, s'incorporant à elle dans une étreinte finale. Des larmes se pressent sous ses paupières. Elle fulmine : Quelle incorrigible sentimentale tu fais, ma pauvre vieille ! Ce n'est qu'un animal et toi tu vois des signes partout, c'est le hasard qui a amené ce lièvre sous tes roues, une mauvaise conjonction de circonstances et voilà tout, pas de quoi en faire un plat.

Mais elle a beau se morigéner, elle n'arrive pas à se débarrasser de l'impression désagréable qui lui colle à la peau. Soudain, elle se sent moite, poisseuse sous son tailleur de lin vieux rose. Elle qui avait été si heureuse de cette mutation ! Et voilà qu'à cause d'un stupide incident de parcours elle se demande si elle a bien fait de l'accepter !

Avancer, elle avancerait encore, quoi qu'elle rencontre sur son chemin. La vie c'est le mouvement, murmure-t-elle en posant son pied sur la pédale d'embrayage.

Le panneau Kirchenfeld apparaît, fiché sur le bord de la départementale vide. Jamais elle n'aurait cru qu'elle arriverait si vite ! Elle a pourtant effectué de savants calculs sur la distance et le temps qu'il lui faudrait mais elle est en avance sur ses suppositions les plus optimistes. Quatre heures du matin, début juin, pas un chat sur le macadam, elle seule et ce foutu lièvre. Un lièvre amoureux, à coup sûr, sinon pourquoi se serait-il risqué sur la route ? Il avait reniflé la femelle et avait oublié de respecter la plus élémentaire prudence...

Elle est pratiquement arrivée. Rien ne presse, elle a tout son temps, trois heures d'avance. On ne débarque pas à l'aube, personne ne comprendrait son impatience et surtout pas son nouvel adjoint le lieutenant... comment s'appelle-t-il déjà ? Elle l'a eu au bout du fil la semaine précédente et il lui a annoncé :

— Nous habiterons le même immeuble, moi au rez-de-chaussée, vous au premier étage. Je vous attends pour sept heures, la cérémonie commence à neuf, vous aurez le temps de vous reposer une paire d'heures... vous vous plairez ici, l'endroit est idyllique... et je suis ravi de travailler avec vous, a-t-il ajouté, c'est la première fois que...

Il a hésité, comme pris de pudeur, et Agathe, gentiment, a complété la phrase en suspens :

— La première fois que vous aurez *une* capitaine ? Vous verrez, ce n'est qu'un mauvais moment à passer !

Il n'a pas ri, le lieutenant Albert, voilà ça lui revient, Albert Sama, qui la seconderait pendant les trois années qu'elle travaillerait à la brigade. Capitaine ! pour elle aussi c'est une première, son premier poste de capitaine en charge d'une communauté de brigades, la première fois qu'elle disposerait de son propre personnel, en l'occurrence le lieutenant Sama, deux secrétaires, un responsable du matériel et un autre de la messagerie, soit cinq personnes qui composeraient son environnement proche, sans parler des brigades elles-mêmes, dont la plus importante – là même où elle se rendait, à Kirchenfeld – comptait un major, un adjudant-chef, dix sous-officiers et trois emplois jeunes.

Et elle, à trente-trois ans – l'âge du Christ, pense-t-elle brièvement –, aurait à charge de mener tous ces hommes et femmes de main de maître ! En serait-elle capable ? Ces trois dernières années, elle a été l'adjointe d'un capitaine et désormais c'est à elle et à elle seule de porter le poids de plusieurs brigades.

— Nous avons beaucoup de dossiers, l'a prévenu son prédécesseur, mais essentiellement des affaires courantes, des vols, des cambriolages, des soucis de drogue et de racket au collège... j'ai axé principalement mon travail sur la surveillance des routes de rase campagne, j'avoue que ma préoccupation essentielle est d'assurer la sécurité. Vous n'ignorez pas, chère collègue, que nous déplorons soixante-seize pour cent de personnes tuées pour cinquante-deux pour cent du trafic et ce sont toujours des accidents graves, voire mortels.

Sa voix a imperceptiblement frémi. Il a achevé :

— J'en ai été moi-même victime, ma fille cadette a été happée par une voiture alors qu'elle marchait paisiblement au bord de la route...

Agathe freine brutalement. La Golf se range sur le bas-côté, dans l'herbe récemment tondue qui embaume le foin. La campagne, elle y est, même un coq gueule au loin, lançant son cri matinal dans le ciel qui s'éclaire.

Elle fouille dans le vide-poches. Il faut qu'elle la retrouve. Elle l'a jetée là, une réserve de musique qu'elle n'emploie qu'en auto, réservée aux voyages. Elle finit par la repérer, l'insère dans l'appareil et, s'obstinant à ramener de ses poches d'ultimes débris de cacahuètes, elle écoute en fixant les montagnes qui lui inspirent de vagues souvenirs de lac glacé et de limonade tiède. Jacques Brel, l'ultime album paru de son vivant, et le titre qu'elle préfère : *Le Lion et la Lionne*. « Vas-y pas Gaston... »

Le lièvre, le lion, toujours des histoires de cul.

Elle ferme les yeux et se demande pourquoi elle a tant espéré cette mutation et pourquoi maintenant qu'elle est arrivée à bon port elle ne parvient pas à en être heureuse. Qu'est-ce qui la chiffonne ? La mort du lièvre n'explique pas son malaise. Non, il s'agit d'autre chose, de plus profond. Peut-être la confidence faite par son prédécesseur qui avait perdu un enfant dans cette vallée et s'évertue maintenant à éviter d'autres drames. Oui, quelque chose la trouble, ou alors c'est simplement la joie de revenir chez elle après une longue absence. Elle a demandé cette mutation, bien qu'elle ne s'attendait pas à obtenir ce poste-ci, au fond de cette vallée-là, à l'endroit même où elle a connu les plus belles heures de son enfance et de son adolescence. Elle a cru que le hasard l'enverrait plutôt vers le nord, le Ried ou le vignoble, dans l'Alsace bossue ou dans les pâturages du Sundgau.

Elle réfléchit un long moment, assise devant son volant, avec Brel qui chante maintenant *Le Plat Pays*. Devant elle, les montagnes rondes des Vosges, le ballon d'Alsace qui ferme la vallée comme un couvercle hérissé de sapins sur ses versants et de chaumes vierges sur son dôme. Elle fixe le paysage qui se dessine dans la netteté du petit matin, débarrassé de ses brumes, presque irréel à force de clarté. C'est là qu'elle vivrait désormais, loin de ce qu'elle devait oublier.

— Ici, vous serez bien, lui a encore assuré l'officier qu'elle allait remplacer. Ici on tue peu, on y songe probablement mais on passe rarement à l'acte. Je n'ai eu qu'un seul homicide en trois ans, un crime passionnel... s'il n'y avait pas ces horribles accidents de la circulation, ce serait le paradis...

Elle a pris ces mots comme une promesse de vacances. Elle avait besoin de vacances. D'une certaine vacance aussi, dans sa vie, comme quelqu'un qui doit retrouver son souffle.

Elle a fait ses bagages, maigres ; elle n'aime pas les objets et encore moins les meubles, scotché ses cartons dans un état second, en oubliant de grignoter ses sempiternelles cacahuètes. Elle allait retourner chez elle, dans la vallée de son enfance, elle y reverrait la maison où elle avait passé les plus beaux étés de sa vie, le jardin où elle avait lu et rêvé et le cimetière où subsistait une tombe au nom de Lolla, un patronyme peu courant en Alsace et qui avait été fixé là par une tante. Comment et pourquoi la tante, qui était d'origine catalane et s'appelait comme elle Agathe Lolla, avait-elle abouti dans ce bout du monde, elle n'a jamais réussi à l'élucider.

Mais elle n'irait pas habiter la maison de ses vacances enfantines, qu'elle a gardée à la mort de sa tante, un appartement de fonction l'attend. Le camion de déménagement n'arriverait qu'en fin de journée, avec ses quelques meubles, pas de quoi remplir un F5 ! A Avignon, d'où elle vient, un de ses anciens collègues se chargerait de boucler son logement où le lendemain son remplaçant s'installerait. Aucune place ne reste vacante très longtemps, la gendarmerie est un rouage bien huilé.

Agathe remet le moteur en marche, écoute quelques secondes le ronronnement discret et lance la Golf sur le macadam en se disant qu'à défaut d'homicide ou d'affaire importante, elle aurait au moins un mystère à résoudre : celui de sa tante venant s'enterrer seule – Agathe ne lui a jamais connu de mari ni même de fiancé – dans ce bout du monde, sans que rien le justifie.

Ça me permettra d'oublier ce que je dois oublier, murmure-t-elle.

II

À LA MAISON DE RETRAITE de Kirchenfeld, dans la salle de soins, arrive l'heure de la passation des pouvoirs, le moment où l'équipe de nuit – composée de la seule Elisa – transmet à celle du jour – normalement au nombre de trois, mais pour l'instant il n'y a que deux blouses blanches sur place – les consignes sur l'état de santé des pensionnaires, la manière dont ils ont traversé la nuit, instants toujours pénibles voire dangereux quand la vie est sur le point de s'achever et que la mort profite de l'obscurité, et plus encore des petites lueurs de l'aube pour rôder autour des corps immobiles.

— La vieille n'a pas été trop chiante ? demande la plus jeune des aides soignantes de jour, dont le ventre indique une grossesse bien avancée.

— Quelle vieille ? Je te signale, Elodie, qu'ici il n'y a que des vieux et des vieilles, alors précise !

Elodie hausse les épaules qu'elle a étonnamment frêles, ou n'est-ce qu'illusion devant son ventre si imposant qu'il semble contenir une baleine ?

— L'ancêtre bien sûr ! Quand je dis la vieille, s'agit d'Agathe, la plus chiante, la plus chieuse, la plus emmerdeuse, la plus égoïste, la plus méchante...

— Chut, rigole Elisa, la garde de nuit, le directeur pourrait entendre. Il est déjà debout, il ne dort pas, ce type, il passe ses nuits à errer comme un fantôme. Quand je perçois un bruit je crois toujours que c'est lui... S'il se doutait que tu dis du mal de sa chère belle-mère, il...

— Il ferait quoi ? rétorque la jeune femme qui malgré son gros ventre n'a pas perdu sa vivacité de langage, avec tout ce qu'on sait sur lui, il peut se taire, il a trop de casseroles accrochées au cul et trop d'histoires louches sur la conscience, alors il préfère ne pas trop nous titiller... il est rusé, le vieux, il sait qu'on sait tout sur lui et sur ces petits trafics minables de meubles qui disparaissent dans les chambres des pensionnaires sans héritiers... sans parler de ses magouilles avec le cuisinier...

Un silence s'ensuit. Hector Höffel, le directeur, est un de ces êtres unanimement détestés, sans trop qu'on sache pourquoi. Lui-même n'est pas dupe des sentiments qu'il inspire et il se pose parfois cette question, sans en trouver la réponse. Alors, il a décidé qu'il était simplement victime de la jalousie. C'est, finalement, le sentiment le plus vraisemblable et surtout le plus universellement répandu. La jalousie ne gouverne-t-elle pas le monde encore plus efficacement que le cul ou le fric ?

Cependant, il est le directeur et ce n'est pas rien.

— Donc, récapitule Elisa, RAS sur toute la ligne. La nuit a été particulièrement calme, ils n'ont pas trop sonné, j'ai même été étonnée par leur silence... je m'attends au pire pour ce soir... en général quand ils se tiennent à carreau pendant une nuit, ils se déchaînent la nuit suivante.

Elle soupire, elle a l'air de quelqu'un qui échangerait bien son travail contre un autre, mais lequel ? Elle ajoute :

— Enfin je n'ai pas le choix, faut bien gagner sa croûte ! En tout cas, si je pouvais prendre ma retraite, je ne cracherais pas dessus !

— C'est pour moi que tu dis ça ? demande une troisième aide soignante qui vient d'entrer dans la salle de soins, en sueur et avec trois minutes de retard, ce dont elle ne songe pas à s'excuser.

— Pas du tout, Iris, pas du tout ! Tu as le droit de bosser jusqu'à quatre-vingts berges si le cœur t'en dit, s'empresse de prononcer Elisa. Seulement moi, je m'arrêterai avant ! Toi tu es une force de la nature alors qu'à quarante ans je suis déjà bourrée de rhumatismes...

Iris Haas hausse les épaules :

— J'aime mon métier !

Aucune des deux autres ne réplique. Elisa, sa blouse blanche dans les bras, se dirige déjà vers la porte en pensant au lit qui l'attend.

— Je commence par l'ancêtre, annonce Iris Haas de sa voix éraillée par une trop grande consommation de cigarettes.

Iris Haas, l'ancienne comme on l'appelle dans le service, a dépassé les soixante ans, mais elle pète la forme selon sa propre expression. Musculation, jogging, elle se soigne, de peur de ressembler prochainement à ces femmes dont elle a la charge... elle est brune et anguleuse, peut-être a-t-elle été jolie mais rien sur ses traits durs n'en témoigne. Pourtant, elle ne manque pas d'un certain charme, dû probablement à la vivacité du regard qui se pose sur vous sans ciller.

— Qu'est-ce que c'est que ce bordel ! Où elle est passée, celle-là ?

La voix est si forte, si impérative aussi, qu'Elisa déjà en train de franchir la porte d'entrée fait demi-tour et remonte en direction du second étage.

Elle n'est pas trop rassurée, quand Iris Haas se fâche, ça décoiffe et toutes ses collègues la craignent. L'ancienne a connu les heures de gloire de l'hôpital, elle a su se rendre indispensable et le directeur lui-même respecte son avis. Nés tous deux en 1943, ils ont gravi ensemble les échelons hospitaliers, elle en commençant sa carrière comme fille de salle et lui comme aide-cuisinier, des détails qui rapprochent. Et maintenant que, l'âge venu, ils pourraient prendre leur retraite et quitter l'hôpital, ils s'incrustent comme s'ils craignaient que l'établissement ne puisse survivre à leur départ.

— Il n'y a rien à voir, circulez.

La chambre de madame Agathe Weissberg, la belle-mère du directeur, est vide !

Personne en vue, seulement les objets qui composent le quotidien de madame Weissberg depuis la décennie qu'elle occupe les lieux, y déposant ses traces comme le temps dépose ses marques dans le paysage, en couches successives.

— Bizarre, remarque Elisa en désignant les paquets alignés contre le mur, d'habitude elle ne laisse jamais les couches traîner dans sa chambre, elle les range sous le lavabo, elle ne veut pas qu'on s'imagine qu'elle est incontinente...

Son regard désigne le coin salle d'eau séparé du reste par une mince cloison.

— Ça, ce n'est rien ! grince Iris, elle veut juste montrer qu'elle est madame Weissberg, la chef suprême des usines qui les fabrique... histoire qu'on n'oublie pas qu'elle est restée la grande bienfaitrice de la vallée ! Elle adore admirer son nom sur les emballages ! Non, ce qui me semble bizarre, c'est qu'elle ait retapé son lit, ça ne lui ressemble pas, elle est bien trop fière pour s'abaisser à ça !

C'est là une réflexion qui marque le pragmatisme d'Iris. Aucun détail ne lui échappe.

— Elisa, ajoute-t-elle, comment se fait-il que l'ancêtre ne soit pas dans sa chambre ? Tu peux m'expliquer, s'il te plaît ?

Sa voix est si inflexible, déjà chargée de reproches, qu'Elisa frémit.

— Elle était dans son lit quand j'ai fait ma ronde à cinq heures. J'en jurerais sur les Evangiles, déclare-t-elle d'un ton qu'elle essaie de rendre ferme.

— On ne t'en demande pas tant ! ricane Iris.

Les deux autres aides soignantes gardent prudemment le silence. Elisa reste plantée sur le pas de la porte, comme si son immobilité avait le pouvoir de faire apparaître la pensionnaire. Elle soupire, tout ce remue-ménage à cause d'une vieille qu'elle déteste, qui est détestable, comme presque tous ces morts en sursis qui hantent les halls, la salle à manger, les locaux conçus spécialement pour laisser passer les formes revêtues de tissu ample, de couleur souvent indéterminée, parfois chancelantes, dont les mains s'agrippent aux murs, pour chercher refuge dans ces odeurs incertaines de pisse, de Javel et de cire. Le caoutchouc qui peuple le coin du hall n'y a pas résisté ; les feuilles broyées par les mains hagardes, il offre un spectacle désolant de squelette déplumé.

— Pour le responsable, on verra plus tard, décrète Iris qui ne perd jamais le nord. Je fais le tour des piaules et vous, allez chercher dans le jardin ! Elle ne peut pas être allée très loin...

Elles obtempèrent sans broncher. Ce que l'ancienne décide ne peut être remis en question. Elles iront fouiller le parc, les bosquets et les massifs de rhododendrons. Iris se chargera du dedans, la maison de retraite et ses deux étages, fonctionnels, chambres alignées, salle de soins au centre, le bureau de l'infirmière à côté, mais cette dernière n'arrive qu'à huit heures, d'ici là on aura retrouvé l'ancêtre.

Encore que... Elisa a remarqué, elle non plus n'a pas les yeux dans ses poches, qu'Agathe Weissberg s'est habillée, puisque sa chemise de nuit repose sur sa couette, qu'elle a enfilé ses chaussures qu'elle laisse toujours au pied du lit et même pris son chapeau qui manque sur la table où il reste d'habitude pour la nuit. Même dans les couloirs de la maison de retraite, l'ancêtre ne quitte jamais cette coiffe qui la distingue des autres. Ne pas oublier qui elle est. Pas n'importe quelle petite vieille ! Une dame à chapeau ! La propre belle-mère du directeur, aussi haïe et crainte que son gendre, sinon davantage, indissociables l'un de l'autre dans les têtes un peu incertaines des pensionnaires. Certains même appellent le directeur monsieur Weissberg.

Des chambres surgissent à présent des têtes décoiffées, des bouches ridées, pâles dans la pénombre.

— Que se passe-t-il ? hasarde une petite vieille menue dans sa longue chemise de nuit, il y a tellement de boucan que ça m'a réveillée...

— C'est très bien, Mélanie, rétorque Iris, il est l'heure de se lever et de faire sa toilette. Au fait, vous n'auriez pas entendu de bruit ce matin très tôt provenant de la chambre de votre voisine ?

— D'Agathe ? Vous savez bien, Iris, que je prends un somnifère, sinon je passe une nuit blanche... je n'ai rien entendu... Pourquoi me demandez-vous ça ? Elle est tombée de son lit ?

— Elle n'est pas dans sa chambre, jette Iris, elle est sûrement allée faire une balade...

— Une balade ! Mais elle ne sort jamais avant dix heures ! Et elle prend toujours son petit déjeuner à sept heures quarante-cinq tapantes.

Exact, reconnaît Iris, Agathe Weissberg est toujours fidèle à ses habitudes, à dix heures, elle franchit la porte, prête à traverser la journée de son pas allègre, sous le couvert de son chapeau qu'elle arbore dès le matin, été comme hiver, indifférente aux saisons. Inaltérable et éternelle comme l'espérance.

Dans le parc, Elisa se mouche bruyamment dans un Kleenex qu'elle a extirpé de la poche de sa blouse encombrée de clefs, de ciseaux, de pinces Kocher (pour clamper les sachets à urine) et de somnifères encore emballés qu'elle a l'habitude de distribuer aux insomniaques pendant ses rondes de nuit. Elle a souvent la main lourde, un patient qui dort ne sonne pas...

Elisa, Elodie et la troisième blouse blanche se sont partagées le parc qui entoure à la fois les bâtiments anciens de l'hôpital rural et ses deux étages de pensionnaires en long séjour et la maison de retraite à l'architecture moderne, béton et baies vitrées, qui date d'une vingtaine d'années.

Elisa en train d'écarter les fleurs rouges des rhododendrons soupire : si on ne retrouve pas la belle-mère du directeur, il y va de sa peau, à elle, la veilleuse de nuit qui n'a pas su protéger ses ouailles, qui en a laissé échapper une et pas n'importe laquelle, la plus précieuse. Iris, cette salope, s'acharnerait sur elle jusqu'à ce qu'elle craque et démissionne, vaincue par la coalition qui ne manquerait pas de se dresser contre elle. Toute l'équipe soignante craint l'ancienne et plie devant elle. Il n'y en a qu'une qui lui tient tête, droite sous son chapeau qu'Iris tente de lui faire quitter pendant les repas, sans jamais y parvenir. Agathe et Iris, un combat de coqs qui dure depuis le jour de l'installation de la vieille dame à la maison de retraite. Et qui n'est pas destiné à s'achever avant la mort de l'une des deux combattantes.

Iris a toujours réussi à faire la loi, murmure Elisa en marchant vers le petit bois de hêtres qui clôture le parc à l'arrière, mais là elle est tombée sur un os. La disparition de l'ancêtre va lui retomber dessus et elle va commencer à en baver, ce n'est que justice.

Elle sourit quand elle se souvient brusquement, dans un brouillard vague causé autant par la bière qu'elle a bue au fond de sa salle de soins que par l'absence de sommeil, qu'elle seule a permis ce désordre, qu'elle seule a laissé s'échapper la poule aux œufs d'or – qui avec « ancêtre » est le second surnom d'Agathe Weissberg, dont le patronyme signifie plus prosaïquement « la montagne blanche ».

La montagne, apparemment, s'est mise en marche.

Elisa essaie de se rappeler le déroulement de cette nuit mais elle doit bien avouer, en son for intérieur, qu'elle ne se souvient absolument pas d'avoir poussé ou non la porte de la chambre de la montagne blanche. Elle a pu le faire, comme elle a pu ne pas le faire. Rien n'est sûr, sauf qu'elle a vidé quatre canettes de bière et jeté les bouteilles au fond du container dans la cave.

— On n'a rien trouvé, annonce Violette, la troisième aide-soignante, une femme d'une trentaine d'années à l'air doux et soumis, je vais voir si Iris a besoin de nous à l'intérieur... Quelle journée ! Je me suis dit ce matin en me levant que ça commençait mal... Eh bien je ne me suis pas trompée...

Au moment de se glisser sous la couette, Elisa se souvient brusquement : oui, à cinq heures elle est passée devant la chambre de l'ancêtre sans même jeter un regard sur la porte, pressée de finir sa tournée, de retourner s'asseoir dans la salle de soins et de feuilleter son magazine.

Donc madame Weissberg pouvait avoir quitté la maison de retraite depuis belle lurette, plus précisément entre minuit – lors de sa ronde précédente – et sept heures du matin.

Et disposer ainsi de sept heures d'avance sur ses poursuivants.

Un laps de temps où tout peut arriver. Sur cette conclusion Elisa ferme les yeux pour sombrer dans un sommeil tourmenté où Agathe Weissberg déambule dans les couloirs de la maison de retraite en chemise de nuit déboutonnée, décharnée, cheveux dénoués, sans chapeau, visage hagard et murmurant « pardon, pardon » d'une voix suppliante.

Dans son rêve, Elisa se demande ce qui a bien pu provoquer cette métamorphose. Quel secret douloureux madame Weissberg enfouit-elle au plus profond d'elle-même ? De quelle action ignoble s'est-elle rendue coupable pour implorer ainsi le pardon ?

III

A SEPT HEURES TAPANTES, la capitaine de gendarmerie Agathe Lolla s'arrête sur le parking de la gendarmerie, éteint le moteur et prend sa valise dans le coffre de la voiture. Une seule valise. Même pas de quoi remplir le coffre de la Golf.

Sa valise à bout de bras, elle se dirige vers le lieutenant Albert Sama qui avance maintenant vers elle en souriant, très grand dans son uniforme impeccablement boutonné, la casquette bleue bien en place sur les cheveux noirs coupés ras. Au moins cinq centimètres de plus que mon mètre quatre-vingts, pense-t-elle rapidement, ça va être l'association de deux géants !

— Je vous souhaite la bienvenue, mon capitaine, déclare le géant en tendant la main. Vous avez fait bonne route, j'espère ? Pas d'incident ?

— Si, répond-elle dans un élan, j'ai tué un lièvre.

— Si c'est un lièvre, ce n'est pas si grave ! Une nuit, une laie, sur une route départementale, qui traversait avec ses petits, m'est rentrée dedans de plein fouet. Un vrai carnage, autant pour elle que pour ma pauvre voiture qui n'a pas résisté au choc... Ce n'étaient que des dégâts matériels... Pour votre Golf, reprend-il en désignant le pare-choc enfoncé, il y a un bon carrossier à Kirchenfeld...

Il a donc remarqué... l'œil minutieux, le grand Albert...

— On m'appelle Al, en général, et maintenant je vous laisse entrer en possession de votre logis, je dois préparer le petit déjeuner des enfants, ma femme travaille...

— Allez-y ! Je me débrouillerai seule...

Elle n'ajoute pas « j'ai l'habitude » mais elle le pense.

Sa valise à la main, elle n'a plus qu'à grimper les marches qui mènent à son appartement de fonction. La clef que lui a remise le lieutenant fonctionne.

Elle est dedans : tout est vide. Elle pose sa valise dans le hall et traverse les pièces qui lui semblent immenses, trois chambres à coucher qui donnent sur l'arrière, et un séjour de trente mètres carrés environ, carrelé de tommettes rouges, qui ouvre sur la rue. La cuisine est semi-équipée : quatre plaques de vitrocéramique, un four traditionnel, mais ni micro-ondes ni machine à laver la vaisselle. A quoi lui servirait cet engin ? Elle n'a, dans le pire des cas, qu'une assiette à laver. Et elle n'aime pas cuisiner.

Elle ouvre la fenêtre de la pièce qu'elle vient de choisir comme chambre à coucher et s'accoude sur le rebord pour observer la cour qui s'anime. Les garages ouverts sont occupés par les voitures de fonction. D'autres emplacements sont destinés aux voitures particulières du personnel. Elle embrasse du regard l'espace où on est en train de placer des tables, ou, plus exactement, des châssis et des planches en bois recouvertes de nappes en papier sur lesquelles on pose des verres et des raviers. Cette agitation lui est destinée, n'est-ce pas sa nomination qu'on fête ? Bientôt, va débarquer le gratin de la région, les autorités civiles entre autres qui prononceront des paroles de bienvenue rituelles et s'empresseront de la jauger. Quelle impression leur donnera-t-elle ?

Elle s'écarte de la fenêtre et fouille dans la valise qui attend à même les tommettes du hall. Elle en sort son uniforme de cérémonie, et se rend dans la salle de bains où elle prend une douche rapide avant d'enfiler la chemise blanche, la jupe et la veste marines qui arborent les trois barrettes indiquant son grade. Elle les caresse du bout des doigts d'un geste machinal. Si seulement ses parents étaient là ! Son père surtout, le réfugié catalan si fier d'être devenu français aurait été heureux de voir sa fille unique officier dans l'armée de son pays d'adoption. Mais son père et sa mère sont décédés et il ne lui reste qu'une vague cousine à Barcelone, qu'elle ne connaît pas et à qui elle a oublié de signaler sa promotion.

Elle sera seule, face à ceux avec qui elle sera obligée de vivre ou du moins de travailler.

Elle chausse des mocassins à talons plats en omettant, comme dans son ancien appartement, de fermer la porte à clef. Elle descend dans la cour. Il est neuf heures tapantes sur la montre de son poignet, le dernier cadeau de son père.

— Il provient de la cave viticole d'Eguisheim, je parle du crémant. Quant à moi, je suis votre secrétaire, adjudant Victor Leroux à votre service mon capitaine. Je suis né à Rennes... Les Alsaciens et les Bretons s'entendent bien, question têtes dures, on n'a rien à s'envier.

L'adjudant remplit le verre d'Agathe. Elle vient de serrer des quantités de mains, préfet, maire, secrétaire de mairie, capitaine des pompiers, pharmacien, médecins... et a essayé de mémoriser les fonctions et les noms de ces gens qui maintenant, tout comme elle, boivent le verre de l'amitié dans la cour bruissante de monde.

Juste récompense au discours du préfet suivi de celui du colonel, qui, heureusement, ont été brefs, chacun se contentant de souhaiter la bienvenue à l'officier.

« Dans cette vallée autrefois prospère grâce à ses indiennes, a dit le préfet, une vallée tournée résolument vers l'avenir et vers l'Europe où il fait bon vivre dans l'air pur des épicéas... »

Il avait conclu sur une envolée lyrique avant de laisser la parole au colonel qui, lui, avait été plus pragmatique.

Des enfants, certainement ceux des gendarmes, courent après un ballon. Elle se rappelle qu'on est mercredi, jour sans école. Pour une célibataire sans enfant, que signifie un mercredi ?

Au moment où Agathe repose le verre de crémant pour puiser dans le ravier de cacahuètes, un gendarme surgit du bâtiment et se dirige vers elle.

— Désolé de vous interrompre, déclare-t-il en lorgnant les fruits secs qu'Agathe enfourne dans sa bouche, je viens de recevoir un appel téléphonique du directeur de la maison de retraite. Il m'annonce qu'une de ses pensionnaires vient de disparaître. Elle n'était pas dans sa chambre ce matin à sept heures lorsque la relève est arrivée, ils ont pensé qu'elle rentrerait d'elle-même, ils ont juste cherché un peu dans la maison de retraite et dans le parc, puis ils se sont décidés à nous alerter. Bon, c'est ce qu'ils auraient fait de toute façon pour n'importe quel pensionnaire, mais il s'agit de madame Weissberg qui...

— Est la fondatrice du groupe Peaunette, complète le préfet, le verre à la main, c'est bien à elle que je pensais tout à l'heure en parlant de la prospérité de la vallée, elle doit avoir plus de quatre-vingts ans à présent... une vieille dame si je m'en souviens bien. Quand je l'ai vue pour la dernière fois à l'enterrement de son mari, elle avait encore fière allure...

Agathe porte machinalement les yeux sur son poignet : sa montre indique dix heures.

Elle sent sur sa peau le regard du colonel qui commande le groupement 68, et peut-être à cause de ce regard un peu trop insistant, elle se tourne vers le lieutenant Sama :

— Je suis contrainte de vous arracher à la fête. Préparez une voiture ! Je vous rejoins dans cinq minutes. Envoyez déjà deux gendarmes pour dresser l'état civil de la...

Elle hésite, ajoute :

— De la fugueuse. Il est prématuré de parler de victime.

Quatre minutes plus tard, vêtue de son uniforme de travail, pantalon, polo bleus à manches courtes et veste d'été, elle s'engouffre dans la portière restée ouverte. Le lieutenant démarre.

Agathe Lolla, dans son poste précédent, a beaucoup travaillé sur des dossiers de fugueurs mais il s'agissait pour la plupart d'adolescents qu'on retrouvait terrés dans des cabines téléphoniques, au fond de squats infâmes, ou parfois en pleine rue, sur les trottoirs. Ces gamins paumés, elle a appris à les comprendre et à les aimer. Elle n'était pas beaucoup plus âgée qu'eux, elle était encore capable d'entendre leur colère, leurs refus, leur soif de vivre aussi. Elle avait même suivi un cycle axé sur le mal-être des adolescents qu'animait un célèbre pédopsychiatre marseillais.

Mais la disparition d'une pensionnaire de maison de retraite n'a que peu de points communs avec celle d'un ado. Contre quoi peut se révolter une petite vieille ?

— Que pensez-vous de cette fugue, Sama ?

Le lieutenant hausse les épaules :

— Maladie d'Alzheimer, sans doute ! Il arrive souvent que les personnes âgées quittent leur domicile et ne sachent plus comment rentrer chez elles... On les retrouve en général assez vite, elles ne se planquent pas, elles se contentent de marcher droit devant elles, comme si elles savaient où elles vont mais elles ne savent pas, elles marchent c'est tout. Elles ne rouspètent pas quand on les ramène au bercail, et quelques jours, semaines ou mois plus tard, elles récidivent... Pour madame Weissberg, c'est une première, comme quoi la maladie n'épargne personne, même pas les riches.

Agathe Lolla ne rompt pas le silence qui vient de s'installer dans la voiture, trop occupée à freiner les battements de son cœur qui cogne entre ses côtes. Madame Weissberg ! Un nom qu'elle a souvent entendu, petite fille, dans la bouche de sa tante. Agathe Weissberg. La patronne des filatures d'indiennes reconverties depuis deux décennies en usines de fabrication de couches, Agathe Weissberg, la toute-puissante...

Sa tante, encore une Agathe, l'adorait.

Elle n'a jamais eu l'occasion de rencontrer madame Weissberg mais elle en a tant entendu parler – en fait la tante Agathe ne parlait de cette dernière que comme si elle avait à elle seule peuplé toute la vallée depuis Kirchenfeld jusqu'au sommet du ballon d'Alsace – qu'elle a l'impression d'en être proche, comme un membre de sa famille, elle qui a si peu de famille.

Et voilà que madame Weissberg choisit le jour de son arrivée pour disparaître dans la nature !

Pourtant si les souvenirs des histoires racontées par la tante sont justes, madame Weissberg n'est pas du genre à fuguer ! A se mettre en colère oui, mais pas à fuir ! Plutôt à faire face, à affronter, à vaincre... Alors quelle mouche l'a piquée pour qu'elle s'enfuie au lever du jour ? Fait-elle partie de cette catégorie de petits vieux que vient d'évoquer le lieutenant, qui marchent droit devant eux, sur une route rectiligne ?

« Quand on ne sait pas quoi faire de sa vie on marche. » Dans quel roman a-t-elle lu cette phrase ?

— Peut-être Agathe Weissberg ne sait-elle plus quoi faire de sa vie, alors elle marche... ou, au contraire, sait-elle ce qu'elle veut et est-elle partie pour accomplir sa mission.

Mais ces deux hypothèses, elle les garde pour elle. D'ailleurs, ils sont arrivés.

*

Hector Höffel, directeur de l'hôpital ainsi que de la maison de retraite, n'ignore pas que le chef de la communauté de brigades vient d'être remplacé par une jeune femme. Lorsque le maire, pharmacien la semaine et artiste peintre le dimanche, lui a annoncé la nouvelle, il a commencé par en rire. Une femme ! N'importe quoi ! Il n'est pas idiot au point de ne pas connaître l'existence de ces phénomènes mais, jusqu'à ce jour, la vallée a échappé à toutes les grandes mutations sociales. Même les maisons nouvellement construites se calquent sur un automatisme rassurant pour leurs voisines plus anciennes. A Kirchenfeld on n'aime pas la nouveauté. On a des racines et des habitudes. Les deux sans doute vont de pair. Et puis voilà que la région allait être gouvernée par une femme de trente-trois ans ! Pourquoi pas une femme président de la république ! Absurde et inconvenant.

Sauf que l'arrivante est jeune, et même si elle était laide – dans la tête d'Hector Höffel on ne peut être à la fois intelligente et belle – une poupée bien fraîche n'est pas un lot à dédaigner. Il a culbuté bien des femmes, il a beaucoup recruté parmi son personnel, des gamines qui espèrent un travail qu'il leur accorde, ou une titularisation qu'il leur concède, mais de gendarmette et qui plus est une gendarmette venue d'ailleurs, jamais.

Depuis quelque temps il a envie de chair fraîche, c'est donc avec un sourire de prédateur qu'il reçoit la capitaine.

— Merci de vous être déplacée personnellement..., capitaine, hésite-t-il à prononcer, c'est la première fois qu'il se trouve en présence d'une femme gendarme et officier, ces deux noms n'étant pas féminisables mais neutres et asexués. Est-ce pour cette raison que la jeune femme enfouit ses appas roux et luxuriants sous son uniforme ? Malgré les cheveux lourds ramenés sagement sur la nuque, malgré l'absence de maquillage, la beauté d'Agathe Lolla est si manifeste qu'elle vous éclate en pleine poitrine. Le vieux renard qu'est Hector Höffel se lèche les lèvres qu'il a fines. La poulette a beau cacher son sexe et ses seins sous cet uniforme, il renifle la femelle comme les bergers allemands reniflent la drogue dans les aéroports.

Il se lèche donc les lèvres dans un tic qui s'empare de lui dès qu'apparaît une femme belle, jeune et appétissante. Alléché, il l'est, par cette longue rousse à la poitrine que la veste contient à peine. Elle est plus grande que lui, qui est plutôt trapu et bedonnant, et les quelques kilos de trop qui enrobent agréablement Agathe lui paraissent de bon augure. Hector se méfie des maigres, ce qui ne l'empêche pas de coucher avec elles, peut-être justement pour les mettre hors d'état de nuire. Il s'imagine qu'une femme qui est passée sous lui – ou plus précisément sur lui, il affectionne certaines postures – lui sera fatalement soumise.

— Ma secrétaire est déjà en train de fournir les détails d'état civil à vos deux gendarmes, que puis-je vous apprendre de plus ?

— Parlez-moi simplement d'elle !

Les yeux qui se sont perdus au niveau de la poitrine de son interlocutrice remontent d'un cran et rencontrent le regard de la jeune femme assise en face de lui, dans le bureau qui n'a rien de directorial, hormis les deux fauteuils face à face. Un capharnaüm encombre la pièce où le soleil chauffe le bois sur lequel les dossiers en attente semblent enfoncés dans une léthargie dont rien ne peut les extraire, et surtout pas la volonté de celui qui en a la charge, Hector Höffel, qui n'attend plus qu'un événement : la retraite. Retraite dans laquelle il aurait déjà pu se prélasser mais qu'il n'a pas demandée. Au fond, sa seule retraite c'est son bureau, à l'intérieur de la maison de retraite. Dehors, il y a sa femme, la fille aînée d'Agathe Weissberg. La fille de la montagne blanche. Ce n'est pas peu dire.

— Comment ça ? hasarde-t-il, décontenancé.

Agathe répète la question d'une voix posée, sur le ton calme qu'elle employait avec les jeunes fugueurs lorsqu'elle les avait sous la main, sous les yeux plus exactement. La peur, voilà l'ennemi. Il faut rassurer, encourager, apaiser, lentement, en prenant son temps, tout son temps.

— Parlez-moi d'elle de manière naturelle, sans essayer de faire le tri dans ce qui vous vient à l'esprit, spontanément quoi. Pour l'état civil, je verrai plus tard...

La main du directeur s'attarde dans ses cheveux plaqués sur le sommet du crâne. Très peu de cheveux, d'ailleurs. Il aime cette voix mélodieuse et tendre qui lui rappelle quelqu'un mais qui ?

— Elle était riche.

Agathe, qui pense que rien ne peut plus l'étonner, réprime un battement de cil. Il reprend en se grattant le crâne :

— C'est comme ça qu'elle disait à qui voulait l'entendre, surtout ces derniers mois où elle semblait parfois dans la lune. Elle n'était plus aussi affûtée qu'avant, plus aussi vive. Elle disait plusieurs fois par jour : « je suis riche. » Ça changeait des autres pensionnaires et de leurs sempiternels « je suis fatiguée, je suis malade, je suis cancéreuse... ». Elle, elle était riche. C'est comme ça qu'elle se voyait, qu'elle se définissait si vous préférez. Et puis elle ne mentait pas, elle était vraiment riche, elle possédait un patrimoine important, elle payait l'impôt sur les grandes fortunes, elle pouvait exaucer ses moindres désirs.

Il se rengorge, fier d'avoir réussi à épater la poulette.

Agathe laisse un silence de quelques secondes emplir le fouillis pharaonique qui l'entoure, puis elle remarque d'un ton bienveillant :

— Vous parlez de votre belle-mère à l'imparfait qui est un temps du passé, si j'en crois mes souvenirs scolaires. Pourquoi ? Craignez-vous qu'elle ne soit décédée ? Car le passé ne peut s'appliquer que dans ce cas précis. Pour qu'il y ait passé, il faut qu'il y ait mort. Et jusqu'à présent rien ne peut étayer cette hypothèse.

Hector ramène sa main sur le bureau où elle s'empare du stylo plume. Ces considérations sur le temps méritent réflexion. S'est-il trahi en employant cet imparfait ? Ou a-t-il simplement exprimé un désir enfoui ? (Inconscient étant un mot dont le vocabulaire d'Hector, malgré son statut de directeur d'un établissement hospitalier, est dépourvu.)

— Je ne l'ai pas fait exprès, s'excuse-t-il en laissant son regard retomber sur la poitrine de son vis-à-vis féminin, tellement féminin que l'uniforme soudain semble moins austère, rempli par des formes alléchantes, rondes et douces, qui contrastent avec l'aspect brutal du tissu. Je crois que j'ai toujours parlé d'elle au passé.

Cette révision des temps de l'indicatif lui paraît soudain parfaitement déplacée.

— Et puis, continue-t-il en dévissant d'une main automatique le stylo plume, qu'est-ce que ça veut dire ? Je ne l'ai pas tuée, je ne sais même pas où elle se trouve. On a fait tout ce qu'on pouvait, plaide-t-il en plantant soudain ses yeux bruns d'une banalité exemplaire dans ceux de la jeune femme, on n'a rien à se reprocher, elle occupait, enfin elle occupe (putain de langage) les deux plus grandes chambres, un privilège. On lui sert le petit déjeuner au lit, comme à une reine, et le plateau-repas quand madame l'exige. Tout, je vous l'assure, on a toujours tout fait pour elle. Sinon elle ne serait pas restée à la maison de retraite, elle serait rentrée au manoir et ça franchement, entre nous, je n'y tenais pas trop. Vous comprenez, j'y habite, moi, et je dois déjà me coltiner mes deux belles-sœurs et ma nièce, la belle-doche par-dessus ça fait un peu *too much*, comme disent les jeunes.

— Bien.

Il sursaute. Exactement la voix de la maîtresse devant le tableau quand il avait fait juste et qu'il méritait un compliment. Comment s'appelait-elle déjà ?

Il lâche le stylo plume qu'il a revissé sans s'en apercevoir. La maîtresse toute gentille savait aussi se montrer parfaitement salope. Elle lui collait des punitions, des retenues, des dictées à recopier. Et il suait sang et eau pour la satisfaire. Comment répondre aux désirs des femmes ? Aujourd'hui comme hier, il ne sait pas.

— Je voudrais voir la chambre de madame Weissberg, entend-il dans une sorte de rêve.

La maîtresse aussi voulait voir. Ses cahiers jamais assez propres ni assez bien tenus, constellés de pâtés qu'elle qualifiait d'innommables. Ses mains parfois, quand elle faisait l'inspection du matin, passant dans les rangées d'enfants qui sentaient la nuit, le sommeil, le savon de Marseille mal rincé et le lait aussi. La maîtresse détestait le lait, il s'en souvenait.

Il se lève sans répondre. Agathe le suit, silencieuse dans ses mocassins à talons plats.

Dans les couloirs qui exhalent des odeurs de poisson frit, le directeur calcule dans sa tête : on a découvert l'absence de sa belle-mère à sept heures au moment de la relève et s'il se fie aux crispations de son estomac, il est bientôt midi. Et il ne mangerait pas à l'heure à cause de cette satanée vieille emmerdeuse. Jusqu'au bout, elle me pourrira la vie, pense-t-il en serrant les dents.

Prudent, le directeur chasse cette idée. Il devine la jeune femme capable de tout sous ses dehors affables, ses formes rondes et accueillantes et sa voix mélodieuse. Elle ressemble à cette maîtresse, de l'époque de l'école primaire et de la classe unique ! Dieu qu'il avait souffert ! Pourtant, il s'en rappelle comme d'une période bénie et opulente, peut-être à cause de cette femme à la grosse poitrine qui se penchait sur ses cahiers qu'elle voyait sales, et que lui croyait propres. Il a toujours eu une hygiène médiocre, cheveux gras, ongles encrassés et pan de chemise douteux.

Je suis tombé sur un homme à femmes, un vulgaire coureur de jupons, qui ne prend pas la peine de séduire, songe la capitaine Agathe Lolla en suivant le pantalon à l'ourlet taché de boue, un minable réfugié dans son bureau pour ne pas avoir à affronter la vie, et dans cette vie son épouse et sa belle-mère.

Exactement le genre de personnage qu'elle a déjà rencontré, en plus beau certes, en plus intelligent aussi, mais ça change quoi ? Malgré quelques détails de différence, ils sont bien de la même race, celle que la vie a soumis, vaincus.

Agathe brutalement se mord les lèvres, oublier, oui oublier. Il ne reste qu'une solution, l'affaire. Elle se concentrerait sur l'affaire Weissberg. Car, elle n'en doute pas un instant en traversant les couloirs saturés d'odeurs d'urine et de friture, une affaire vient de commencer. Ce n'est pas son instinct qui la prévient – elle se méfie de tout ce qui peut s'apparenter à l'intuition – mais l'attitude même d'Hector Höffel. L'imparfait dont il émaille ses phrases ne prouve-t-il pas que son inconscient a accepté cette disparition et l'a déjà transformée en absence définitive ?

Est-il la cause de cette absence ? De toute évidence, il ne porte pas sa belle-mère dans son cœur. Mais ce cas est relativement fréquent et si tous les gendres éliminaient leurs belles-doches, la justice croulerait sous les dossiers.

Agathe manque de buter dans le caoutchouc déplumé qui sert habituellement aux pensionnaires à se repérer dans le dédale des couloirs et accessoirement à leur offrir un appui lorsque la vie commence à tanguer sous leurs pieds. Elle ne peut réprimer un « merde » convenant parfaitement à ce mouroir qui donne des picotements glacés dans l'échine et l'envie de se boucher les oreilles, le nez, les yeux, afin de ne pas assister au spectacle de fin du monde, ou plutôt de fin d'existence, qui se joue à guichets fermés.

— On arrive au bout du dédale, lui affirme le lieutenant qui vient à sa rencontre. La première fois on est surpris, ma grand-mère se trouve dans une maison comme celle-ci, alors j'ai l'habitude... Je sors justement de la chambre de madame Weissberg, je n'ai rien constaté de particulier... Il est peut-être inutile que vous perdiez votre temps à aller voir...

— J'y tiens ! Et puis je suis venue pour ça ! Le décor où vit une personne est souvent un bon indice sur son état d'esprit. Lisez Balzac ! Il n'oublie pas de décrire minutieusement chaque détail, même les boutons de porte. Le décor permet au lecteur de mieux cerner le personnage...

— Tout ce que je peux dire, rétorque le lieutenant, c'est que madame Weissberg aime l'ordre et la propreté, sa chambre en témoigne. Elle n'est pas femme à se laisser aller... Venez, c'est ici !

Il désigne une porte peinte en brun, apparemment semblable aux autres mais qui se différencie pourtant par la plaque noire sur laquelle est gravée : *Madame Agathe Weissberg.*

Il est évident que dans cette chambre on n'entre pas sans frapper à la porte !

Agathe, d'un œil circulaire, jauge la pièce en professionnelle : elle est impeccablement rangée. Le bureau à pupitre est rabattu, le lit recouvert par la couette, sur la table de chevet repose un livre fermé. Aucun grain de poussière non plus sur l'armoire de merisier.

— Il y a une deuxième pièce, annonce le lieutenant, avec la télé et des fauteuils. Mais, je vous le répète, rien à signaler.

— C'est à moi d'en juger, déclare Agathe en avançant vers la porte de communication reliant les deux chambres.

Dans le salon, règne une odeur qui la fait éternuer. Elle avise le porte-encens en bois sculpté qui orne la table basse entre les deux fauteuils de cuir blanc.

— Bizarre chez une femme de cet âge, non ?

— Ça, vous pouvez le dire ! s'écrie Iris Haas qui, plantée dans l'embrasure de la porte donnant sur le couloir, contemple la scène. Je lui ai souvent répété que ses parfums empestent mais elle n'en fait qu'à sa tête ! Impossible de la raisonner ! Et que ça incommode les autres pensionnaires lui est complètement égal ! Elle s'en moque comme de sa première chemise.

— Vous la connaissez bien, on dirait...

— Madame Haas a découvert la disparition, explique le lieutenant Sama et...

— Et je suis la plus ancienne aide soignante de la maison de retraite, le coupe Iris Haas. J'ai toujours travaillé ici. Avant, c'était à l'hôpital, maintenant ici, et à propos de madame Weissberg je voulais vous dire, je l'ai déjà déclaré à vos gendarmes qui remuent tout l'établissement, j'ai fouillé moi-même depuis sept heures ce matin et, si elle était là, je l'aurais trouvée ! Vous pouvez rappeler vos gendarmes, ils se défoncent pour rien ! Sans compter que leurs allées et venues perturbent mes petits vieux qui sont aux quatre cents coups de voir des uniformes déambuler. Ils n'ont pas l'habitude ! Que cherchez-vous dans la chambre de l'ancêtre, enfin de madame Weissberg ?

— Ce que je cherche ?

Agathe s'en étouffe, ou alors ce sont les odeurs d'encens qui la prennent à la gorge. Elle éternue une seconde fois pendant que le lieutenant précise :

— Nous cherchons ce qui pourrait nous expliquer où madame Weissberg a pu se rendre... Elle devait bien avoir une petite idée derrière la tête !

— Peut-être, rétorque la blouse blanche, mais elle ne nous a pas fait de confidences, ni à moi ni aux autres.

— Vous en pensez quoi ?

Iris Haas darde ses prunelles sur celles d'Agathe Lolla.

— Qu'elle a eu un coup de folie, et qu'elle va revenir quand elle aura faim ! Elle a l'habitude de manger à heures fixes, elle ne va pas tarder. Je suis obligée de vous laisser pour surveiller le réfectoire.

— Elle n'a pas froid aux yeux, s'exclame le lieutenant aussitôt l'aide soignante hors de vue, j'ai bien cru qu'elle allait s'incruster et exiger des comptes...

— Cette femme est la seule qui ne craignait pas la disparue, murmure la capitaine, elle a l'air de n'avoir peur de rien...

— Ses collègues ne la portent pas dans leur cœur, mais elles n'osent pas se plaindre ouvertement de crainte des représailles. Moi, je la trouve assez... féroce. Genre chien de garde.

Chien de garde... Que peut garder une aide soignante dans une maison de retraite ?

— Je jette un œil dans les tiroirs du bureau et je vous rejoins, déclare Agathe. Attendez-moi dehors et prévenez l'adjudant de la brigade de recherches, je crois qu'on va en avoir besoin ! Et, bien sûr, le maître-chien ne nous sera pas inutile.

— Je l'ai appelé, sourit le lieutenant. Depuis Mulhouse, il sera là dans une demi-heure... Si le directeur n'avait pas estimé superflu de nous contacter dès la découverte de la disparition, nous aurions perdu moins de temps...

La fouille du bureau se révèle infructueuse : relevés de compte qu'Agathe n'épluche pas, factures de téléphone, – madame Weissberg a fait ouvrir une ligne privée – et remboursements de soins édités par la caisse primaire d'assurance maladie pour des frais dentaires. Si la vieille dame avait l'intention de se suicider – une hypothèse non négligeable vu les statistiques –, elle n'a livré aucune trace, n'a établi aucun testament. Dans le dernier tiroir, Agathe trouve un album de photos qu'elle feuillette et décide de laisser sur place.

Elle jette un ultime regard sur la chambre où chaque objet a été placé avec un goût sûr, vase en étain rempli de roses orangées et chandeliers surmontés de bougies élégantes, compotier de cristal où reposent des pêches et des abricots savamment disposés. Chaque détail indique le désir de séduire, de mettre à son avantage la moindre babiole, de donner bonne impression. Mais quand on s'appelle Agathe Weissberg et qu'on est la seule à occuper deux chambres contiguës, ne doit-on pas montrer l'exemple et servir de modèle ?

Déjà sur le pas de la porte et la main sur la poignée, Agathe se ravise. Elle vient brusquement de se souvenir qu'elle a oublié de jeter un coup d'œil dans la salle de bains.

Celle-ci est carrelée de haut en bas de magnifiques mosaïques roses représentant une jeune fille romaine à son bain. La vasque est récente, ainsi que la baignoire d'angle et la cabine de douche. Le tout respire l'opulence et un art de vivre. Des savons en forme de coquillages reposent sur des soucoupes et plusieurs flacons de parfum de la marque Chanel sont rangés sur l'étagère. Tous les numéros disponibles... cette femme ne se refuse aucun luxe.

Sur cette conclusion elle rejoint le lieutenant Sama qu'elle retrouve en grande discussion avec l'adjudant Dubois, brigade de recherches, se présente-t-il, je viens d'arriver... d'après ce que j'ai compris il s'agirait d'une simple fugue...

— Fugue, je n'y crois pas un instant ! Madame Weissberg n'a pas ce profil ni celui d'une suicidaire. Je viens de voir son appartement : on ne se tue pas juste après avoir fait rénover sa salle de bains ! Si on élimine ces deux hypothèses que nous reste-t-il ?

— Evidemment, vu sous cet angle, murmure l'adjudant de la brigade de recherches, je reconnais que... Il fait déjà une chaleur insupportable, ajoute-t-il en passant une main sur son front, j'ai du mal à la supporter. Je suis né dans les Ardennes, je n'ai pas l'habitude de la canicule...

— On s'y habitue... Je vous laisse avec le maître-chien et son animal qui arrivent... (En effet, une voiture de la gendarmerie se dirige vers eux et on aperçoit à l'arrière se découper la tête d'un berger allemand.) Demandez à l'aide soignante de vous confier une des écharpes de la disparue, celle qu'elle avait le plus l'habitude de porter. Madame Haas doit savoir laquelle, elle a l'air bien informée...

Une chaleur à crever, Dubois a raison, pense Agathe Lolla en arpentant les allées du parc qui entoure la maison de retraite et l'hôpital. Les roses jettent des taches rouges le long du gazon tondu à ras et la chaleur monte malgré l'ombre relative des épicéas. L'été promet d'être étouffant, on l'a prévenue et elle a lancé : « Je connais. » Aussitôt elle s'est reprise : « Je connais le climat continental, mes parents m'emmenaient en Autriche tous les étés, près de Vienne, et on étouffait littéralement ; pas un souffle d'air. »

Rien n'est plus faux. Jamais elle n'est allée jusqu'à Vienne. Mais personne n'a insisté, pour la bonne raison que tout le monde se moque de savoir où Agathe Lolla passait ses vacances quand elle avait dix ans.

*

Agathe s'arrête devant un de ces massifs de rhododendrons qui ornent les pelouses des jardins publics – les habitants de Kirchenfeld ont accès au parc. Et, avisant le banc vide, elle ne peut résister au désir de s'asseoir, comme autrefois quand sa mère l'emmenait faire les courses en ville et qu'elle recevait son goûter sur un banc du parc public. Elle sursaute en entendant :

— Vous ne déjeunez pas, capitaine, ou dois-je vous appeler mademoiselle ?

Elle n'a pas besoin de lever les yeux pour reconnaître la voix du directeur.

— Capitaine ira très bien... J'étais justement en train de penser qu'on ne la trouvera pas si près de la maison de retraite... Votre belle-mère s'est rendue quelque part de précis, elle avait un but, on ne vit pas toute une vie dans la même ville sans avoir des repères, des coins de pique-nique, des sentiers de forêt...

Hector Höffel hausse les épaules :

— Elle était très mystérieuse et elle cultivait ce mystère, pour ne pas être comme tout le monde... Elle était donc forcément solitaire, elle n'avait pas d'amies : on l'admirait, on la craignait mais je ne crois pas qu'on l'aimait beaucoup. A part ça, elle était d'une santé de fer, les autres pensionnaires plaisantaient à ce sujet, même les plus jeunes prétendaient qu'elle les enterrerait tous... Moi aussi, j'ai parié qu'on en ferait une centenaire, ce qui pour l'image de la maison de retraite aurait été pain bénit ! Donc pour revenir à votre question, elle sortait moins depuis cet hiver. On m'a rapporté qu'elle allait au marché tous les jeudis matin... Elle y achetait des fruits, comme si elle n'en avait pas eu suffisamment aux repas ! Il lui fallait des extras, vous comprenez, des fruits exotiques ou hors saison, pour faire enrager les autres. Même si elle ne leur parlait pratiquement pas, elle s'arrangeait pour leur montrer qu'elle se situait au-dessus du panier, si vous voyez ce que je veux dire...

— Je vois, mais nous sommes mercredi et ce n'est pas jour de marché. Excusez-moi, je vais rentrer, je n'ai pas déjeuné.

Elle tend la main, le corps en dit long, parfois bien davantage que les discours.

La main d'Hector ne la déçoit pas : elle est molle et suante.

Ces mains moites et ce sentiment de dégoût que l'homme lui inspire font-ils de lui pour autant un assassin ?

Avant de monter dans la voiture, Agathe Lolla s'essuie la main sur sa veste. Le tissu bleu s'y prête bien.

IV

A SEIZE HEURES, on n'a toujours aucune trace d'Agathe Weissberg. Le berger allemand, pourtant à jeun et parfaitement motivé, a fait chou blanc. On a eu beau lui donner à renifler une des écharpes préférées de la disparue, choisie par Iris Haas, il s'est obstiné à ne pas sortir du parc qui a été une nouvelle fois soigneusement ratissé, bosquet après bosquet. On a inspecté les remises, les hangars, les caves et les greniers, sans résultats. A croire que la vieille dame s'est volatilisée ! Ou alors elle est déjà loin, peut-être même a-t-elle sauté dans un train, mais pour cela elle aurait dû prendre le bus jusqu'à Mulhouse. Le chauffeur du bus, contacté par l'adjudant Leroux, le chef secrétaire breton de la capitaine, jure ne pas avoir transporté madame Weissberg. Il a pourtant fait prévenir la gare et un signalement de la fugueuse leur a été envoyé par Internet, ainsi qu'une photo récente.

Agathe Lolla dans son bureau lit sur son ordinateur les quelques éléments de l'enquête que l'adjudant Dubois vient d'entrer dans le fichier informatique : Agathe Weissberg, née le 25 décembre 1920 à Kirchenfeld, de sexe féminin, de nationalité française, fille de Joseph Weissberg et de Joséphine Klein, épouse de Karl von Ehrenmann, de nationalité allemande, né le 12 février 1915 à Köln, ex-colonel de l'ex-Wehrmacht, mariage contracté le 13 juillet 1950 à la mairie de Kirchenfeld. Le couple a donné naissance à trois filles habitant toutes au château, soit 25, rue de la Manufacture à Kirchenfeld, précédente demeure de madame Weissberg, (deux gendarmes de la brigade de recherches ont été envoyés à cette adresse). Karl von Ehrenmann est décédé le 15 mars 1995.

Profession de la disparue : actionnaire principale et présidente honoraire des établissements qui portent son nom accolé à celui de Peaunette, la marque qu'elle a créée.

Rien de particulier à signaler dans son comportement des jours, voire des semaines précédant la disparition.

Les déclarations des membres du personnel concordent : madame Weissberg jouissait d'une santé physique et mentale exceptionnelles. Elle n'a prévenu personne de ses intentions ni laissé de message.

Agathe fait pivoter sa chaise vers son bureau, l'ordinateur dans son dos, et ouvre l'album de famille qu'elle a réclamé à l'adjudant Dubois. Celui-ci a envoyé l'emploi-jeune le récupérer dans la chambre de la disparue.

L'album retrace, sans paroles, uniquement par images, la vie de son homonyme. On y trouve très peu de clichés d'Agathe enfant, hormis deux photos de groupe prises devant une école ; par contre, au fur et à mesure qu'elle avance en âge, et apparemment en prospérité, les photos se mettent à abonder. Sur toutes, on peut l'identifier avec rapidité grâce aux chapeaux qui, invariablement et au mépris des saisons, couvrent ses cheveux.

Agathe porte la main à sa tête : deux mèches se sont échappées du chignon serré sur la nuque et des gouttes de sueur perlent à la racine des cheveux. Elle jette un regard au plafond dépourvu de ventilateur. Pas la moindre pale pour brasser l'air chaud ! Son prédécesseur devait avoir la peau épaisse ou la sueur rare. Il y a des gens qui ne transpirent jamais. L'homme qu'elle doit oublier était de ceux-là. Maîtrise de soi ou impossibilité à manifester ses émotions ?

Elle défait le chignon et ses cheveux, épais, lourds, luxuriants, s'éparpillent sur ses épaules. Sans quitter les photos des yeux, elle entreprend de les diviser, puis de les tresser en trois nattes égales qu'elle ramène dans sa nuque et qu'elle noue ensemble à l'aide d'un de ces élastiques primitifs, mais inusables, qui ne quittent jamais ses poches et se mêlent aux cacahuètes dont elle fait l'ordinaire de ses en-cas, lesquels peuvent se chiffrer en dizaines à la fin d'une longue journée de travail.

Cette tâche terminée, elle ne daigne pas vérifier le résultat dans un miroir qu'elle sait trouver dans les toilettes contiguës à son bureau. En revanche, elle se lève pour observer de plus près la photo encadrée que son prédécesseur a laissée sur le mur, à son intention peut-être à moins qu'il ne s'agisse d'un oubli. La photo représente un lac de montagne cerné de sapins qui se reflètent dans les eaux vertes. Une image idyllique d'été et de vacances. Elle connaît cet endroit, elle s'est baignée dans ces eaux pures, s'est étendue toute mouillée et froide sous le soleil. Puis, elle s'asseyait sur la berge et lisait, elle emportait toujours un roman dans son sac à dos. La tante Agathe en profitait pour faire la sieste.

Mais l'heure n'est pas à la nostalgie. Elle se rassoit à sa table de travail et s'absorbe dans la contemplation silencieuse de cette femme qui, comme elle, s'appelle Agathe.

Cette Agathe-là semble porter son prénom et son patronyme avec orgueil. Cet orgueil se décèle dans les détails vestimentaires, dans les poses affectées, comme si partout, toujours, elle s'apprêtait à donner son corps et son visage à la postérité. Une femme qui n'a pas de doutes. Sûre d'elle à en crever. Et qui ne supporte pas la moindre hésitation ni la plus légère contrariété. Une femme devant qui on doit plier. Son gendre n'a-t-il pas avoué : « Elle était d'une exigence terrifiante, dure à supporter. »

Peut-être, en effet, ne l'a-t-il plus supportée... Ces exigences répétées, répétitives, lui ont porté sur les nerfs et il a achevé la besogne que seul le temps a le droit de perpétrer sans que nul y trouve à redire.

Elle divague, la chaleur sans doute. Agathe Weissberg n'est pas morte, seulement en vacances. Elle a quitté sa chambre aux aurores et n'y est pas revenue. Une attitude certes troublante mais de là à conclure à l'irrémédiable il y a un pas qu'un officier de police judiciaire n'a pas le droit de franchir. L'instant est aux recherches. Le reste viendrait de surcroît.

Elle laisse son regard errer sur les photos.

La maison. Pourquoi ne l'a-t-elle pas remarquée plus tôt ? La faute sans doute à ce château qui occupe presque tous les clichés, une grosse maison de briques rouges, ostentatoire et qui capte l'attention, au détriment de l'autre, si humble, et qui a l'air si perdue...

Sa tante lui parlait souvent de cette maison et la lui avait même montrée un jour. Comment a-t-elle pu l'oublier ? Et pourquoi aucun membre de la famille n'a-t-il mentionné son existence ? Comme si on avait voulu l'enfouir...

Elle saisit le combiné téléphonique et appelle l'adjudant Dubois, puis elle referme l'album d'un geste infiniment doux.

L'attente n'est pas longue. Une demi-heure plus tard, son téléphone sonne. Elle n'est pas surprise d'entendre :

— Nous l'avons retrouvée dans le jardin, le front enfoncé, morte.

— J'arrive, gelez les lieux, et avertissez le médecin des pompiers !

— C'est déjà fait, marmonne l'adjudant Dubois en raccrochant.

Dans le cabinet de toilette, elle se contemple dans la glace : ainsi cet endroit de rêve où elle a été mutée n'est pas le paradis, on y meurt comme partout et, plus grave encore, on y tue. On peut y retrouver une vieille dame au front fracassé, couchée dans le jardin de son enfance.

Agathe Lolla, les cheveux impeccablement noués, passe devant l'album de photos resté sur son bureau, fermé sur ses secrets.

Elle, elle n'a ni album ni famille, et même pas de passé. Rien à voir avec Agathe Weissberg au nom solidement enraciné dans la terre alsacienne ; et sous cette terre assez riche pour nourrir les vaches et remplir leurs pis, on trouve des racines profondes qui serpentent, aveugles, enserrant des secrets qui attendent de monter à la surface, de prendre l'air, d'éclater enfin.

Déterreuse de vérité, voilà mon boulot, murmure Agathe en claquant la porte tout comme n'importe quel gendarme allant enquêter au fond d'une des provinces les plus reculées de l'hexagone.

*

Le lieutenant Sama stoppe la voiture de fonction devant la maison facilement reconnaissable aux rubans rouge et blanc délimitant la zone où la victime a été retrouvée. Trois gendarmes de la brigade territoriale ainsi que l'adjudant-chef Dubois de la brigade de recherches sont sur place.

— J'ai d'ores et déjà contacté le technicien de la brigade criminelle. Depuis Colmar il lui faudra une bonne heure pour arriver sur les lieux...

Agathe Lolla pointe son regard dans celui, très clair, de l'adjudant Dubois et réplique :

— Vous auriez pu attendre que j'arrive, je...

— Excusez-moi capitaine, mais j'ai respecté la procédure habituelle, ce n'est pas la première fois que j'enquête sur un homicide, enfin homicide est un grand mot ! Dans le cas présent, rien ne certifie qu'il s'agisse d'un meurtre...

— En effet, rien, marmonne-t-elle en grimpant à la suite de Dubois les marches de terre conduisant au jardin.

Des moutons s'enfuient à leur approche, se réfugiant sous les arbres, le plus loin possible des visiteurs. Sans doute n'ont-ils pas l'habitude de voir du monde. En effet, le jardin semble abandonné : des ronces escaladent le muret de ce qui a dû constituer autrefois le potager et qui n'est plus qu'un carré de terre en jachère parsemé d'herbes folles.

Tout en haut du jardin qui domine la maison et la route, la vieille dame gît sur les feuilles de l'automne précédent, la jupe légèrement soulevée sans que l'on puisse déterminer s'il s'agit d'un geste intentionnel ou d'un effet du vent. Enfin, plus précisément, ses jambes gainées de bas noirs sont étendues sur l'herbe. Le reste du corps est appuyé contre un arbre – une espèce de cerisier, remarque Agathe –, la tête contre le tronc, légèrement inclinée vers le buste, comme si elle s'était paisiblement endormie là, au soir d'une journée bien remplie.

L'adjudant Dubois actionne son appareil photo. Ces clichés-là, on ne les collera pas dans l'album de famille. Evidemment, un cadavre avec le front enfoncé, présentant de toute évidence un traumatisme crânien, n'est pas digne de figurer parmi les images d'une vie heureuse.

Le « docteur Schmitt, capitaine des pompiers, enchanté » – c'est ainsi qu'il se présente brièvement au capitaine Lolla – est penché sur le corps. Sans doute a-t-il terminé son travail car il se redresse.

Il est gros et son front dégouline.

— Le décès a eu lieu entre six et huit heures, annonce-t-il d'une voix où perce un fort accent alsacien, le choc a été puissant, suffisamment puissant pour provoquer un traumatisme crânien, voyez vous-même ! Ce sont mes premières constatations mais je veux examiner le corps plus longuement, dans un lieu plus propice. La présence du médecin légiste ne serait pas superflue...

Comme tout le monde, poursuit-il, je connaissais madame Weissberg. En fait, j'étais même son médecin traitant, elle m'avait fait l'honneur de me choisir... J'étais un de ses lointains cousins même si nous ne portons pas le même nom. Ici dans la vallée, nous sommes tous plus ou moins parents...

Elle comprend. Les racines, toujours.

— Je la croyais immortelle, elle était d'une santé à toute épreuve, pas le moindre rhume et encore moins de rhumatismes, une force de la nature. J'étais persuadé qu'elle ferait une belle centenaire...

— Foudroyée tout de même, remarque Agathe, croyez-vous qu'elle soit morte sur place ?

Elle a déjà établi son diagnostic, mais elle n'est sûre de rien. Quand on manque de racines on n'est sûr de rien, sauf de la mort.

— Peut-être pas, elle a pu tomber ailleurs, se traîner jusqu'à l'arbre, et s'adosser... J'ai aussi remarqué un petit détail, oh ça doit être sans importance...

Il se penche derechef sur le corps, désigne la tempe :

— La victime a chuté sur une pierre ou elle a été frappée avec un objet dur qui a causé cet enfoncement de la boîte crânienne... mais je ne vous apprends rien, capitaine... Seulement ce n'est pas tout : j'ai constaté la trace d'un impact sur la tempe, qui a provoqué ce cercle un peu rouge encore...

L'adjudant Dubois actionne une nouvelle fois son appareil photo, vue plongeante sur ladite tempe. Agathe Lolla observe :

— Le jardin n'est pas clôturé, les moutons viennent d'à côté et ils ont parsemé l'herbe de leurs crottes, le technicien de l'identité judiciaire aura du mal à trouver des indices sur une terre aussi piétinée ! Pour ne rien arranger, n'importe qui peut traverser le jardin, c'est un raccourci me semble-t-il. Regardez ! Il mène directement au chemin là-bas...

L'adjudant en profite pour aller mitrailler les hauteurs de la propriété pendant qu'Agathe s'agenouille dans l'herbe arasée par les dents avides des moutons. Saisissant la main pendante, elle tente de desserrer les doigts mais la rigidité cadavérique a déjà fait son œuvre. Elle lâche la main. Le médecin légiste, lui, se débrouillerait pour l'ouvrir, donc tôt ou tard elle saura ce que le cadavre garde avec tant de force.

— Puisque vous connaissiez bien madame Weissberg, à votre avis que venait-elle chercher ici de si bon matin ?

La capitaine désigne la maison à l'apparence délabrée.

— Comment savoir ce qui se passe dans la tête des gens et surtout des femmes ! répond le toubib qui n'en finit pas de suer. Tout ce que je peux vous dire, c'est qu'elle aimait cette maison, elle ne l'a jamais vendue, ni même louée, et encore moins rénovée comme elle l'aurait mérité... Je lui ai souvent, et je n'étais pas le seul, proposé de l'acquérir, et elle a toujours refusé. Elle y tenait bien davantage que le château qu'elle a acheté plus tard...

Il ajoute en se tournant vers la bâtisse de pierres aux tuiles rouges émoussées :

— Elle y tenait beaucoup, et quand elle avait une idée dans le crâne... Elle y était née. Quand elle en parlait elle disait « chez moi ».

Il fixe à nouveau le cadavre et avance ses mots précautionneusement comme s'il marchait sur des œufs :

— Je ne m'explique pas qu'elle soit venue là, toute seule, si tôt... elle ne souffrait pas de troubles mentaux, ni même de trous de mémoire, non elle était d'une clarté et d'une lucidité parfaites. Elle devait avoir une idée en tête, c'est sûr, mais laquelle ? Elle était assez secrète, finalement... D'ailleurs, je ne l'ai jamais entendue évoquer des sentiments.

Il hoche la tête. Son savoir de médecin généraliste s'arrête là. Pour en connaître davantage, il faudra ouvrir, disséquer, chercher. Mais la vérité, se dit Agathe, n'est-elle pas toujours souterraine, ne faut-il pas toujours la traquer pour lui faire rendre gorge ? La mort d'Agathe Weissberg aussi est inexplicable et incohérente : on ne met pas son chapeau au chant du coq pour aller se recueillir dans un jardin et y mourir.

Le toubib prononce encore, avec quelque gêne, en frottant ses mains contre son pantalon :

— Dans la vallée, on déplore des accidents, souvent dus à une vitesse excessive. Des piétons se font faucher au bord des routes de campagne, des overdoses parfois, des incendies rarement volontaires, des crimes passionnels, mais d'homicide volontaire non, je veux dire de vrai crime, enfin plus depuis longtemps...

— Que voulez-vous dire ? l'encourage la capitaine. Un homicide qu'il ait été perpétré sous l'emprise de la passion amoureuse ou pour tout autre mobile reste un crime, ne croyez-vous pas ?

Il se dandine, de plus en plus mal à l'aise :

— Oui, bien sûr, enfin quand il s'agit d'un crime passionnel on peut comprendre sinon excuser tandis que le meurtre auquel je pense était odieux... ça s'est passé pendant la guerre, la seconde évidemment...

— Vous n'étiez pas né, remarque Agathe.

— Je suis un enfant d'après-guerre, donc vous avez raison, je n'ai pas assisté à la scène, mais j'en ai tellement entendu parler, j'ai grandi avec... La guerre a été mon ordinaire ! Je n'ai rien vu, mais j'ai tout entendu... Ma mère et ma grand-mère étaient très bavardes. J'aimais les écouter. Ça me paraissait plus croustillant que la vie de tous les jours dans cette campagne où rien ne se passait jamais, enfin où rien ne se passait plus...

— Alors, de quelle histoire horrible vous souvenez-vous ?

Comme beaucoup de gens, Agathe aime les histoires horribles.

Le toubib s'appuie contre un vieux cerisier dont l'écorce, usée par le temps, tombe en lambeaux, comme un corps dont la peau se détache.

— C'était en 1943, l'Alsace était occupée par les Allemands, les Boches comme on disait, plus exactement l'Alsace avait été annexée par le Führer. L'Alsace comme sa voisine lorraine a eu droit à un statut particulier, à cause de l'affection que nous portait Hitler. Et un jour, ou un soir, je ne sais plus, on a retrouvé une jeune femme ficelée sur la voie ferrée, enceinte jusqu'aux yeux, et morte, écrasée par le train... Le conducteur de la locomotive n'avait pas pris la peine de s'arrêter, sans doute était-il pressé, de toute façon on n'a jamais su... Les Allemands ont diligenté une enquête, pour le principe, parce que les gens jasaient, et ils ont conclu rapidement à un règlement de comptes de la résistance, les *Roten* comme ils les appelaient. Pour eux tous les résistants étaient des communistes ou des Juifs, parfois les deux... Il y en avait quelques-uns, cachés dans la montagne, qui avaient fait sauter des rails quelques semaines avant le drame. Bien sûr, les Allemands s'en sont sortis blancs comme neige.

— La neige peut être sale, précise Agathe.

— Eux aussi l'étaient ! Après la guerre, on a rouvert le dossier, côté français cette fois, et il s'est avéré que la fille n'était pas une espionne à la solde des Allemands, qu'elle n'avait jamais non plus trempé dans la résistance. Bref, qu'elle était blanche comme... enfin qu'elle était innocente. Ni pour ni contre. Neutre, quoi.

— Alors ?

— Une histoire sordide. Les deux Boches qui l'ont ficelée sur les rails voulaient s'amuser, ils l'ont violée, et pour qu'elle ne les dénonce pas, ils ont laissé le train finir le travail. Rien de très politique.

Agathe contemple la ferme, les pierres ocre sur lesquelles le soleil jette ses derniers rayons rouges et violets, la zébrant de lumière. Malgré son délabrement, elle a gardé une certaine allure.

— Je ne sais pas pourquoi je vous raconte cette anecdote...

— La mort n'est jamais une anecdote, rectifie Agathe qui se met à marcher en direction de la maison, et sans doute en aviez-vous besoin, vous deviez être très jeune quand on vous l'a racontée.

— Très.

Arrivée devant la porte de bois usée par les intempéries, elle s'arrête brusquement, revient sur ses pas et demande à l'adjudant Dubois dont l'appareil photo pendouille sur la poitrine :

— On m'a parlé d'un chapeau. Or je n'en ai pas vu sur la tête de madame Weissberg ! L'avez-vous retrouvé ?

L'adjudant secoue la tête :

— Non, pas encore capitaine, mais nous n'avons pas terminé nos recherches.

— Essayez de mettre la main dessus, recommande Agathe, et trouvez-moi la clef qui ouvre cette ferme !

*

— J'avais pourtant dit à ma mère de ne plus aller là-bas ! Je parie qu'une tuile lui est tombée dessus, depuis le temps qu'elle aurait dû faire arracher cette ruine !

— Madame Weissberg est décédée des suites d'un traumatisme crânien qui n'a sûrement rien d'accidentel. J'en ai référé au procureur de la république qui...

— Un meurtre, alors ? Vous n'y pensez pas ! Qui aurait pu en vouloir à ma mère ? Tout le monde avait besoin d'elle ! C'est un accident, un accident bête, mais un accident tout de même !

La voix de Claudie Höffel chavire brusquement.

— Où se trouve le corps, enfin je veux dire où peut-on la voir ?

— Vous ne pouvez pas l'approcher pour le moment, mais on vous le rendra après l'autopsie...

— Autopsie ! Mais ma mère n'aurait jamais accepté qu'on la découpe en morceaux ! Et nous non plus, je vais prévenir mon avocat...

— Qui vous expliquera que nous suivons la procédure habituelle en cas de suspicion d'homicide.

— Homicide ! Vous avez de ces mots ! Vous verrez bien que l'avenir me donnera raison... ma pauvre mère a eu un malaise dû à son âge, et c'est tout... je vous laisse, je dois prévenir mes sœurs, mon mari...

Le téléphone portable dans la poche, Agathe s'assied sur une chaise de la cuisine qui exhale l'humidité et la suie, sans doute à cause du tuyau reliant l'antique fourneau à bois au conduit de cheminée inutilisé depuis des décennies. Exactement comme si le chef de famille s'apprêtait à se pelotonner au coin du feu, après une dure journée de labeur aux champs.

Peut-être Agathe Weissberg venait-elle nicher son corps frêle dans le fauteuil en rotin installé devant le poêle... comme autrefois. Mais, de toute évidence, aujourd'hui, elle n'était pas entrée dans la maison – un des gendarmes avait trouvé la clef sous le paillasson –, elle avait marché directement vers le jardin et avait été stoppée dans son ascension par un caillou. Obstinée, elle avait tenu à grimper vers l'arbre pour y puiser un peu de force.

Et elle s'est éteinte sans souffrir, calmement, sur les lieux mêmes de son enfance. Une mort idéale, rêvée, joindre les deux bouts, le début et la fin, Agathe Weissberg avait réussi cette sortie en beauté. Comme, sans doute, elle avait réussi le reste, battante et victorieuse. Une vie exemplaire.

Trop exemplaire pour être vraie, ne peut-elle s'empêcher de remarquer à voix haute.

— Vous comptez rester longtemps ici, mon capitaine ?

Agathe se retourne brusquement : le lieutenant Sama, debout sur le pas de la porte qui ouvre sur la cuisine, la fixe en se balançant comme le toubib quelques instants plus tôt. Elle connaît ce symptôme : elle les impressionne. Non pas tant son uniforme, ni son grade symbolisé par les barrettes sur le tissu, mais sa beauté. Sa beauté leur fait peur. Les hommes la regardent, la trouvent séduisante et attirante, mais ils ne bougent pas, n'esquissent aucun geste d'approche, ne tentent aucun signe. Sa beauté les repousse. Un seul avait osé la prendre dans ses bras, un seul.

— Encore un petit moment, mais je me débrouillerai seule, vous pouvez rentrer à la gendarmerie, l'adjudant Dubois s'occupera du technicien. Quant à moi, j'adore marcher, j'en profiterai pour refaire l'itinéraire emprunté par la victime...

— Bien, bien, se contente de répondre le lieutenant.

Il salue, tourne le dos, ferme la porte, elle reste à l'intérieur.

Elle a quitté la cuisine, gravi les escaliers de bois qui menacent de s'écrouler sous ses pas, et maintenant elle déambule au hasard des chambres vides. Enfin presque vides car des lits en fer emplissent l'espace, de vieux lits aux montants rouillés datant probablement de l'enfance d'Agathe Weissberg.

Elle s'affale sur l'un d'eux. Le matelas se révèle étonnamment ferme sous ses fesses. Elle se relève aussitôt pour ouvrir la fenêtre, à cause de la persistante odeur de renfermé qui la prend à la gorge et se rassoit face à la campagne.

Elle se sent autant à sa place, là, assise sur ce vieux lit que dans son bureau devant les photos de l'album : Agathe l'ancêtre est partout, et Agathe la jeune a l'impression de la renifler, comme si les photos s'étaient mises à vivre, animées d'un souffle humain. La vieille dame est en train de rajeunir, elle redevient la fillette qui a grimpé dans un de ces lits, a dormi sans rêves, impatiente de découvrir le petit matin, de courir, de jouer, de grandir. Et elle a grandi, et elle en est morte. Et maintenant, elle Agathe la gendarmette, qui n'a rien à voir avec l'histoire de cette femme, va devoir prendre sa vie à bras-le-corps et la décortiquer, avec pour mission de la rendre explicite au commun des mortels, et d'abord à elle-même. Comprendre, c'est son job.

Par la fenêtre ouverte entrent des odeurs d'été, des senteurs d'herbe coupée, de feuilles fraîches, de roses en train de s'épanouir. Elle ferme les yeux. Elle a presque envie de s'allonger sur le matelas et de s'endormir dans ces odeurs d'enfance, de végétaux et de bois. Mais elle pense au corps d'Agathe qui attend de passer sur la table de dissection.

En bas, l'adjudant Dubois tire sur sa cigarette, adossé contre la façade décrépie.

— Alors ? demande-t-il.

Agathe sourit, lève les yeux vers le toit où manquent des tuiles et remarque :

— Je ne comprends pas qu'on puisse aimer une maison et la laisser tomber en ruine.

L'adjudant ne daigne pas répondre, sans doute n'y a-t-il pas de réponse à donner :

— Le technicien, enchaîne-t-il comme s'il voulait ramener la capitaine à des détails plus importants que l'état des tuiles, a relevé les empreintes mais il y en a tellement qu'il est découragé avant de commencer ! Pour ne rien arranger, comme le sol est sec, aucune n'est réellement marquée. D'après lui, rien de concluant. Il a trouvé des cheveux dans l'herbe, mais là aussi il n'y croit pas trop, ce serait vraiment un coup de chance que l'assassin ait laissé des poils sur son passage. Vous savez ce que je pense, capitaine ?

— Dites-moi !

— Je pense que madame Weissberg l'a fait exprès pour emmerder ses filles. J'ai entendu dire qu'elles ne s'entendaient pas très bien, que ça frittait souvent, c'est pour ça qu'elle s'était installée à la maison de retraite...

— Elle aurait pu choisir un appartement ! Si elle a opté pour la maison de retraite dirigée par son gendre c'est qu'elle ne voulait pas s'éloigner de sa famille et que ses relations avec elle n'étaient pas si détériorées que ça...

— C'est une possibilité, reconnaît l'adjudant, cette femme était capable de tout, même de mourir.

Il éclate de rire.

— Excusez-moi, capitaine, c'est ma première petite vieille et de la voir ainsi, avec son front enfoncé, ça m'a foutu un coup même si j'ai l'habitude des cadavres ! Enfin depuis que je suis ici je n'en ai eu qu'un, celui d'une femme tuée par son mari qui était jaloux comme un pou. On l'a coincé rapidement, il n'a pas nié très longtemps ! Mais là, je ne vois pas qui pourrait en vouloir à une vieille dame qui n'a plus que quelques années à vivre. Vous voulez revoir la borne contre laquelle elle est tombée ? Le technicien est justement en train de prélever du sang et des cheveux.

Ils grimpent les marches de terre et arrivent devant le muret, une simple pierre à l'arête ensanglantée sur laquelle le technicien en blouse blanche est en train d'officier à l'aide de pinces et de tubes dans lesquels il dépose précautionneusement d'infimes fibres.

Agathe, d'un œil expert, mesure la distance qui sépare le muret du cerisier où la victime a été retrouvée. Vingt mètres. Une peccadille pour une femme de cette trempe. Même grièvement blessée, elle a pu se relever, marcher ou se traîner (il y a des traces d'herbe couchée) jusqu'à l'arbre où elle pensait se reposer avant d'aller chercher du secours, à moins qu'elle n'ait voulu rejoindre la route par-derrière, coupant à travers le pré. Agathe devait connaître ce raccourci pour l'avoir souvent emprunté. Un banal accident.

Pourtant, il y a la marque étrange sur la tempe. Et, plus troublant, le cerisier contre lequel Agathe Weissberg a cherché refuge ne se trouve pas dans la trajectoire la plus droite menant à la route, il est légèrement planté en hauteur, sur une butte. Agathe a dû grimper pour y parvenir.

Peut-être n'a-t-elle pas voulu quitter le jardin ? Peut-être a-t-elle senti ses forces l'abandonner et s'est-elle dit que la fin était proche... Elle est allée s'asseoir contre le tronc et a attendu la mort, résignée.

Mais cette hypothèse ne colle pas avec les photos de la dame au chapeau.

— Le chapeau ? demande-t-elle, l'a-t-on retrouvé ?

— Non, répond l'adjudant, rien dans le jardin. Nous avons vérifié plusieurs fois.

Le chapeau introuvable, l'emplacement de l'arbre, la marque suspecte sur la tempe... ces détails plaident en faveur d'un meurtre. Pourtant, la victime ne semble pas avoir lutté, elle a l'air de quelqu'un qui choisit un arbre pour passer un bon moment contre lui, pour se reposer avant de reprendre la route, pas de quelqu'un qui vient de se faire enfoncer la boîte crânienne à coups de... de quoi ?

D'une arme quelconque qui aurait provoqué l'enfoncement de la boîte crânienne.

Dans ce cas, comment expliquer la présence de sang et de cheveux sur la pierre du muret ?

La mise en scène.

Une mise en scène bucolique. C'est l'impression qu'elle a eue en apercevant la silhouette en robe, les jambes étendues sur l'herbe, le buste affaissé. On l'a placée là, on s'est amusé à lui donner une apparence de mort paisible.

Il y avait eu quelqu'un d'autre qu'elle dans le jardin au petit matin. Quelqu'un qui avait profité de la solitude, du silence, pour précipiter Agathe Weissberg contre cette pierre, tête en avant, ou pour lui donner le coup fatal à l'aide d'une pioche ou d'un instrument contondant qu'il a emporté avec lui puisque rien n'a été retrouvé dans le jardin, même pas un outil.

— C'est étrange, murmure l'adjudant, que ça arrive le jour de votre prise de poste !

Comme si on m'attendait, songe-t-elle.

Elle se sent un peu lasse tout à coup :

— Et si vous me rameniez ? propose-t-elle à l'adjudant. Je pensais rentrer à pied mais avec la couleur du ciel je préfère me dépêcher avant que l'orage ne nous tombe dessus.

Devant la voiture bleue, elle s'arrête, contemple une dernière fois la ferme encore solide sur ses assises de pierres, les volets branlants, le crépi lépreux que dissimule une plantureuse glycine mauve. La couleur du deuil.

Elle s'engouffre dans le véhicule et rumine en fixant la campagne où paissent des vaches brunes aux pis lourds. Cette maison vide respirant la solitude et l'absence lui a laissé une drôle d'impression. Une maison vide et vieille, sans un gramme de poussière, sans toiles d'araignées, sans rien qui traîne et dans quoi vous vous prenez les pieds. Un ordre, vide et total, baigne les lieux. Et ce n'est pas seulement l'odeur de renfermé et d'humidité qui l'a prise à la gorge, mais une autre plus subtile, d'eau de Javel et de cire, totalement incongrue dans cet espace désolé.

Qui venait cirer les planchers et chasser les toiles d'araignées ?

Comme si Agathe Weissberg avait gardé l'espoir de revenir vivre dans cette maison... pourquoi n'avait-elle pas donné l'ordre de refaire le crépi, de changer les tuiles ? Pourquoi n'avait-elle pas songé à faire tailler, élaguer, brosser les arbres ?

A croire que seul le dedans, le ventre de la maison, l'intéressait.

Que venait-elle y faire ?

V

LE SURLENDEMAIN, la double page locale du journal relate deux faits importants.

D'abord, le décès accidentel de madame Weissberg, figure emblématique de la vallée, propriétaire de l'usine du même nom – l'article dresse sur une page le panégyrique de la morte et présente en même temps les condoléances de la rédaction à la famille éplorée. Rien n'y manque, le rachat de la manufacture d'indiennes dans les immédiates années d'après-guerre, sa modernisation par la nouvelle propriétaire, puis dans les années 1975, au moment de la crise de l'industrie textile alors que toutes les manufactures de la vallée voisine licenciaient à tour de bras et établissaient des plans sociaux complètement inefficaces, la transformation de l'usine Weissberg en Peaunette, consacrée à la fabrication de couches-culottes, denrées précieuses dont les mères comprennent vite la nécessité !

Madame Weissberg a su allier le sens pratique à la gestion la plus rigoureuse, laissant entre les mains de ses héritiers une affaire saine qui assure la prospérité de notre vallée, préserve les emplois et permet aux jeunes de rester chez eux au lieu d'émigrer dans des contrées inconnues. Grâce à sa perspicacité, la vallée a été épargnée par l'exode rural qui a suivi la fermeture des manufactures des autres vallées vosgiennes et sous-vosgiennes, ou la paupérisation de ceux qui ont choisi de continuer à vivre dans le pays où ils sont nés. Nous avons donc tous une dette de reconnaissance envers cette dame remarquable dont l'inlassable activité, l'intelligence et la finesse de jugement alliées à un sens des affaires et une sensibilité profonde ont permis à la vallée de survivre aux grandes mutations sociales et de garder son identité propre.

La seconde page locale est consacrée à la disparition de nains de jardin, phénomène banal dans les jardins des villes mais que la vallée, sur les dix kilomètres qui séparent Kirchenfeld du ballon d'Alsace, n'a jamais eu à déplorer.

Deux photos complètent les articles : celle de madame Weissberg, la tête couverte d'un chapeau noir et celle de deux nains aux bonnets rouges.

L'article ne précise pas que madame Weissberg a fait l'objet de la part du procureur d'une demande d'autopsie et il n'évoque pas non plus la possibilité d'un homicide.

Agathe Lolla replie le journal. Il est toujours intéressant de lire les réactions des autochtones. Le correspondant local qui a eu comme interlocuteur Hector Höffel a mentionné « accident » dans l'article. Sans doute est-ce ainsi que le directeur lui a présenté le décès de sa belle-mère. Elle avait précisé de transmettre aux journalistes l'existence d'une autopsie ordonnée par le procureur du tribunal de grande instance de Mulhouse dans le cadre de l'ouverture d'une enquête judiciaire.

Agathe se prend la tête entre les mains. Cette posture lui permet de mieux se concentrer ; les yeux clos, elle écoute le silence intérieur. Des bureaux voisins qu'occupent les gendarmes de son service personnel émanent des bruits de voix ; au-delà de la fenêtre ouverte, des cris d'enfants montent.

Il est presque midi, elle a envie d'un gaspacho, comme ceux que lui préparait sa tante pendant les vacances. Mais la tante est morte, donc pas de gaspacho, sauf en sachet. Elle préfère s'abstenir, des cacahuètes feront l'affaire.

Elle saisit le combiné téléphonique.

Au bout du fil, au fond du cabinet de médecine légale du centre hospitalier Emile-Muller, le médecin du SAMU qui fait aussi office de légiste soupire :

— Quelle hâte ! Figurez-vous que je viens à peine de déposer mes instruments et de retirer mes gants ! Pourquoi diable êtes-vous toujours si pressés, vous les gendarmes ?

Elle sourit. Elle a des raisons particulières que le toubib ne soupçonne pas. D'ailleurs, personne ici ne soupçonne l'existence d'une tante Agathe qui a vécu sans faire de vagues, silencieuse, presque muette, dans une solitude totale, au fond de sa vallée.

— Votre ouaille, déclare le médecin légiste, est décédée entre six heures et six heures trente, son estomac était parfaitement vide, le dernier repas remontait à la veille. Sa tête a violemment heurté, ou été heurtée par, un objet lourd qui pourrait être une pierre, il est impossible de savoir si l'objet est venu à elle ou le contraire. La mort n'a pas été immédiate, mais la victime était sans aucun doute dans l'impossibilité de demander du secours. De toute façon, reprit-il après un court silence, dans l'état où j'ai trouvé sa cervelle, elle n'a pas pu se déplacer sans aide, ou elle était d'une force de titan, ce qui m'étonnerait à quatre-vingt-cinq balais ! A propos, je mentionne dans mon rapport la présence d'un hématome sur le bras droit, sous le chemisier, qui provient de la pression d'une main, une pression récente qui peut coïncider avec l'heure de l'accident ou du crime, à moins qu'elle ait été maltraitée dans sa maison de retraite, mais je n'ai pas trouvé d'autres hématomes pouvant corroborer cette thèse... j'en parle parce que j'ai une petite vieille qui a été ébouillantée dans une autre maison de retraite, donc j'ai tout de suite pensé à des sévices corporels...

— La marque sur la tempe repérée par le capitaine Schmitt au moment du premier examen, qu'en pensez-vous ?

— A mon avis, c'est un caillou relativement léger qui a provoqué cet impact, lancé à la main, entre trois et cinq mètres de distance. Il faudrait le retrouver, on pourrait vérifier !

Comme si elle n'y avait pas songé ! Seulement des cailloux, l'allée qui mène au jardin en est jonchée, et il est impossible de les passer tous à la loupe.

— Et dans sa main, il y avait quoi ?

Le médecin légiste glousse :

— Ça c'est drôle ! Enfin permettez-moi de rire, ce n'est pas si agréable que ça de découper des cadavres ! Elle serrait dans sa main une pierre, justement ! Que j'ai envoyée au labo au cas où on trouverait d'autres empreintes que les siennes. Mais ce n'est pas ce caillou-là qui a provoqué la marque sur sa tempe... J'ai comparé, ça ne colle pas.

Le petit Poucet, pense Agathe. Comme lui elle parsemait son chemin.

A moins qu'elle n'ait voulu s'en servir pour se défendre.

— C'est un caillou ordinaire à en mourir, conclut le médecin légiste sur un dernier gloussement.

Agathe raccroche.

Avant d'aller avaler le contenu d'une barquette surgelée, la capitaine se penche sur l'état civil de la famille Weissberg. Agathe Weissberg a eu trois filles, qui s'appellent respectivement Claudie Höffel, Hélène et Lisa von Ehrenmann. Seule la benjamine a perpétué la lignée, en donnant naissance à une fille qui porte le prénom d'Aurore. Il y a des gendres, le directeur de la maison de retraite, et l'ex-mari de Lisa, dont on n'a pas encore relevé la déposition. Karl von Ehrenmann, le mari de madame Weissberg, est décédé au printemps 1995.

Donc, récapitule la capitaine après un rapide calcul mental, Agathe Weissberg est entrée à la maison de retraite en septembre de la même année, soit six mois après le décès de son mari. Continuer à vivre dans ce château où ils ont été heureux ensemble (mais tous les mariages sont-ils heureux ?

Elle n'a qu'un exemple, celui de ses parents, qui l'a été) lui a paru insupportable.

Pourquoi Agathe Weissberg a-t-elle gardé le nom de son père ? A son époque c'était chose rare, sinon rarissime ! Pouvait-on la qualifier de féministe avant l'heure ? Etait-ce la marque d'une puissante individualité ? Ou n'aimait-elle pas son mari et ne souhaitait-elle pas porter son patronyme ?

Agathe, des feuilles fraîchement crachées par l'imprimante sous les bras, traverse la cour vide sous le soleil tapant et pénètre dans le bâtiment qui abrite les logements de fonction.

Elle allume la radio branchée sur France-Culture et écoute mollement l'émission consacrée aux météorites tout en surveillant le réchauffement de sa barquette : « sauté de veau aux champignons et au riz », selon l'étiquette de l'emballage. Ça ou autre chose ! Elle aime manger pourtant, mais seule on ne mange pas, on avale, on se nourrit. Manger, c'est incomparable. Elle l'a connu, ce moment heureux, détendu, face à face, les mains sur la nappe, les verres l'un contre l'autre.

Mais c'était avant et elle est sommée – par elle-même – d'oublier.

Elle s'assied face à sa barquette qu'elle ne prend pas la peine de transvaser dans une assiette. Elle décapsule une canette de bière blanche et boit à même la bouteille le liquide glacé. Ni assiette ni verre à laver, une parfaite célibataire qui peut pendant ses temps libres songer à son métier.

Le médecin légiste va délivrer le permis d'inhumer et on portera la vieille dame en terre, ou plus vraisemblablement dans le caveau de famille où repose déjà le colonel Karl von Ehrenmann, ex-officier de la Wehrmacht.

Elle repousse sa barquette à demi pleine et extirpe les procès-verbaux établis par l'adjudant Dubois qui, la veille, a entendu les filles Weissberg, soit Claudie Höffel, Hélène von Ehrenmann, la benjamine Lisa von Ehrenmann et enfin la jeune Aurore, l'unique petite-fille de l'ancêtre. L'adjudant

Dubois n'a pas oublié Marina Gonzales, l'employée de maison.

Toutes ces femmes vivent ensemble au château.

Les dépositions dressent d'abord les états civils :

— Claudie von Ehrenmann, épouse Höffel, sans enfants, sans profession, née le 20 décembre 1950 à Kirchenfeld, soit cinq mois après le mariage de ses parents, calcule rapidement Agathe.

— Hélène von Ehrenmann, née le 14 mars 1955 à Kirchenfeld, célibataire, sans enfants, profession : conseillère de gestion des entreprises Peaunette.

— Lisa von Ehrenmann, née le 13 juillet 1970 à Kirchenfeld (date de l'anniversaire de mariage de ses parents, remarque Agathe), divorcée, un enfant, profession : présidente-directrice générale des établissements Peaunette.

— Marina Gonzales, née le 4 janvier 1980 à Lima, Pérou, célibataire, sans enfants, profession : employée de maison.

Les dépositions indiquent ensuite qu'en ce mercredi fatal :

— Entre six heures et six heures trente, heure du décès d'Agathe Weissberg, tout le château dort encore. En effet, les quatre femmes ne se lèvent qu'à sept heures – comprise la bonne – pour prendre leur petit déjeuner ensemble à sept heures trente. Les quatre dépositions corroborent cette version.

— Aurore se réveille à six heures trente, se contente d'un yoghourt avalé en vitesse pour ne pas rater son bus qui démarre à sept heures trente. Elle ne croise que rarement les autres membres de la famille. Elle quitte le château entre sept heures dix et sept heures quinze (elle a dix minutes de marche jusqu'à l'arrêt).

Pourtant Aurore déclare dans le procès-verbal qu'elle a signé :

— Marina était déjà debout quand je me suis pointée à sept heures moins dix dans la cuisine pour avaler mon Actimel. Elle buvait son café debout contre la porte vitrée, elle a sursauté quand je suis entrée, elle était habillée comme tous les jours, je sais plus comment, moche, elle s'habille toujours moche pour pas mécontenter sa chérie qui est jalouse comme un pou, ma tante et elle sont ensemble, tout le monde le sait mais moi je le dis, ça énerve tatie Hélène, mais je fais exprès, marre de leurs secrets de merde, oui vous pouvez écrire tout ce que je dis, je renie rien, marre de leurs conneries, elles couchent dans le même lit et ma tante joue à la sainte nitouche, vous pensez bien une femme comme elle, une aristo qui se commet avec une bonniche hispanique, la honte, mais pour se faire tripoter dans l'ombre elle fait pas la fine bouche. Ma grand-mère détestait Marina, elle aurait bien aimé la renvoyer dans son pays, elle se disputait souvent avec ma tante à ce sujet, mais ma tante ne cédait pas, pourtant elle avait vachement peur de sa mère mais là elle tenait bon ! Enfin elle aurait fini par céder car elle n'est pas si courageuse que ça, mais maintenant elles auront la paix, pourront roucouler sans que l'ancêtre vienne les emmerder ! Pourquoi Marina était debout plus tôt que les autres jours, ça je sais pas, faut lui demander, elle me fait pas de confidences, d'ailleurs elle baragouine mal le français et moi je comprends que dalle à l'espagnol, alors les conversations sont limitées.

Pourtant la déposition de Marina Gonzales n'évoque pas cette rencontre dans la cuisine. Un point à éclaircir. Peut-être la jeune Aurore a-t-elle confondu les jours...

Si Aurore dit vrai, pourquoi Marina s'est-elle levée plus tôt que d'habitude ?

Dans ce cas, chacune peut avoir quitté sa chambre sans que personne le remarque, se glisser dehors et rentrer en catimini.

Le mobile, fallait trouver le mobile. On ne lance pas un caillou en pleine tempe sans mobile.

Agathe range les dépositions dans la chemise cartonnée. Elle en tient déjà un, de mobile, et de la plus fine espèce, la haine. Marina avait de bonnes raisons de haïr la mère de son amante, qui menaçait de la faire renvoyer dans son pays et par conséquent, dans la misère. Et de la séparer de sa bien-aimée. On hait pour moins que ça !

Agathe jette la barquette dans la poubelle et cette bonne chose faite, elle appelle son chef secrétaire, l'adjudant Victor Leroux, pour lui demander de convoquer mademoiselle Hélène von Ehrenmann à quinze heures.

Il est seize heures lorsque Victor Leroux annonce :

— Madame von Ehrenmann vient d'arriver...

Une minute plus tard, Agathe voit entrer dans son bureau une femme dont le nez fend l'air avec orgueil, aux lèvres fines ourlées d'un rouge vif qui déborde sur une denture mal rangée, aux pommettes couperosées que le fond de teint peine à masquer.

— Votre gendarme nous a déjà interrogées hier et je ne comprends pas la raison de cette convocation, commence-t-elle. Je vous accorde un quart d'heure, je suis pressée, on enterre notre mère lundi prochain et je dois m'occuper, en tant qu'aînée de la famille, de la cérémonie...

— En tant qu'aînée de la famille ? Vous êtes...

— Madame Claudie Höffel. Depuis quelque temps j'ai repris mon nom de naissance. Je suis venue à la place de ma sœur retenue par un conseil d'administration, d'une importance capitale, m'a-t-elle assuré. Mais ma sœur ou moi c'est pareil, de toute façon on n'a rien à ajouter à nos dépositions !

— Vous n'êtes pas interchangeables, sourit Agathe, je verrai votre sœur plus tard puisqu'elle est si occupée aujourd'hui. Bavardons un peu, voulez-vous ? Un quart d'heure, ce sera tout, après je vous lâche !

— Vous ne prenez pas de déposition ?

— Disons que c'est une rencontre... informelle, amicale... vous parlez, je vous écoute... parlez-moi donc de votre sœur Hélène, par exemple...

Agathe savoure ce face-à-face : seul, l'individu oublie qu'il fait partie d'un clan, d'une communauté, oublie de se retrancher derrière les autres et finit par se laisser aller. La présence d'un tiers empêche les confidences. La sonnerie du téléphone, même, risque de rompre le charme. C'est pourquoi elle a prévenu son secrétaire ainsi que le lieutenant Sama de ne pas la déranger.

— Hélène ! Il n'y a rien à en dire ! Elle travaille beaucoup, elle se donne à fond dans son boulot, Peaunette représente toute sa vie...

— Pas la vôtre ?

— Oh je n'aimais pas l'école... et puis les couches... je laisse ça à mes sœurs, elles n'ont pas besoin de moi pour faire tourner l'usine ! Moi, je me charge du château, c'est un gros morceau !

— Justement, parlez-m'en ! Vous avez une employée... Marina Gonzales, je crois... qui est arrivée du Pérou il y a trois ans... c'est vous qui l'avez embauchée ?

— Oui, soupire Claudie Höffel, j'ai commis cette erreur !

— Erreur, pourquoi ?

— Parce qu'elle n'est ni propre ni soigneuse ! Et puis insolente par-dessus le marché... je crains de vous embêter avec mes soucis domestiques...

— Pourquoi ne la congédiez-vous pas ?

— Elle serait capable de porter plainte auprès des prud'hommes, voire de prendre un avocat... et puis...

— Et puis ?

— Rien, je n'ai rien à ajouter. Cette fille ne donne pas satisfaction mais on s'arrange avec. De nos jours, ma mère le disait aussi, on ne peut plus se faire servir ! Les bonnes exigent d'être considérées, bichonnées, traitées comme des reines ! Le monde à l'envers.

Claudie Höffel a ôté le gant de sa main gauche. Machinalement, elle porte un doigt à sa bouche, mais sans doute s'est-elle rendu compte de son geste car elle rabat violemment son bras et s'empresse de se rajuster.

— J'ai cru comprendre que votre sœur avait beaucoup d'amitié pour cette Marina... ou je me trompe ?

— Je ne vois pas le rapport avec l'enquête ! Elles ne se détestent pas, mais ne croyez pas tout ce qu'on colporte dans la vallée, ce nid de ragots et de rumeurs ! Tout est bon pour jeter le discrédit sur le château, les gens sont tellement jaloux !

Elle se tait, serre les lèvres. Agathe embraye :

— Si on parlait de cette maison où l'on a retrouvé le corps de votre mère ? Elle me semblait parfaitement propre, à l'intérieur du moins. On dirait que quelqu'un venait briquer les planchers...

— Oui, ma mère...

— Votre mère ? Elle-même ? Et pourquoi n'envoyait-elle pas quelqu'un ? Marina par exemple ?

— Marina n'aurait pas accepté ! Et ma mère ne voulait personne chez elle ! Une de ses lubies ! Je lui ai bien dit que ça ne se faisait pas, que c'était même carrément indigne d'elle, dans sa position et avec sa fortune, mais quand elle avait une idée dans le crâne il était impossible de la faire céder, elle était intraitable... elle devait être folle quelque part... dire qu'au temps où elle vivait au château elle n'a même jamais rangé une assiette !

— Elle devait être très attachée à cette ferme... et aux cerisiers...

— Quel cerisier ?

— Celui contre lequel elle s'est appuyée pour mourir.

Madame Höffel grimace :

— Oh ! ma mère adorait les arbres, c'était son vice ! La première chose qu'elle a faite en achetant le château, c'est d'y planter des arbres, comme s'il n'y en avait pas eu suffisamment ! Et maintenant ils nous dévorent, ils nous poussent dessus, on en est envahis ! Evidemment, elle refusait de les faire couper et même élaguer ! Une vraie forêt vierge ! Après sa chute, rien d'étonnant à ce qu'elle se soit hissée jusqu'à cet arbre pour s'asseoir et reprendre des forces... elle ne savait pas qu'elle allait mourir, elle se croyait immortelle... enfin, je veux dire que c'était une femme tellement... comment dire ? Une battante, une femme de tête, une maîtresse-femme, rien ni personne ne lui résistait. Je me disais parfois que même la mort n'oserait l'affronter, qu'elle resterait indéfiniment sur terre comme une sorte de modèle ou d'exemple pour les générations futures...

Elle s'arrêta sur sa lancée, reprit :

— Ne vous imaginez pas que je ne m'entendais pas avec ma mère...

— Je ne m'imagine rien du tout, sourit Agathe, j'écoute. Cette histoire d'arbres m'intéresse beaucoup, oui je suis très curieuse, peut-être que vous pouvez m'éclairer : pourquoi votre mère a-t-elle choisi précisément cet arbre-là ? Avait-elle une préférence pour les cerisiers ?

— Une préférence ? Je ne comprends pas... Ce cerisier était un arbre comme les autres, un vieil arbre qui aurait dû être coupé depuis longtemps et remplacé par un jeune ou, mieux, pas remplacé du tout... il ne donnait même plus de fruits...

— Si, j'ai cueilli une cerise et il ne s'agissait pas d'une cerise habituelle... J'ai demandé à un arboriculteur d'aller voir... Oh, curiosité toute personnelle, moi aussi j'ai un faible pour les arbres...

Madame Höffel jette en se levant :

— Dans ce cas, dépêchez-vous, parce que dès la semaine prochaine, après le cimetière et le notaire, nous mettrons la maison en vente, nous avons décidé de ne pas la garder...

— Je vous demanderai d'attendre la fin de l'enquête, articule la capitaine d'une voix douce, il n'y a pas péril en la demeure, à moins que vous n'ayez besoin de liquidités ?

L'autre tressaille. Ses mains gantées de soie blanche agrippent le sac à main en croco.

— Pas du tout ! Les affaires n'ont jamais été aussi florissantes, le chiffre d'affaires et les bénéfices augmentent d'année en année. Vous pouvez vérifier si le cœur vous en dit !

Elle ajoute avec un sourire méchant :

— Ça vous intéresserait sûrement de fouiller dans nos papiers de famille, mais vous n'apprendrez rien que toute la vallée ne sache déjà ! Ma mère, après guerre, a eu le nez creux, elle a racheté des filatures qui périclitaient, elle leur a insufflé un souffle nouveau. Ensuite, quand la crise du textile est arrivée elle a encore eu le nez creux en les transformant en fabriques de couches jetables, elle a compris que les mères allaient adorer, et que c'était l'avenir. Elle avait beaucoup d'intuition dans les affaires... Mais tout est parfaitement en règle, je ne vois pas ce que ses affaires et sa fortune ont à voir avec son accident...

— Tout est important, sourit Agathe, tout, même les cerisiers. Et puis je vous demanderai de ne pas oublier qu'une enquête judiciaire est en cours et que les résultats de l'autopsie inclinent plutôt en faveur d'un homicide que d'un banal accident ! Le procureur de la république a désigné un juge qui instruit l'affaire, que vous le vouliez ou non il y a bien une affaire... Vous n'avez pas envie de connaître la vérité sur la mort de votre mère ?

— La vérité ? réplique madame Höffel en lissant machinalement sa jupe de lin froissée, quelle vérité ? Ma mère n'avait pas d'ennemis, elle était bien trop vieille pour ça ! Elle ne participait même plus aux séances du Rotary et elle refusait toutes les invitations ! Elle vivait recluse depuis la mort de notre père, complètement retirée du monde et des affaires ! A part un fou, un rôdeur, qui aurait pu s'acharner sur elle ?

— Personne ne s'est acharné, rectifie la capitaine, on lui a juste jeté une pierre qui l'a déséquilibrée...

— C'était peut-être un hasard ? Un gamin qui jouait...

— A six heures du matin ? Vraiment, je n'y aurais pas pensé ! Non, elle avait rendez-vous, et elle a trouvé la mort à ce rendez-vous... un rendez-vous avec quelqu'un qu'elle connaissait, forcément ! Qui ?

— Si je le savais je vous le dirais ! J'aimais ma mère, je ne voudrais pas que son assassin, si assassin il y a, coure les rues !

Accoudée à la fenêtre, Agathe la regarde se diriger vers le parking, entrer dans le coupé Mercedes, un modèle récent décapotable, une voiture de luxe qui jure avec l'apparence presque négligée de sa conductrice. Claudie Höffel a beau s'offrir des vêtements griffés, elle porte la toilette sans élégance et le lourd collier en or ne dissimule pas les épaisses rides de son cou. Une femme qui vieillira mal, à côté d'un mari qui ne l'aime plus. L'a-t-il seulement aimée ? N'a-t-il pas épousé le nom, la fortune, la position sociale, fier d'avoir été agréé par de si hauts personnages ?

En tout cas, murmure Agathe, il l'a payé et il n'en finira pas de payer. On comprend pourquoi il préfère retarder le moment de la retraite. Vieillir à côté d'une Claudie n'a rien de réjouissant !

Comment une femme de la trempe d'Agathe Weissberg a-t-elle pu donner naissance à une fille aussi insignifiante ? se demande la capitaine qui a gardé en tête les photos de l'album de famille. Agathe à l'âge de sa fille irradiait. Sa force crevait le papier !

L'amour, songe Agathe, la mère était aimée, et cet amour se sent jusque sur les photos. Alors que Claudie n'a pas un gramme d'amour sur elle, n'en reçoit pas, n'en donne pas non plus.

Un être dénué de sentiment n'est-il pas capable de tout, même de tuer sa propre mère ? Mais pour quel mobile hormis la rancœur, la jalousie, la vengeance ? Agathe l'ancêtre n'était certainement pas un cadeau pour ses filles, elle mettait son grain de sel dans leurs histoires d'amour, reine mère jusqu'au bout des ongles. Et si Claudie avait brusquement disjoncté, avait donné rendez-vous à sa mère sous un prétexte quelconque et, lors de leur dispute, lui avait lancé ce caillou comme une petite fille qui affronte son maître ?

Dans ce cas, quel était le motif de leur dispute ?

Agathe a soif. Elle appelle. Quelques minutes plus tard, l'emploi-jeune lui apporte le café, ainsi qu'un verre d'eau. Elle boit, il la contemple, mal à l'aise, sa beauté toujours, elle le sait, pas sa faute ni à lui ni à elle.

Elle le laisse sortir, de dos il est encore plus séduisant que de face, avec un corps sculpté par la musculation, des cheveux coupés ras qui dégagent une nuque puissante. Elle est presque attendrie.

*

Agathe a passé une grande partie de la nuit à progresser dans les 513 pages d'une biographie de Kepler, mais un café serré – elle s'est offert une machine à expresso performante – compensera un sommeil de cinq heures. En temps normal, elle a besoin de huit voire de dix heures d'affilée, mais l'affaire Weissberg l'occupe tellement qu'elle s'est réveillée à sept heures, à moins que ce ne soient les cloches de l'église qui l'aient fait surgir de son rêve. Un rêve qui parlait d'argent mais qui s'est évaporé aussitôt.

Après le café qu'elle boit pieds nus sur le carrelage de la cuisine, devant la porte-fenêtre qui donne sur la cour vide, elle s'habille, robe de soie rouge, chaussures d'été à fines brides qui lui font un pied acceptable – les pieds, elle chausse du 41, sont ce qu'elle déteste le plus dans son corps – et laisse les cheveux libres ; répandus sur ses épaules ils descendent jusqu'aux reins. Elle est en congé, même si elle n'est pas en vacances. Puis, courageusement, elle s'attaque à la tâche qu'elle s'est fixée, vide les cartons et remplit les placards dont le logement de fonction est pourvu. Son mobilier, arrivé comme prévu le mercredi précédent, est constitué d'un lit à deux places, d'un bureau moderne, noir, facilement démontable et remontable, d'un ordinateur portable qu'elle a transporté dans le coffre de la Golf, d'un pouf en cuir blanc et d'un fauteuil relax assorti. Un clic-clac en tissu coloré complète l'ensemble. La vaisselle, elle, tient dans un carton, quelques assiettes dépareillées et le reste à l'avenant, qui prouve qu'Agathe n'attache aucune importance aux détails de la vie matérielle.

Elle termine son rangement avant midi. La cour depuis une paire d'heures retentit de cris d'enfants qui ont tracé sur le macadam des cercles de craie blanche sur lesquels ils s'amusent à sauter. Elle les observe un moment puis referme la porte-fenêtre.

Cinq minutes plus tard, sa Golf franchit la grille. Elle remarque dans son rétroviseur qu'un des enfants a abandonné sa marelle pour agiter une main dans sa direction. Le fils du lieutenant Sama, sans doute. Elle l'a déjà croisé dans les escaliers et, chaque fois il lui a souri. Si elle s'arrêtait pour lui dire quelques mots, l'embrasser ? Que penserait le petit garçon ? Ne risque-t-elle pas de l'effaroucher ?

Elle continue sa route. Les yeux fixés sur le macadam encore luisant de l'orage de la nuit, elle essaie de ne penser à rien, ni à l'affaire Weissberg ni à son logement de fonction ni au petit garçon. Et encore moins à celui qu'elle doit oublier.

Elle a l'impression d'arriver trop vite. Elle range la voiture sur le bas-côté, sort les clefs de la boîte à gants et marche vers la maison.

Quelques pas suffisent ; elle aurait préféré s'approcher lentement, la voir apparaître, exister devant elle. Trop tard, la voici face au mur.

Elle la reconnaît, bien que dix années se soient écoulées depuis sa dernière visite. Au moment du décès de la tante Agathe, elle était revenue dans la vallée pour l'enterrement et l'ouverture du testament chez le notaire. Celui-ci stipulait que la maison lui revenait à elle, nièce unique d'une vieille fille qui avait vécu presque toute sa vie au fond de la vallée. Agathe Lolla – de son vrai prénom Maria-Luz – n'était pas née dans cette maison, mais avait eu la grâce d'y mourir.

Presque comme Agathe Weissberg, songe la jeune femme en poussant la porte d'entrée. Sauf que l'ancêtre est morte à l'air libre, sous un arbre, tuée par un caillou et qu'à cause de ce caillou elle a une affaire judiciaire sur les bras. Qui va la monopoliser, et avec elle la brigade tout entière, même si aucun membre de la famille Weissberg, préférant accréditer la thèse de l'accident, n'a porté plainte.

Agathe pénètre dans la cuisine qui sent l'absence et l'indifférence. Par sa faute ! Elle a laissé sombrer le vaisseau, trop préoccupée par sa carrière et par ce qu'elle doit oublier pour songer à autre chose.

Elle est en train de ravaler la larme qui pointe dans sa gorge quand elle entend dans son dos :

— Bonjour, excusez-moi...

Elle pivote sur ses talons et se trouve face à un homme grand et jeune, aux yeux noirs qui brillent dans la pénombre.

— Excusez-moi, reprend l'homme dont les cheveux touchent les poutres du plafond, je vous ai vue arriver, mon jardin est juste à côté. J'ai préféré vous parler de vive voix plutôt que vous appeler à la gendarmerie et solliciter un rendez-vous... Vous devez être très occupée, je n'ai pas voulu vous déranger... Moi, en été, j'ai tout mon temps, je suis instit, professeur des écoles comme on dit maintenant... On pourrait peut-être ouvrir les volets au lieu de discuter dans le noir...

Ils poussent les contrevents délabrés. Une lumière vive envahit la cuisine et un rayon de soleil se dépose sur les cheveux sombres de l'instituteur.

— Attention, s'écrie Agathe en désignant du menton les poutres, vous risquez le trauma crânien...

Il sourit. Il a un très joli sourire, presque un sourire d'enfant, et une fossette attendrit son teint mat.

— Oh j'ai la tête solide, ne vous en faites pas ! J'ai pris l'habitude de mesurer presque deux mètres ! Ça fait vingt ans que je me trimbale avec. Depuis mes dix-huit ans !

Elle ne répond pas. Elle attend. S'il vient vers elle, c'est qu'il a quelque chose à dire, à demander, ces deux verbes se complétant souvent. Il a l'habitude de cohabiter avec deux mètres de hauteur, et elle a l'habitude de fréquenter des gens qui se plaignent, réclament, exigent.

De quoi peut se plaindre cet instit qui a l'air d'un enfant grandi trop vite ?

— Je suppose que vous vous demandez ce que je peux bien vouloir... c'est simple... et je n'aurais peut-être pas dû surgir ainsi à l'improviste, j'aurais dû vous envoyer un mot et...

— Dites-moi tout !

Il éclate d'un rire gai :

— Je vois que vous voulez que j'en vienne aux faits et vous avez raison ! Votre jardin jouxte le mien... je me suis dit que vous ne verriez pas d'inconvénient à ce que je m'en occupe, j'adore la nature, jardiner et, plus encore, j'adore les arbres, et chez moi je n'ai qu'un minuscule potager... pas assez de place, je...

Il laisse sa phrase en suspens. Elle s'attendait à tout, qu'il vienne se plaindre de ses voisins – ah, toutes ces plaintes qu'on enregistre à longueur d'année sur les turpitudes entre propriétaires – ou d'un problème de vie quotidienne. Pas un instant elle n'a pensé qu'il désirait un bout de terre.

Devant son silence, il ajoute :

— Je ne me suis pas présenté : je m'appelle Simon Camus et je suis votre voisin, votre maison est à côté de l'école. J'occupe l'appartement de fonction. Je sais qui vous êtes, les gens depuis mercredi ne parlent que de vous, ça les intrigue, une femme si jeune qui dirige plusieurs brigades... J'ai appris que vous étiez la maîtresse, la propriétaire – déformation professionnelle – de cette maison.

— Si on allait faire le tour du jardin ? Dix ans que je ne suis pas revenue ! Je le regrette quand je vois l'état de la maison... les pierres ont tenu bon... mais le jardin doit être une vraie friche folle...

Ils sortent. L'été a commencé, éclatant aussi bien dans les haies vives où les oiseaux s'égosillent que dans les branches chargées des premières cerises et jusque sur les pierres qui délimitent les jardins, où une chatte énorme aux mamelles pendantes allaite ses petits.

— Il faudrait que je répare le muret, observe Simon, il tombe en miettes, mais les enfants n'y viennent jamais, alors les bras m'en sont tombés, je déteste les murs...

— Ça m'est égal, rétorque Agathe en jetant un œil écœuré sur la chatte monstrueusement grasse, indécente avec ses mamelles à l'air nu, je n'aime pas les enclos, que les deux jardins se rejoignent ne me gêne pas. Quant au jardin, je vous le laisse, décide-t-elle dans un élan, je vais avoir assez de mal avec la maison, et je n'ai pas beaucoup de temps... J'ai un appartement de fonction dans lequel je suis contrainte de vivre, comme tous les gendarmes de la brigade. Ça m'arrange, c'est plus pratique, plus fonctionnel... Ici, il me faudra des années pour tout rénover...

Elle n'ajoute pas qu'elle ignore où trouver l'argent nécessaire. Prendre un crédit, engager des ouvriers, superviser les travaux lui semble une entreprise de titan.

Du regard, elle embrasse l'étendue d'herbes sauvages, d'arbres rendus à la vie libre, qui ressemble au jardin où est décédée madame Weissberg.

— Il faudra commencer par faucher... ça m'étonnerait qu'une tondeuse vienne à bout de cette jungle ! Pour être franche, votre proposition tombe à pic, inutile de me remercier ! Seule, je n'aurais pas su comment m'y prendre !

Il remercie tout de même, mais sans ostentation.

— La prochaine fois, vous pourrez vous installer sous un arbre, je suspendrai un hamac. Il n'y aura plus de ronces, plus d'orties, vous vous reposerez...

Il continue à parler. Agathe, pour la première fois depuis longtemps, se détend. Cette voix lui fait du bien. Elle est sans impatience, à la fois douce et ferme, rassurante, posée bien à plat sur une surface sans aspérités, une voix qui a tout son temps, que rien ne presse, que rien ne vient bousculer. Une voix qui tient debout, se dit-elle. Ses oreilles ont gardé en mémoire les sons durs qui transforment les mots de Claudie Höffel en cailloux pointus.

Elle chasse l'image, n'est-elle pas en congé ? N'a-t-elle pas le droit de profiter d'un dimanche de paix ?

— Vous pouvez rester Simon, s'entend-elle prononcer, vous ne me gênez pas... J'ai préparé un pique-nique, il y en aura assez pour deux, mais ne vous attendez pas à un repas extraordinaire, la cuisine et moi on ne fait pas bon ménage... je n'ai pas le temps et je déteste les casseroles.

Il accepte.

Elle rentre dans la maison pendant qu'il refait un tour de jardin, d'un pas alerte de propriétaire terrien arpentant son bien. A l'intérieur, Agathe déambule à travers les pièces remplies d'un mobilier de chêne, vaisselier et armoires sans doute pleines à ras bord, la tante avait pris l'habitude, vers la fin de sa vie, de ne plus rien jeter. Elle ne les ouvre pas. Elle s'assied sur une des chaises de la cuisine et, pour repousser l'image de la tante Agathe, elle se concentre sur l'affaire Weissberg, ce monument d'hypocrisie qu'elle a pressenti dès sa première rencontre avec Hector Höffel. En laissant ses pensées dériver librement, elle tombe sur le chapeau.

Il n'a pas été retrouvé. Elle a chargé l'adjudant et deux gendarmes de refaire le chemin qu'empruntait la vieille dame, et ils n'ont rien découvert. Elle a demandé de tracer d'autres itinéraires qui ont été inspectés minutieusement. Mais le chapeau semble s'être volatilisé.

A moins qu'il n'ait été pris et emporté par l'assassin. Mais pourquoi s'embarrasserait-il du couvre-chef de sa victime ?

Un fétichiste... qui désire conserver un objet ayant appartenu à sa victime, un souvenir, un symbole de sa puissance...

— J'ai cueilli des cerises...

Agathe tressaille. Dans l'embrasure de la porte, Simon tend vers elle un panier d'osier dans lequel reposent des fruits à la fine peau orangée.

— Ce sont des Napoléon, les premières... on a de la chance, les merles nous en ont laissé...

Il la contemple :

— Je vous embête avec mes histoires de cerises, vous étiez en train de rêver...

Elle secoue la tête :

— C'est mon métier qui me colle à la peau où que je sois...

— Je comprends, moi aussi même le dimanche je reste l'instit, je ne peux m'empêcher de penser à mes gamins...

— Vous devriez leur en garder quelques-unes, reprend Agathe en désignant le panier rempli. Je parie qu'ils adorent...

— C'est gentil ! Mais je crois qu'ils ne demandent l'avis de personne pour venir en chaparder après l'école, enfin les plus téméraires, ceux qui osent pénétrer dans la maison hantée comme ils l'appellent...

Il remarque la lueur qui s'allume dans les yeux d'Agathe car il poursuit vivement :

— Ce n'est qu'un jeu. Ils jouent à se faire peur, c'est de leur âge ! Il est rassurant de constater que les enfants ne changent pas ! D'une génération à l'autre, ils volent toujours les cerises... ils ont compris qu'elles appartiennent à tout le monde...

— Allez-le dire aux proprios qui défendent leur territoire, s'esclaffe Agathe en puisant dans les boules tendres, ils vous tireraient dessus à bout portant ! Conseillez à vos gamins de faire attention aux chevrotines et aux coups de pied dans les fesses ! La loi, c'est la loi, conclut-elle d'un air moqueur.

— C'est drôle, murmure Simon, en disant ça vous ressemblez à un merle. Il y en a plein ici, ils sont très malicieux... Ils croquent tous les fruits.

*

Le soir venu, au volant de sa voiture, Agathe a conservé dans la bouche le goût acidulé des premières cerises volées aux merles, qu'un homme a cueillies pour elle. Autrefois, c'était la tante Agathe, parfois aidée de son frère, le réfugié catalan, qui les descendait de l'arbre, un exercice dangereux sur des branches qui pouvaient se briser à chaque mouvement. Aujourd'hui, c'est Simon. La vie, décidément, a beaucoup d'imagination.

Ils ont pique-niqué, assis sur la couverture que Simon est allé chercher chez lui : terrine de pâté de lièvre – elle a souri en lisant l'étiquette –, Vache qui rit, et eau du robinet. Ensuite, pendant que Simon cueillait un deuxième panier de Napoléon, elle a fait chauffer de l'eau dans la bouilloire dont se servait la tante pour ses tisanes, et trouvé deux tasses de porcelaine dans le vaisselier.

Ce fut en prenant les tasses dans les mains que la scène lui revint, nette comme si elle était en train d'y assister : la tante Agathe les avait sorties du vaisselier, comme elle à ce moment-là, et lui avait fait admirer la fine porcelaine de

Limoges cerclée d'un filet d'or. Elle avait dit : « C'est un cadeau de madame Weissberg, enfin maintenant elle s'appelle madame von Ehrenmann mais pour moi elle restera toujours Agathe Weissberg, telle que je l'ai rencontrée ce jour-là à la boucherie... et tu vois, ma petite fille, elle est demeurée la même malgré sa fortune, pour Noël elle m'a envoyé ce service, six tasses et le sucrier ainsi que la théière, elle a pensé à moi... »

Quel âge avait-elle ? C'était juste avant le début de la maladie de la tante, elle était encore lycéenne, l'année du bac, elle s'en souvient très précisément, celle de ses dix-huit ans. Le cancer de l'utérus avait été diagnostiqué quelques mois plus tard et la maladie avait duré cinq ans, une épreuve que la tante avait traversée sans se plaindre. Elle, à cette époque, faisait ses études à l'école de la gendarmerie à Melun.

Trois mois après le décès de la tante, son père avait suivi sa sœur dans la tombe, puis son épouse avait succombé à son tour. Folle de chagrin, elle s'était un matin prise pour un oiseau et s'était écrasée sur le trottoir trois étages plus bas.

Agathe avait hérité de cette maison, et de leur mémoire.

La maison, elle y est revenue. Pour la mémoire, ce serait plus difficile. La tante Agathe n'était pas bavarde et son père esquivait toute question relative à l'Espagne, son pays natal, et n'évoquait jamais la guerre civile qui avait ravagé sa jeunesse, se contentant d'une expression laconique : c'est fini.

Jamais il ne lui parlait en catalan et même avec sa sœur il n'utilisait que le français, parfois le patois alsacien qu'ils avaient appris tous deux pour mieux s'intégrer, pour paraître moins étrangers. Et quand, par hasard, il arrivait qu'un mot catalan surgisse au détour d'une phrase de l'un ou de l'autre ils sursautaient, comme pris en faute. Et ils s'empressaient de continuer dans leur langue d'adoption. N'étaient-ils pas devenus français ?

Agathe range sa voiture dans le garage de la gendarmerie, et, tout en grimpant les marches qui mènent au premier étage, elle se promet d'éclaircir certains détails.

Le plus important est celui de la première rencontre entre sa tante et Agathe Weissberg. Elle sait vaguement que son père, Julio Lolla, et sa sœur, qui s'appelait alors Maria-Luz, ont fui l'Espagne franquiste et sont remontés vers le Nord. Ils avaient alors respectivement quinze et seize ans et leurs parents venaient d'être assassinés par les phalangistes. Comment ils avaient pu échapper à la guerre, elle l'ignore, et les deux seuls capables de l'éclairer sur ce sujet ont disparu.

Elle ne dîne presque pas, se contentant de cacahuètes grillées qu'elle dispose dans un ravier pour les parsemer de sel de Guérande. Heureusement, se dit-elle attablée devant son repas, personne ne peut me voir, moi Agathe, trente-trois ans, engouffrant à pleines poignées des cacahuètes, comme une pauvre petite fille dont personne ne veut.

Elle a réalisé un parcours sans faute, réussissant tous les examens les doigts dans le nez, elle est devenue officier de la gendarmerie nationale, elle gagne un salaire décent et occupe un appartement honorable, mais le soir en rentrant chez elle que trouve-t-elle ? Un logis vide, un frigo vide, un lit vide. Tout est vide, sa vie aussi.

Et elle doit oublier celui qui aurait pu remplir cette vie.

Elle est en train de transvaser le contenu d'un second paquet de cacahuètes lorsque le téléphone sonne.

Le planton lui annonce qu'à la maison de retraite une pensionnaire vient de décéder et que le médecin de garde, un jeune toubib qui effectue des remplacements en ville, a refusé de délivrer le permis d'inhumer. Le directeur s'est donc décidé à alerter la gendarmerie.

— Il n'a pas l'air content, s'exclame-t-il, il estime que ce jeune médecin en fait un peu trop ! Moi je trouve ça incroyable, pendant des mois rien et soudain un crime dans un jardin et maintenant un empoisonnement, enfin c'est ce que soupçonne le médecin de garde ! Tout ça en une semaine... J'ai prévenu le gendarme de permanence, je n'aurais peut-être pas dû vous déranger, ce n'est pas votre semaine de permanence...

— Vous avez bien fait, répond Agathe en lorgnant les cerises dans le panier en osier offert par Simon. Recommandez au personnel de la maison de retraite de ne toucher à rien et prévenez également l'adjudant Dubois ! Qu'ils me rejoignent sur place !

Ensuite, elle appelle la brigade criminelle de Colmar où on lui promet d'envoyer le technicien de garde dans l'heure. Pour terminer, elle téléphone au médecin légiste, celui-là même qui s'était occupé de madame Weissberg. Il s'écrie :

— Vous en faites de belles ! Deux autopsies en huit jours ! Enfin parler d'autopsie est peut-être prématuré ! Les analyses sanguines nous diront déjà si c'est nécessaire, de toute façon faut attendre le feu vert du proc.

— Je respecterai la procédure, déclare la capitaine d'une voix douce. Pour l'instant, je me rends sur les lieux, préparez-vous à recevoir le corps dans une paire d'heures, je vous rappelle quand tout sera prêt !

— C'est gentil de votre part, ça me permet de regarder mon film, un polar. J'aurais détesté ne pas connaître la fin...

Moi aussi j'aimerais connaître la fin de cette histoire, de cette double histoire, se dit Agathe en raccrochant, mais je doute d'y arriver aussi vite que Colombo !

Il ne reste plus qu'à prévenir le procureur qu'elle peut joindre à toute heure en qualité d'officier de la police judiciaire. Elle s'interroge quelques secondes sur la nécessité de l'avertir tout de suite ou d'attendre les premières conclusions de l'enquête.

Elle hésite, puis compose le numéro du domicile personnel du proc.

— Un homicide à la maison de retraite ? Par empoisonnement ? Mais qu'est-ce qui leur prend tout à coup à ces petites vieilles ? Au fait, pour le premier cas, je vous signale que j'ai confié le dossier au juge Galbier qui l'instruira, c'est un jeune qui promet... comme vous ! Violence volontaire ayant entraîné la mort sans intention de la donner.

Il raccroche assez sèchement, agacé sans doute d'avoir été dérangé au cours d'une belle soirée de printemps, un dimanche, à cause d'une petite vieille qui a l'impudence de mourir de mort violente.

VI

A VINGT-DEUX HEURES ce dimanche de juin, le corps de madame Marthe Behra repose à la morgue de l'hôpital, dans le bâtiment qui jouxte la maison de retraite, au sous-sol. Une chambre nue où le soleil ne pénètre jamais, et où l'on a pris l'habitude de descendre les morts jusqu'à ce que les familles décident soit de les y laisser jusqu'aux funérailles soit de les faire conduire au funérarium.

On a étendu le cadavre sur un brancard qui sert à présent de dernier lit. Les mains jointes sur un chapelet, elle semble attendre, environnée de bougies qui répandent dans l'air confiné une odeur de cire accompagnée de lueurs tremblotantes. Malgré le risque d'autopsie, le personnel a préparé la morte comme si elle eut dû être enterrée le surlendemain : robe grise impeccablement lissée, cheveux coiffés, lèvres délicatement rosées, et un soupçon de fard sur les joues. On dirait une poupée savamment apprêtée pour un goûter de petites filles, façon comtesse de Ségur.

A vingt-deux heures trente, Agathe Lolla pousse la porte de la maison de retraite qu'une blouse blanche vient de déverrouiller à son intention.

— Bonsoir, prononce-t-elle de sa voix calme, auriez-vous la gentillesse de me conduire à la chambre de madame Behra ?

La garde de nuit écarquille les yeux :

— Mais... madame Behra n'est plus dans sa chambre !

— Comment ça plus dans sa chambre ? articule la capitaine d'une voix où perce la stupéfaction, ne me dites pas qu'elle s'est relevée pour aller faire un tour ! Si elle n'est plus dans sa chambre, où est-elle ?

— A la morgue ! Quand je suis arrivée à vingt et une heures, Iris m'a demandé de l'aider à l'habiller, elle est même restée plus longtemps parce que seule ce n'est pas facile. On vient juste de terminer... Ce n'est qu'une fois madame Behra descendue à la morgue qu'Iris m'a appris que le médecin n'a pas voulu signer le permis d'inhumer et que le directeur a alerté la gendarmerie... et qu'il s'agirait peut-être d'un empoisonnement, mais Iris n'en croit pas un mot, et elle connaît son métier...

— Elle n'est pas médecin que je sache, rétorque la capitaine, conduisez-moi à la morgue, et dites à l'adjudant de me rejoindre quand il arrivera ! J'avais pourtant bien précisé de tout laisser en l'état !

Elisa rougit violemment. Voilà deux fois qu'elle se fait engueuler, la première parce qu'elle a laissé s'échapper madame Weissberg, et maintenant parce qu'elle a fait son boulot !

— J'ai cru bien faire, murmure-t-elle, d'ailleurs Iris a dit...

— Vous parlez toujours en son nom, remarque la capitaine, et où est-elle donc ?

— Mais chez elle, je suppose ! Elle m'a dit qu'elle avait quelque chose de prévu ce soir et qu'elle était déjà en retard. Elle était pressée de rentrer ! Pourquoi ? Elle aurait dû vous attendre ?

— C'est elle qui a découvert le corps, n'est-ce pas ? Il aurait été logique en effet qu'elle nous attende...

Elisa baisse les yeux.

— Je n'y suis pour rien ! Ah, voici vos collègues...

Les silhouettes des deux gendarmes, l'adjudant Dubois et le gendarme de permanence qu'Agathe a à peine entr'aperçu depuis son arrivée, se dessinent derrière la porte vitrée.

— Un technicien de la brigade scientifique de Colmar va arriver sous peu, vous lui montrerez l'ancienne chambre de madame Behra afin qu'il puisse faire son travail, ordonne l'officier de gendarmerie... Nous le rejoindrons quand nous en aurons fini à la morgue. Vous avez bien compris cette fois ?

— Oui, s'empresse de prononcer Elisa, j'ai compris.

Agathe Lolla se tourne vers ses deux subordonnés :

— Messieurs, nous allons auditionner la victime...

Devant leurs yeux écarquillés, elle ajoute :

— Les morts ont beaucoup à nous apprendre... ils parlent quand on sait les écouter... mais rien ne nous prouve qu'il s'agisse d'une victime... Quant à la déposition de madame vous la prendrez plus tard, d'ailleurs je crois qu'elle sera courte, le principal témoin n'ayant pas estimé nécessaire d'attendre notre arrivée... On y va ?

En haut des escaliers qui mènent à la morgue, ils croisent Hector Höffel qui en revient.

— Que dites-vous ? articule Agathe Lolla, mais une morgue n'est pas un moulin, surtout quand on soupçonne un homicide ! Donc, non seulement on bichonne la morte, on la change de place mais, en plus, on lui rend visite !

Elle fait signe aux deux gendarmes de continuer sans elle. Ils descendent, elle reste seule avec Hector Höffel, le face-à-face toujours...

— Depuis trente ans que je suis directeur de cet établissement, commence Hector Höffel, les lèvres pincées d'indignation, je n'ai jamais eu d'enquête pour homicide sur les bras, et d'ailleurs jamais d'enquête du tout ! Vous comprenez que j'ai fait comme d'habitude, je suis allé dire au revoir à mon invitée...

— Votre invitée ? Vous voulez dire votre pensionnaire, s'enquiert Agathe. Depuis combien de temps est-elle chez vous ?

— Elle est notre dernière arrivée ! Elle était là depuis six mois à peine ! Elle avait le même âge que ma belle-mère mais elles ne se parlaient pas... pourtant elles se connaissaient de vue depuis des décennies !

— Vous avez averti sa famille ? Elle n'a peut-être pas de famille, ajoute-t-elle, il y a des gens qui n'ont personne...

— Madame Behra avait un fils, un seul fils, qu'elle ne voyait jamais. Il n'est jamais venu depuis qu'elle est ici... Elle s'en plaignait quand il lui arrivait d'ouvrir la bouche, elle était plutôt du genre renfrognée, mais parfois la rancœur prenait le dessus et elle parlait de lui, elle disait que c'était un monstre d'ingratitude... enfin beaucoup de vieux disent ça... donc, la mère et le fils sont fâchés... Marthe Behra a confié à sa voisine qu'elle avait décidé de le déshériter, mais comme nos lois sont très protectrices à l'égard des descendants en ligne directe, il est pratiquement impossible de léser un enfant, elle a donc trouvé la seule solution possible : vendre ses biens en viager. Il semblerait que l'affaire était en cours, mais le notaire vous en dira davantage, ce ne sont pas mes oignons... Je ne vois pas pourquoi ce petit docteur qui vient de sortir de l'école en fait tout un fromage, de cette mort ! Vous vous rendez compte, deux enquêtes judiciaires en une semaine ? Vous croyez que ça va faire du bien à mon établissement ? J'ai même peur que les pensionnaires valides, ceux qui peuvent encore prendre leurs jambes à leur cou, ne profitent de l'occasion pour filer ! Et je n'aurai plus qu'à mettre la clef sous la porte ! Vous croyez que je mérite ça, après tout ce que j'ai fait ? Cette maison, c'est mon œuvre, je l'ai créée, il n'y en avait pas dans la vallée... Vous n'allez quand même pas demander une autopsie ?

— Ce n'est pas sur vous qu'elle sera pratiquée, remarque Agathe avec un sourire doux, et en plus, ce n'est pas moi qui la demanderai, ce sera le procureur... Marthe Behra n'était-elle pas en pleine forme avant ce soir ? Que viennent faire dans une maison de retraite des gens valides, même pas malades ? La vieillesse n'est pas une maladie ! Votre belle-mère ainsi que madame Behra avaient toutes les deux les capacités physiques de demeurer chez elles...

Le directeur pose sa main sur la manche de l'uniforme. Agathe maîtrise un mouvement de recul.

— En ce qui concerne madame Behra, c'était pour emmerder son fils. Elle a voulu sans doute lui prouver qu'elle était capable de prendre des décisions toute seule... comme une grande ! Je crois aussi qu'elle s'est fait monter le bourrichon par des neveux qui, entre parenthèses, seront ou sont déjà les heureux bénéficiaires du viager... mais il ne s'agit peut-être que de rumeurs ! Kirchenfeld, c'est un nid de guêpes, il faut en prendre et en laisser. J'ai appelé le fils Behra, et ça n'a pas été sans mal parce que les neveux ont d'abord refusé de me transmettre ses coordonnées, et j'ai pratiquement été obligé de les menacer pour qu'ils daignent me filer l'adresse. Je reconnais que le fils n'a pas pleuré au bout du fil quand je lui ai annoncé la nouvelle...

Agathe s'engage dans les marches de pierre. Le directeur sur ses talons, elle atteint la porte de la morgue.

— C'est la loi des séries, articule le directeur en désignant le corps étendu dans la pénombre, deux d'un coup, ça fait beaucoup ! A quand le troisième ?

— La loi des séries n'existe pas, déclare Agathe, il n'y a que des hasards qui se succèdent...

Elle contemple le cadavre allongé dans la pièce froide. Les lumières tremblotantes éclairent le visage aux lèvres pincées dans un rictus douloureux. Cette bouche ne lui plaît pas, comme elle n'a pas plu au médecin de garde. La vieille dame est maigre, avec des articulations délicates et un ventre proéminent qui contraste violemment avec le reste du corps. N'était-ce son âge, on aurait pu la croire sur le point d'accoucher.

— Le médecin de garde a parlé d'un empoisonnement, à cause des glaires sanguinolentes qui coulaient de sa bouche. Iris Haas pense que ces crachats proviennent d'une toux dont madame Behra n'arrivait pas à se défaire... elle a raison. Moi-même, j'ai remarqué en la croisant dans les couloirs qu'elle souffrait d'un gros rhume, déclare Hector Höffel qui est resté campé sur le pas de la porte.

L'adjudant Dubois éructe :

— Cette Iris Haas commence à me chauffer les oreilles ! Une aide soignante qui ose critiquer l'avis d'un toubib ! On va réaliser des examens sanguins qui détermineront s'il y a eu ou non ingestion d'une substance toxique. Ensuite, le parquet avisera...

— Est-ce qu'elle avait des ennemis ? demande Agathe en observant la forme étendue sur le lit mortuaire.

— Comment savoir ? répond le directeur, elle était silencieuse, discrète, effacée... si elle faisait des crasses, elle s'arrangeait pour les commettre en douce... Avec son fils aussi, sans doute...

Il soupire bruyamment :

— On peut penser ce qu'on veut de ma belle-mère, mais elle aimait ses filles... peut-être même trop.

Peut-on aimer trop ? songe Agathe, se rappelant ses parents et leur tendresse que rien n'avait jamais pu éteindre, ni son départ pour Melun ni son affectation à l'autre bout de la France. Ils avaient projeté de la rejoindre, mais la mort ne leur en avait pas laissé le temps. Et ils reposent désormais côte à côte dans le caveau que leur fille leur a offert, choisissant pour eux ce qu'il y a de plus coûteux, cercueils de chêne capitonnés, concession à perpétuité, marbre fin. Bien plus de luxe qu'ils n'ont connu au cours de leur existence. Toutes leurs économies ont été englouties dans ce dernier voyage.

Agathe serre à contrecœur la main que lui tend Hector Höffel. Elle est toujours aussi moite.

— Qu'en pensez-vous ? demande-t-elle à l'adjudant Dubois dès que le directeur eut refermé la porte derrière lui.

Il se racle la gorge :

— Je ne peux rien dire avant d'avoir auditionné les témoins, et surtout cette Iris Haas. Elle a découvert le corps et a donné l'ordre de le descendre à la morgue... pourtant n'importe qui sait qu'en cas de mort suspecte il faut tout laisser en place et elle n'a pas écouté les consignes...

— J'ai l'impression qu'Iris Haas est une personne qui ne sait pas écouter, et encore moins obéir...

— Elle était, avec l'agent de service, la seule personne en contact ce soir avec la victime, résume l'adjudant. Avant de descendre à la morgue, je suis allé vérifier le registre de la salle de soins : elles étaient deux à travailler aujourd'hui, l'aide soignante a fait la journée continue, comme toujours le dimanche, et l'agent de service le coupé, soit sept heures-douze heures et seize heures-vingt heures. Madame Haas a découvert le corps peu après le départ de cette dernière, elle est donc restée seule jusqu'à l'arrivée de la relève à vingt et une heures.

Il se tait, les yeux fixés sur la vieille dame.

— Moi aussi, j'opte pour un empoisonnement, se risque l'adjudant Dubois. Regardez cette bouche serrée, cet air crispé ! J'en ai déjà vu un, il y a longtemps, mais je n'ai pas oublié...

— Ce qui est étrange, c'est qu'elle n'ait pas appelé à l'aide... Si elle a été empoisonnée, elle a dû souffrir de crampes abdominales violentes, remarque Agathe Lolla, on ne décède pas instantanément... on a le temps d'appeler au secours...

— Il est trop tard pour auditionner les témoins... et la famille. D'après la garde de nuit, elle aurait passé la journée chez ses neveux, c'était dimanche de communion aujourd'hui et beaucoup de pensionnaires étaient de sortie... Ici, les communions sont prétextes à de grandes fêtes !

Agathe Lolla jette un dernier regard à la morte et marche vers la porte, pressée de retrouver l'air, le ciel, la nuit. Cette chambre pue la mort, l'indifférence, l'oubli. Etrange comme elle arrive à renifler la vie de cette femme, une vie sans amour.

Dans la salle de soins, elle retrouve la blouse blanche en train d'écrire sur le registre de transmissions.

— Le gendarme de Colmar est arrivé, annonce-t-elle en se levant de sa chaise, il m'a jetée hors de la chambre, il est furieux...

— Furieux ? Pourquoi donc ?

Elisa répond en se tortillant une boucle de cheveux.

— Quand je suis arrivée, Iris m'a ordonné de nettoyer la chambre... On a beaucoup de demandes d'admission en attente, on ne veut pas perdre de temps...

Agathe articule en rassemblant son calme :

— Je vois. Menez-nous à la chambre, je vous prie.

Elisa obtempère en se mordant les lèvres, comprenant enfin l'ampleur de son erreur. Comment aurait-elle pu se douter qu'en nettoyant, elle effacerait de précieux indices ? Elle a agi en toute bonne conscience.

Mais la bonne conscience ne suffit pas toujours.

Ils atteignent la chambre située au deuxième étage de l'établissement. Le gendarme de la brigade scientifique est en train de prélever de minces filaments sur le fauteuil disposé devant la fenêtre. Il accueille les gendarmes par un bref salut désabusé.

— Ça m'étonnerait beaucoup que je trouve quelque chose d'intéressant. Vous savez que...

— Je sais, abrège la capitaine, faites pour le mieux ! Vous avez récupéré les draps et l'oreiller ? avise-t-elle en désignant le matelas débarrassé de sa literie.

— Oui mais non sans mal ! On les avait déjà descendus à la lingerie ! Je n'ai jamais vu un tel empressement ! J'emmène tout ça avec moi pour analyses...

Agathe ne répond pas, absorbée par ses pensées. Une main posée sur son épaule la fait pivoter sur ses talons.

Devant elle se dresse un homme qui approche de l'âge de la retraite. Il a l'air triste. Elle l'identifie aussitôt comme le procureur de la république.

— J'ai fait aussi vite que j'ai pu, s'excuse-t-il, je constate que vous êtes en plein boum... Que se passe-t-il ? Ça pue les produits désinfectants...

Les explications d'Agathe le poussent à cette réflexion :

— Quelle conne ! Excusez ma spontanéité mais c'est le premier mot qui me vient à l'esprit ! Conne ou alors diablement rusée... effacer rapidement toute trace, ça peut s'appeler prudence ! Je serais curieux de rencontrer la responsable de ce bordel... madame Haas... Occupez-vous d'elle sérieusement, elle a sûrement des choses passionnantes à nous révéler... cuisinez-la comme un lapin...

Il rit, un petit rire sans joie.

— Excusez cet humour. Vous comprenez le patois ou l'allemand ? Haas, c'est le lièvre... alors, mitonnez ce lièvre aux petits lardons et au vin blanc jusqu'à ce qu'il rende son jus ! Puisque je me suis dérangé, allons donc jeter un coup d'œil sur l'héroïne...

Devant l'air étonné des gendarmes, il reprend, du même ton désabusé :

— L'humour est une forme de politesse, votre morte n'est-elle pas en ce moment en train de se transformer en héroïne ? Je suppose qu'elle a eu une vie banale, raisonnable, anonyme, pas forcément sans douleurs mais sans grandes péripéties. Et voilà que morte on s'intéresse enfin à sa petite personne ! Quelle revanche !

— Elle n'est plus là pour en profiter ! A mon avis, elle aurait préféré vivre encore quelques années d'anonymat ! Elle n'était peut-être pas heureuse, mais sûrement pas malheureuse non plus...

— Comme tout le monde quoi, résume le procureur, ni heureux, ni malheureux, le lot commun. C'est bien là le drame, le vrai drame...

Une douleur tremblote au fond de la voix, qu'Agathe reconnaît.

— J'ai fait prévenir les pompes funèbres, intervient l'adjudant Dubois, elles arrivent dans un quart d'heure. Si vous voulez voir la victime, il faut y aller...

Le proc s'ébroue comme quelqu'un qui vient de s'extraire d'une eau un peu froide et, le visage redevenu impénétrable, il déclare d'une voix solide et lisse :

— Eh bien, conduisez-moi à cette brave femme !

*

Les employés des pompes funèbres sont en train de décharger le brancard lorsque la capitaine s'installe au volant de sa Golf. Elle a tourné la clef de contact, et le moteur ronronne gentiment quand soudain elle se ravise. Elle a besoin de marcher. Et si elle laissait la voiture sur le parking de la maison de retraite ? Elle reviendrait la chercher le lendemain ou chargerait un jeune – un des trois emplois-jeunes – de la récupérer. Il serait ravi de lui rendre ce service et de faire une petite promenade.

Elle referme la portière en songeant qu'au sous-sol, dans la morgue, le corps de madame Behra est en train d'être transvasé dans une housse pour être conduit à l'institut médico-légal.

La deuxième.

Agathe laisse dans son dos les masses sombres de l'hôpital et de la maison de retraite et traverse la ville silencieuse sous ses balcons garnis de géraniums-lierres et ses fontaines serties de bégonias. Elle s'arrête devant la fontaine de la place, s'assied sur la margelle, et arrache un brin de géranium. Il exhale une odeur fade, presque désagréable. C'était bien ce qui l'avait frappée dans la morgue. L'odeur de lavande dont on avait imbibé les vêtements du cadavre ne parvenait pas à la masquer. Une odeur qu'elle n'avait pas réussi à identifier. Et qui, certainement, avait inconsciemment alerté le médecin de garde. De la bouche pourtant close de madame Behra se dégageait une saveur amère.

Une odeur amère... d'amande amère... elle se rappelle avoir lu dans un manuel de toxicologie que le cyanure de potassium a un arrière-goût d'amande amère. Mais dans l'exercice de son métier, elle n'a jamais eu l'occasion de le vérifier.

Agathe écrase le brin de géranium entre ses doigts qu'elle porte à son nez. Ils sentent mauvais.

La mort de madame Behra ainsi que celle de madame Weissberg puent, odeur délétère venue du fond des âges.

Du fond de cette vallée reculée, où les touristes s'empressent de gravir le ballon d'Alsace, d'admirer le lac d'Alfeld et de s'en retourner vers d'autres horizons, moins fermés.

Agathe le pressent : ces deux morts ont un sens, mais pour le trouver, pour accéder aux couches invisibles, souterraines, il faudra gratter le vernis brillant et lisse qui recouvre les apparences. Et ce sera elle qui accomplira cette saine mission.

Elle pousse un soupir lourd que seul un chat perché sur la margelle entend.

— Tu sais, toi, murmure Agathe en caressant les poils soyeux, mais non tu ne sais pas. Vu l'âge des deux femmes, cette histoire ne date pas d'hier. Dans leur maison de retraite elles n'ont pas dû faire beaucoup de mal. Si on les a tuées, c'est forcément pour une raison qui date de leur vie d'avant... Cherchez à qui le crime profite... Pour l'ancêtre ça ne colle pas, ses filles ont déjà investi le manoir, l'usine, elles n'ont aucun intérêt à éliminer leur mère... sauf si celle-ci devient emmerdante... gratter le vernis... et en dessous, quelle saleté vais-je ramener à la lumière ?

Il fait nuit, une nuit éclaircie par des étoiles douces. Agathe lève la tête vers le ciel parsemé de lumières minuscules séparées les unes des autres par de grands espaces sombres. Des astres morts, enfermés sur leurs mystères de pierres.

Agathe Lolla est sommée de dresser le procès-verbal de cette seconde affaire en quarante-huit heures maximum, et d'envoyer deux exemplaires au procureur. Elle en garderait un sur lequel elle pourrait plancher dans l'espoir de découvrir le détail qui éclaircirait tout.

Elle reprend sa route dans la nuit silencieuse. Kirchenfeld dort, du sommeil du juste, pense Agathe avec un ricanement intérieur. Derrière ces façades proprettes joliment fleuries, que se cache-t-il ? Il faudrait forcer les portes closes, pénétrer dans les maisons, fouiller dans les tiroirs, peut-être récolterait-elle quelques indices qui lui permettraient d'approcher la vérité. La vérité sur ces deux femmes qui vivent côte à côte dans une vallée où on ne relève que des crimes passionnels, quatre dossiers en dix ans. Peut-être devrait-elle, malgré leur grand âge, enquêter dans cette direction... L'amour ne se moque-t-il pas du temps ? Les témoignages des membres de la famille d'Agathe Weissberg ainsi que ceux du personnel et des pensionnaires de la maison de retraite ne parlent pas de soupirant. Agathe Weissberg se cantonnait dans son veuvage, enfouie sous ses chapeaux dont elle rabattait souvent la voilette sur son visage, comme si elle voulait voir le monde à travers un tissu qui en occulterait la laideur. Sans doute avait-elle connu une union heureuse auprès d'un mari attentionné. Les dépositions plaident en ce sens : un homme amoureux de sa femme et l'aidant de toutes ses forces, avait dit Lisa von Ehrenmann.

Quant à la deuxième... Elle sursaute – pourquoi son inconscient a-t-il choisi spontanément ce terme, alors que celui de « seconde » aurait été si rassurant –, elle n'était sans doute pas capable d'inspirer le moindre amour...

Elle atteint les bâtiments de la gendarmerie, son foyer en quelque sorte. L'immeuble dort.

Chez elle, elle farfouille dans le placard, et trouve de quoi se consoler : un paquet de cacahuètes grillées.

Elle finit le paquet, couchée dans le lit qu'elle a voulu à deux places, pour pouvoir s'étaler, en long et en large.

Elle est la moitié d'un couple. Où est l'autre ? Pourquoi n'est-elle pas capable de susciter l'amour chez un homme qu'elle n'aurait pas besoin d'oublier ? Un homme comme cet officier allemand qu'Agathe Weissberg a épousé après-guerre, et qui l'a secondée dans sa vie de femme d'affaires... un amour exemplaire, selon les dépositions qu'elle a lues attentivement avant de les transférer au parquet. Un amour qui aurait pu engendrer des jalousies... et si on avait tué l'ancêtre par dépit amoureux ?

Dix ans après la mort du mari ? Les affaires criminelles révèlent souvent des vérités invraisemblables.

Elle pose sa joue sur l'ours en peluche estropié qui lui vient de son enfance et elle laisse ses pensées divaguer.

Agathe Weissberg et son château, son mari passionnément épris, leurs trois filles... une vie harmonieuse, heureuse, pleine... et Agathe Lolla, la réfugiée, l'étrangère, la vieille fille, seule dans sa maison basse au fond de la campagne et du temps, recluse sur son passé, incapable d'aimer... Sa seule descendante était la fille de son frère avec qui elle avait fui l'Espagne en 1936. C'était avec lui qu'elle avait trouvé refuge dans cette vallée perdue. Son frère avait, pendant l'occupation nazie, préféré s'installer ou plutôt se cacher à Mulhouse, pendant qu'elle était demeurée à Kirchenfeld. Comment les deux jeunes gens avaient-ils réussi à échapper à la police allemande et aux camps de concentration où les nazis jetaient les « rouges » ?

Les rescapés étaient demeurés clos sur leurs secrets et il ne restait que la maison qu'Agathe Lolla avait achetée à crédit dans les années 1960, avec son salaire d'ouvrière dans les usines d'Agathe Weissberg. Elle s'était privée pour accomplir son rêve : une maison à elle, elle qui avait tout perdu, un toit sous lequel elle pouvait accueillir sa nièce pendant l'été.

Agathe écrase la vieille peluche de tout son poids. Irrésistiblement lui revient la figure de la tante Agathe, ronde et douce, le teint mat et les éternels tabliers bleus. Elle ne parlait pas beaucoup, sauf aux abeilles qui l'aimaient et ne la piquaient jamais. La réfugiée et les insectes avaient établi un code secret que l'enfant ne pouvait percer. Elle se contentait d'observer pendant deux mois la tante qui ne disait rien, qui fabriquait, avec des gestes simples, précis, silencieux, un miel si noir et si épais qu'on n'en voyait pas le fond. Un miel au goût de paradis vert. La petite fille ne sortait pas du jardin, elle baignait dans le miel, les cerises, l'amour. On lui donnait une maison dans un jardin, sans fantômes, ou du moins c'est ce qu'on croyait.

Ils ont voulu m'épargner, se dit Agathe Lolla en mordillant l'unique oreille de l'ours en peluche, ils ont voulu tuer les fantômes, mais ils étaient là, tapis dans l'ombre, et je crois bien que je les reniflais déjà.

N'est-ce pas pour les ramener au jour, pour leur rendre forme humaine, pour les débarrasser de leurs oripeaux blancs qu'elle a choisi d'être gendarme ?

Elle a pourtant essayé de les acculer dans leurs retranchements mais elle s'était toujours heurtée à un mutisme profond que rien ne semblait pouvoir déchirer. Nous sommes vivants, déclarait l'ancien réfugié espagnol, avant c'est fini.

Mais quand peut-on dire que c'est fini ? Et qu'est-ce qui est fini ? L'errance, la fuite, la peur, la faim...?

Et si tout était en train de recommencer ?

Agathe s'attarde sur cette pensée. Pour la première fois depuis son arrivée dans la vallée elle ose murmurer : Agathe ne te mens pas à toi-même, tu connais la raison vraie de ton retour, tu es revenue pour faire parler *tes* morts.

VII

MARDI MATIN, Agathe Lolla n'est pas étonnée d'apercevoir la silhouette de Paul Behra dans l'embrasure de la porte : il présente sur le visage et le corps des traits de sa mère. Cette ressemblance prouve que l'absence d'amour n'empêche pas la transmission du capital génétique. Paul Behra, de bon ou de mauvais gré, doit se coltiner ce corps ventripotent – sa mère aussi dans la chambre mortuaire exhibait un ventre proéminent – et ce visage d'oiseau de proie, émacié, au nez long et fin, aux lèvres quasi inexistantes.

Elle fait signe à l'emploi-jeune de refermer la porte derrière lui.

Paul Behra est en jean et chemise, espadrilles sur ses pieds nus, une tenue d'été passe-partout qui montre que l'apparence lui importe peu. Il s'est rasé de près, et sans écorchure. La mort de sa mère n'a pas dû beaucoup l'impressionner. On est content que la vie, et en l'occurrence la mort, vous débarrasse de ceux qui vous haïssent. Car maître Guillemin, le notaire que la capitaine Lolla a contacté, lui a tenu des propos clairs sur la nature des relations de madame Behra et de son fils : « Les parents ont le souci de transmettre leur patrimoine dans de bonnes conditions, c'est une attitude profondément ancrée dans notre civilisation. Ma cliente n'avait qu'un désir, déshériter son fils, de toutes les manières que la législation française lui offre, et elles ne sont pas nombreuses étant donné que nos lois protègent les héritiers directs. Non contente d'avoir réussi à faire établir un contrat de mariage qui désavantageait sa descendance, elle a vendu ses biens en viager. L'affaire était en cours, elle avait déjà signé un premier contrat. Cette attitude m'a beaucoup choqué, j'ai moi-même des enfants, et je suis l'enfant de quelqu'un, comme tout le monde, et j'ai beau être notaire et avoir l'habitude des turpitudes humaines, je n'en reste pas moins sensible et... »

Elle a laissé le notaire vider son sac en pensant à la tante Agathe qui lui avait légué ses biens, par amour. Quand on aime, on donne. Mais sans doute madame Behra n'avait-elle jamais été touchée par la grâce d'aimer. Elle ne savait pas donner. Seulement vendre. Et prendre.

— Vous ignorez si elle, commence Paul Behra, je parle évidemment de la mère que le hasard m'a donné bien qu'en réalité je n'aie pas de mère, a été assassinée et déjà vous me considérez comme un coupable potentiel.

Paul Behra pose sa main droite sur le bureau. Agathe remarque ses doigts de pianiste. Sans doute a-t-il passé la moitié de sa vie à tenter de se faire aimer, un boulot à plein temps qui monopolise toute l'énergie vitale.

— Pour vous, je suis le monstre qui ne pleure pas à l'annonce de la mort de sa chère maman. Je suis le fils dénaturé qui supprime sa mère pour hériter avant qu'elle ne l'en empêche. Je ne l'ai pas revue depuis des années, vous pouvez le vérifier...

Elle songe à *L'Etranger*. Lui non plus n'a pas pleuré à l'annonce de la mort de sa mère, lui aussi a été traité de monstre.

— Il y a toujours moyen d'approcher quelqu'un, même à son insu. La maison de retraite n'est pas une prison, elle me semble plutôt ouverte à tout vent...

Ce fils rejeté ne lui est pas antipathique. A cause de *L'Etranger* qu'elle a aimé, adolescente – elle se souvient parfaitement des romans qu'elle a lus à quinze ans.

Elle ramène dans sa nuque la natte échappée du chignon serré qui maintient tant bien que mal les lourds cheveux à la violente couleur rousse dont Paul Behra ne peut détacher le regard. Elle lui en impose. Belle, ronde et rousse. Elle n'a rien d'un gendarme, hormis l'uniforme. Toute en courbes douces et attirantes. Des seins aussi opulents que la chevelure, des hanches larges et des yeux en forme de cerises noires. Une rousse aux yeux noirs. Un héritage de son passé espagnol, elle qui n'a jamais mis les pieds de l'autre côté des Pyrénées. Elle s'est arrêtée à la frontière, sur la tombe de Machado, à Collioure, face à la mer.

Elle n'a pas posé les pieds sur la terre qui lui semble encore rougie du sang des victimes. Ce rouge qu'elle arbore comme une bannière ne vient-il pas de là ? Son père, sa mère, sa tante se sont contentés d'être bruns aux yeux sombres. Elle seule est née avec des cheveux écarlates, comme une mutante... ou un symbole... la couleur de la révolution perdue. De la liberté écrasée.

Par principe plus que par conviction, elle pose la question rituelle :

— Où étiez-vous dimanche ?

Il ricane.

— Je m'y attendais ! Je vais vous décevoir, j'étais avec ma femme et nos trois enfants. Nous avons pique-niqué au Markstein, pas au ballon d'Alsace, ensuite les gamins ont fait de la luge d'été pendant que ma femme et moi buvions un café sur la terrasse. Le temps s'y prêtait, mon épouse a attrapé un coup de soleil sur le nez, l'altitude et les premiers soleils sont traîtres... Nous sommes restés jusqu'au soir où nous avons pris un casse-croûte marcaire dans une ferme auberge, *La Sapinière*, un nom pas très original, mais où l'on mange bien. Nous sommes descendus vers vingt-deux heures. On a couché les gamins, puis nous nous sommes couchés aussi ma femme et moi.

Elle secoue la tête :

— Votre déposition va être enregistrée par l'adjudant de la brigade de recherches, cet entretien est juste une entrevue... Qu'allez-vous faire de votre mère quand on vous rendra le corps ?

— Je ne la ferai pas empailler ! Si elle n'a laissé aucun souhait à ce sujet, j'opterai pour la crémation ! Je n'ai pas encore réfléchi à l'urne... mais il est sûr que je ne la poserai pas sur la cheminée du salon...

— Encore une petite chose... Quel métier exercez-vous ?

Il hésite.

— J'étais cadre administratif dans une grande entreprise, j'ai été licencié il y a cinq ans et depuis, je galère de petit boulot en petit boulot... Je vivote. Il faudrait vraiment que je retrouve un emploi stable... Heureusement, ma femme est fonctionnaire...

Un homme capable d'avouer son chômage et ses difficultés existentielles ne peut pas être retors au point d'imaginer un scénario entraînant la mort de sa mère, conclut Agathe en serrant la main de Paul Behra. Pour rien au monde il ne la toucherait, même ses cendres lui sont insupportables... Il s'en débarrassera dès que possible.

Elle le conduit dans le bureau voisin où l'adjudant Dubois prend la déposition qui constituera une des pièces du dossier qu'un gendarme apportera au plus tard le mardi soir au tribunal de grande instance de Mulhouse.

Ensuite, elle serre la main du boucher, une image d'Epinal sur pattes : court, trapu, les bras dodus. Des yeux minuscules, et un nez qui semble perdu dans un fatras de chairs molles. La cinquantaine usée par les excès alimentaires et une hygiène de vie malsaine. Il pue l'oignon et l'after-shave bon marché.

Il se nomme Metzger, un patronyme de circonstance.

Il attaque :

— Si quelqu'un a tué ma tante, c'est lui.

— Votre cousin ?

Il hoche la tête et répète :

— C'est lui, il la détestait. Sans nous, ma pauvre tante n'aurait eu personne... Heureusement, j'étais là...

— Vous remplaciez le fils ?

Il ne perçoit pas le ton railleur.

— Il le fallait bien, c'était un mauvais fils, de l'avis de nous tous. Mais on la protégeait, notre tatie...

— Rien ne nous permet de conclure à un homicide ! Si cette hypothèse était confirmée, on pourrait dire que vous ne la protégiez pas si bien que ça, votre tante...

Il n'y a aucun éclair dans les yeux minuscules du neveu préféré. Il se contente de répéter, comme une litanie apprise par cœur :

— Il a tué sa mère. Il était machiavélique, ma tante en avait très peur. Elle est entrée en maison de retraite à cause de lui, elle avait toujours peur qu'il se manifeste, qu'il vienne sonner chez elle pour réclamer...

— Je croyais qu'il ne l'avait plus vue depuis cinq ans... Comment pouvait-elle craindre qu'il ressurgisse ?

— Il ne venait pas la voir et il ne lui téléphonait pas. Elle était sur liste rouge pour qu'il ne puisse pas l'appeler, mais elle savait qu'il demandait de temps en temps de ses nouvelles à une voisine... Elle s'attendait au pire...

— Il venait réclamer, mais quoi donc ? De l'amour ?

Le boucher pousse un petit cri de surprise. Sans doute ce mot lui semble-t-il étrange, pour ne pas dire sale. L'amour ne se débite pas en tranches saignantes sur une paillasse de chambre froide.

— A sa dernière visite qui remonte à cinq ans, il a exigé que sa mère lui donne une partie de l'héritage de son père. Elle a refusé et elle avait raison, la loi lui permet de conserver l'usufruit de ce tiers. Je ne vois pas au nom de quoi elle aurait cédé !

— Elle en avait besoin, de cet argent ?

— Non, mais elle avait raison de le garder... c'était à elle ! D'ailleurs, elle le disait souvent : c'est à moi !

— Elle n'en avait que la jouissance, fait remarquer la capitaine. Votre cousin, à cette époque, venait d'être licencié, il se retrouvait sans emploi, dans une situation précaire et difficile... Elle n'a pas songé à l'aider ?

— Il n'avait qu'à trouver du boulot ! Moi, je bosse quinze heures par jour, je ne chôme pas !

— Vous avez créé votre propre entreprise il y a cinq ans... au moment où votre cousin connaissait le chômage... Avec quel argent ?

— Celui que j'ai économisé pendant les vingt années où j'ai travaillé en Suisse ! On gagne bien sa vie dans ce pays. Avec le change, c'est une bonne affaire. Ma tante m'a prêté, en toute légalité, une petite somme... que je lui ai remboursée rubis sur l'ongle en trois ans. Ma boucherie marche bien, j'ai doublé le chiffre d'affaires en vendant des plats cuisinés. Même ici, à la campagne, les femmes ne veulent plus se pencher sur les casseroles... Elles n'ont plus le temps ! Cette paresse m'arrange !

Il glisse ses yeux enfouis dans la graisse vers la capitaine qui demande :

— Et elle ?

— Elle ? Elle était très gentille avec nous ! Elle avait toujours un paquet de cigares et une bouteille au frais. Elle avait même fait installer un frigo dans sa chambre, pour nos bières et le gewurztraminer... Elle nous invitait régulièrement au restaurant et n'oubliait aucun de nos anniversaires, c'était une bonne tante.

Il reprend, sur un ton plus bas, presque un chuchotement :

— Elle a insisté pour nous vendre, en tout bien tout honneur, ses immeubles en viager... Elle voulait de l'argent pour vieillir sans se priver. Elle s'était mis en tête de voyager, mais sa pension passait presque entièrement dans la maison de retraite. On a eu beau lui proposer une chambre chez l'un d'entre nous, elle a préféré cette solution. On n'a pas pu l'en faire démordre...

— Quel intérêt auriez-vous eu ?

Il se mord les lèvres, esquive :

— On est trois frères, elle avait trois immeubles, nous étions bons avec elle... Le viager, ce n'était pas de la magouille, aucune entourloupe, le notaire vous le confirmera. C'est lui qui a expertisé les biens, on a payé le juste prix. On aurait réglé les mensualités sans un jour de retard...

— Pouvez-vous me parler de votre emploi du temps de dimanche ?

— Nous étions ensemble à une fête de famille. Je suis allé moi-même la chercher à dix heures quarante-cinq, elle était prête, habillée comme pour les grands jours. On s'est rendus à l'église en voiture, on a assisté à la messe de communion. Puis, on a déjeuné dans le sous-sol de la maison que je me suis fait construire. Il est assez spacieux pour recevoir du monde. On était une vingtaine, mes deux frères, leurs épouses et leurs enfants... On l'a ramenée vers seize heures, elle se sentait un peu barbouillée, elle avait beaucoup mangé... Vers dix-neuf heures, ma fille, celle qui vient de faire sa communion, lui a téléphoné pour la remercier de son cadeau, et elle lui a répondu normalement. C'était son dernier coup de fil...

— Dix-neuf heures, reprend la capitaine, vous êtes sûr de l'heure ?

— Absolument ! Ma femme a dit, à ce moment-là : « ce soir, je ne sais pas si on va manger, après tout ce qu'on a avalé aujourd'hui ! » J'ai répondu : « communion ou pas, on dîne comme d'habitude. » Pamela, c'est ma fille, a dit : « J'appelle tatie Marthe et j'arrive ! » C'est comme ça que ça s'est passé.

— Vous n'avez rien remarqué d'anormal ? Elle ne s'est plainte de rien pendant la journée ?

— Non ! Elle semblait un peu soucieuse au début du repas, puis elle s'est déridée... Elle a même ri aux blagues de mon frère...

— Elle a parlé de son fils ou de quelqu'un ?

— Pas que je m'en souvienne ! Ah si, elle a dit que sa voisine de palier à la maison de retraite, une vieille dame de quatre-vingt-quinze ans, ronflait la nuit, et que ce bruit la réveillait... Elle a un peu parlé de cette dame, elle m'a donné son nom, elle habite au fond de la vallée, dans le dernier village avant le ballon d'Alsace, juste avant la montée... Iltis, voilà son nom : madame Irène Iltis. Elle est encore plus à plaindre que moi, a ajouté la tante, elle n'a pas de neveux, seulement un voisin qui vient lui rendre visite une à deux fois par semaine, un gentil vieux monsieur qui lui apporte des fleurs et des chocolats. Dans nos campagnes, la solidarité joue encore...

Ou un amoureux, songe Agathe. Même à quatre-vingt ans passés, on peut être en état d'aimer. Quand on n'aime plus, quand on n'y croit plus, on est mort. C'est sans doute pour ça que tant de gens sont morts. Des branches mortes, sans sève, flottant dans un semblant de vie.

Elle le renvoie sans lui serrer la main.

A peine celui-ci sorti, le téléphone sonne.

— J'ai une mauvaise nouvelle, commence le médecin légiste d'une voix qu'il s'efforce de rendre guillerette : vous avez un empoisonnement sur les bras, ma chère capitaine, si vous me permettez de vous appeler ainsi.

Il continue sur un ton plus officiel :

— Je viens de recevoir les résultats des premières analyses des tissus que j'ai envoyés au labo de Schiltigheim... Aucun doute : on retrouve dans le foie les traces de cyanure de potassium déjà relevées dans les cellules sanguines... La victime est décédée instantanément des suites d'un blocage de la respiration cellulaire et d'une complexation du fer sérique, autrement dit à cause d'une chute du taux d'hémoglobine. Vous avez entendu parler du cyanure de potassium ?

— Oui, articule Agathe, mais je n'ai encore jamais eu de cas...

— Moi non plus ! C'est ma première cliente plombée au cyanure ! On utilisait des capsules de cyanure pendant la guerre, des résistants se suicidaient de peur de craquer pendant les interrogatoires trop musclés de la Gestapo.

— Malraux en parle dans *La Condition humaine*, se souvient Agathe. On meurt en moins de deux minutes, sans souffir... Comment a-t-elle pu...

— Je ne sais pas, ce n'est pas mon rayon ! Pour ma part, je ne connais personne qui conserve du cyanure de potassium dans son frigo ! Ce n'est pas tout...

Il reprend son souffle et annonce :

— Dans le foie on a relevé des traces, fort légères, d'arsenic, appelée plus communément mort aux rats. D'après mes premières conclusions, je dresserai un rapport plus circonstancié, la victime a subi une tentative d'empoisonnement par mort aux rats qui n'a pas entraîné le décès... La mort aux rats n'a pas eu le temps de faire son œuvre, elle a juste laissé une empreinte... L'assassin était pressé, il a achevé sa besogne avec le cyanure, vite fait bien fait, sans antidote possible ! A moins, achève-t-il, que la morte ne soit une victime... Je ne peux vous certifier que le cyanure a été avalé de force ou par erreur...

Elle y pense.

— Elle a pu avaler ce cyanure pour se suicider. Dans ce cas, comment expliquer la présence d'arsenic ? Mais c'est votre problème, pas le mien ! Sur ce, je vous souhaite une bonne enquête !

— On a un deuxième homicide, annonce Agathe au lieutenant Sama qui vient d'entrer dans son bureau, un dossier dans les bras, surmonté d'une tasse. Merci pour le café, ajoute-t-elle, comment avez-vous deviné que j'en ai besoin ?

— Je soupçonne que les emmerdements ne font que débuter, déclare le lieutenant, quand ils commencent ils ne s'arrêtent plus...

— Cessez de me bassiner avec des superstitions d'un autre âge ! Pourquoi pas des sorcières ? Vous croyez qu'on a jeté un mauvais sort à nos deux vieilles dames ? L'une est tombée la tête la première sur un méchant caillou et l'autre a ingurgité par mégarde une vilaine capsule de cyanure ?

Elle avale le café d'une traite, sans sucre. En plus, elle a oublié de s'approvisionner en arachides. Il ne lui reste qu'à envoyer l'emploi-jeune au supermarché avec pour mission de ramener cinq sachets de cacahuètes et trois de bretzels, puisqu'on se trouve au pays des bretzels. Elle a besoin de sel. Le sel contribue à améliorer la pensée, du moins elle y croit.

Madame Behra s'est suicidée ou on l'a suicidée, c'est l'hypothèse la plus vraisemblable, toujours se méfier du vraisemblable. Pour quelle raison aurait-elle voulu abréger sa vie, un dimanche soir, après une journée de bombance auprès de ses neveux bien-aimés ? Elle n'était pas du genre à abandonner la partie, à laisser derrière elle tant de pâtés fins, de filets mignons, de bœuf en daube.

On l'a empoisonnée, mais comment ? Pour le savoir, il faut attendre les résultats des analyses des aliments prélevés dans le réfrigérateur, peu de choses : deux yoghourts aux fruits non entamés, trois canettes de bière Fisher, une bouteille ouverte de muscat d'Alsace et deux paquets de gâteaux au chocolat d'une marque suisse, dit le rapport du technicien de la brigade criminelle.

*

Le téléphone sonne. Le procureur, elle en est sûre.

— Vous rendez-vous compte que vous avez deux meurtres à résoudre dans les meilleurs délais, c'est-à-dire avant que la maison de retraite ne se transforme en charnier ? Vous croyez que je peux vous faire confiance ? Les journalistes, ma chère, méfiez-vous des journalistes ! Encore que pour Agathe Weissberg je les aie trouvés singulièrement raisonnables ! Un accident, tu parles ! Je ne crois pas au hasard, la vieille a été poussée. Elle n'était pas seule dans ce jardin et j'aimerais que vous pressiez votre unité de recherches afin qu'elle me déniche un témoin ! A la campagne, on se lève tôt et il y avait sûrement quelqu'un dehors quand le soi-disant accident est arrivé. Trouvez-le-moi vite ! Et vite c'est avant qu'un troisième meurtre ne se produise. J'imagine les titres des journaux parisiens : « Hécatombe dans une vallée alsacienne au-dessus de tout soupçon »... Tous coupables, oui, l'homme n'est pas bon, pas bon du tout, il est mortifère, comme les champignons. Je vous laisse à votre travail et je vous signale que je confie le dossier au même juge d'instruction, jeune certes, mais digne de confiance... Quant à moi, je vais bientôt laisser ma place, et je m'en réjouis, le monde ne tourne plus rond. J'ai une petite maison dans un coin perdu de Corse, si perdu que même les Corses l'ont fui, et j'écrirai mes mémoires sur la terrasse surplombant la mer. Elle m'inspirera.

Agathe perçoit à nouveau cette lueur tremblotante dans la voix du procureur, cette douleur qui vibre. Que s'est-il passé dans sa vie pour que sa voix ait enregistré une telle souffrance ? Il donne pourtant l'allure d'un homme calme, pondéré. Mais que sait-on des autres ? Que sait-on de leur chagrin ?

Elle allume l'ordinateur pour accéder aux dossiers en cours et communiquer, si elle en a besoin, par le système Rubis avec le procureur et le juge d'instruction.

Elle lit et les questions se pressent dans sa tête.

Première question : les deux femmes se connaissaient-elles ? Evidemment, puisqu'elles vivaient côte à côte, au même étage. Même si elles n'étaient pas intimes, elles devaient échanger quelques mots en se croisant, des paroles de politesse, bonjour bonsoir, le minimum indispensable à toute vie en société. Elles étaient nées la même année, et cette proximité d'âge crée des liens. Les deux femmes avaient traversé la guerre, des liens supplémentaires, toutes deux n'avaient jamais quitté Kirchenfeld depuis le jour de leur naissance jusqu'à leur mort, hormis pour madame Weissberg des séjours en Allemagne dans la famille de son mari ou des vacances à Bandol. Toutes deux étaient veuves depuis dix ans. Les coïncidences s'arrêtaient là, le mari de madame Weissberg était allemand, celui de madame Behra alsacien. L'une avait trois filles, l'autre un fils. La première était la fondatrice d'un grand groupe industriel, la seconde était restée femme au foyer. Madame Weissberg était aussi plus riche que sa voisine de palier dont le patrimoine – trois immeubles – n'était pourtant pas misérable. Physiquement aussi elles ne se ressemblaient pas. Madame Behra, selon les aides soignantes, restait assise de longues heures, seule dans sa chambre devant sa télé, ou dans un fauteuil du couloir, elle ne se mêlait pas aux activités et sortait rarement dans le jardin. Sans doute, avait-elle toujours vécu ainsi, chichement, close sur elle-même, pendant que la flamboyante Agathe Weissberg régentait la vallée et le personnel de son usine, dans lequel figurait le mari de madame Behra qui avait terminé sa carrière avec le grade de contremaître. Une situation qui n'expliquait pas comment les deux époux avaient pu se constituer un patrimoine comportant trois immeubles de rapport et une maison individuelle. Avec quel argent avaient-ils financé ces achats ? A moins qu'il ne s'agisse d'un héritage... Elle confiera ce point à éclaircir à l'adjudant Dubois qui chargera un de ses gendarmes de mener l'enquête « financière ».

A qui profite le crime ?

La cupidité, voilà un motif rationnel et une piste raisonnable.

Elle décroche le combiné.

Paul Behra répond par un silence.

— Si ma mère a été assassinée, je suppose que je figure sur votre liste de suspects ? finit-il par demander.

— Vous me paraissez un mauvais coupable. Je vous signale qu'on vous restituera le corps de votre mère dans quarante-huit heures...

— On me la refile, maintenant qu'elle ne sert plus à rien, même pas à fournir les cigares de fin de banquet !

— Les pompes funèbres sont efficaces, elles se chargeront de tout... Votre mère n'a laissé aucune directive...

— Sûr, elle n'avait pas l'intention de mourir ! Elle comptait m'emmerder encore une vingtaine d'années ! Mais quelqu'un la détestait tellement qu'il n'a pas voulu qu'elle en profite encore un peu... A moins qu'il ait désiré abréger ses souffrances...

— Quelles souffrances ?

Au bout du fil, elle sent Paul Behra se rétracter :

— Je dis n'importe quoi ! Evidemment, ma mère ne souffrait pas, un potiron souffre-t-il ? Elle n'était que matière... mais peut-être qu'elle ne détestait que moi, pour une raison que j'ignore, et qu'elle aimait ses neveux, pour une raison que j'ignore également... J'ai été convoqué par son notaire, et je vous fournis les résultats de notre entrevue : ma mère n'a eu le temps de vendre en viager qu'un de ses immeubles, à son boucher préféré. Pour les autres les actes étaient en cours, mais non signés. Ce qui fait que j'hérite de deux immeubles ainsi que de la maison dont elle n'avait que l'usufruit. Je suppose que cette info va amener de l'eau à votre moulin... J'avais toutes les bonnes raisons d'éliminer une mère qui voulait me spolier ! Je vais vous surprendre : je n'en ai rien à foutre, de son fric ! J'aurais préféré qu'elle le bouffe ! Et, en quelque sorte, elle l'a bouffé !

Agathe laisse un temps mort, puis elle prononce :

— Et si elle s'était suicidée ?

— Vous avez déjà vu un potiron qui se carapate ? ricane Paul Behra, je n'y crois pas une seconde. Ma mère n'était pas capable de mettre fin à ses jours, elle tenait trop à manger à heures fixes ! Et dans un cercueil, ce sont les vers qui vous bouffent !

Elle raccroche.

Puis, elle se met à griffonner. Elle aime le papier vierge, le stylo qui se balade sur la feuille. Ça la détend. Elle crayonne, contemple ses élucubrations machinales : des lapins. Ou des lièvres. Des animaux à quatre pattes et aux oreilles longues, qui se regardent en chiens de faïence sur le papier.

Elle plie la feuille en deux et la glisse dans le dossier Behra.

Ensuite, elle rassemble pour la énième fois ses lourds cheveux sur la nuque. Des mèches rousses continuent obstinément à s'échapper du chignon. Si elle réglait le problème ? Mais les « ce que j'aime le plus en toi ce sont tes cheveux » que lui murmurait l'absent la clouent sur place.

Absent, et lourd.

Elle avance sa main vers le téléphone. Ses doigts se posent sur la surface hérissée de chiffres. Sa voix, c'est sa voix qui lui manque le plus. Elle l'a tant aimée, tant entendue, tant attendue.

Elle résiste, de tout son corps tendu, de tout son cœur qui bat si vite qu'elle a l'impression qu'il va surgir d'entre ses côtes.

Elle finit par décrocher. Au bout du fil, elle charge le lieutenant Sama de convoquer les autres neveux, ainsi que madame Haas qui a été la dernière personne à voir madame Behra vivante.

Le travail, il n'y a que ça.

*

Les troncs chancellent, comme pris d'hésitation, puis s'abattent sur l'herbe dans un bruit de corps qui tombent.

Agathe s'arrête, esquisse le geste de se boucher les oreilles. Voilà qu'on se met à tuer des arbres, mais n'est-ce pas logique ?

L'œuvre macabre continue, que rien ne semble pouvoir interrompre. On ira jusqu'au bout de l'hécatombe, deux mortes et ce n'est pas fini, elle en a la certitude devant le spectacle des arbres allongés sur le sol, qu'on dépouillera, branche après branche, avant de les découper en tranches, comme des steaks.

L'image d'un tronc sans membres traverse Agathe.

Elle contemple les érables abattus. Des troncs lisses et sains, des feuilles dentelées, vertes et fraîches en cette fin de printemps. Ils ne verront pas l'été. A leur place, des souches dont le temps viendra à bout, un espace désolé mais qui, (c'est le but de la manœuvre) dégageait le château, permettant aux visiteurs et aux passants, à travers la grille, d'admirer le majestueux ordonnancement des briques rouges, des hautes fenêtres, l'éclat du perron au bout des marches de pierres polies par les ans.

— Je n'avais jamais vu le château de si près, s'exclame le lieutenant. Il a de l'allure, comme sa propriétaire ! Les habitants disent « château », mais c'est un manoir qui doit dater du XIXe ! Une vraie merveille !

— Oui, il vaut une petite fortune... Agathe n'a pas toujours été riche, elle n'est pas née dans la soie... Je me demande comment elle a pu franchir la porte de sa boucherie et devenir la puissante madame Weissberg...

Avant qu'elle ait le temps de sonner, la porte s'ouvre sur madame Höffel, vêtue de blanc des pieds à la tête. La couleur du deuil chez les reines de France.

— Je peux vous offrir un rafraîchissement ? Pas un café ou un thé, Marina est en congé pour l'après-midi, je suis seule... et encore bouleversée par l'enterrement de maman ; voir le cercueil donne un choc, on se dit que le prochain de la liste sera vous !

Claudie propose le canapé à ses visiteurs et s'assied en soupirant :

— C'était le fauteuil préféré de ma mère. Le premier qu'elle a acheté, sur catalogue à l'époque... cuir anglais, pleine peau, comme on n'en fait plus, ma mère avait du goût. Et de l'argent pour satisfaire ses goûts, elle ne s'est pas privée...

— Et les arbres ?

— Quels arbres ?

Puis, se rappelant, elle secoue ses épaules osseuses :

— Ah oui, les érables ! J'ai pris hier la décision de les faire couper, ces arbres gênaient la vue...

Claudie ne peut s'empêcher de jeter un coup d'œil vers le jardin : les bûcherons sont en train de s'attaquer au troisième érable. Le travail sera achevé avant le retour de Lisa et de sa fille.

Elle serre les mains, les réunissant en un poing contre sa jupe. Les deux emmerdeuses en feront tout un plat, en découvrant les arbres abattus, mais qui est l'aînée dans cette famille ? N'est-ce pas à elle de faire régner l'ordre et l'harmonie ?

— Parlez-moi de votre mère ! C'est elle qui a planté ces érables ?

Claudie ouvre machinalement le poing, le resserre. Par la fenêtre ouverte on entend des craquements de branches.

— Oui, le jour où elle a signé l'acte chez le notaire. J'étais petite, pourtant je me souviens qu'elle a voulu creuser les trous et qu'elle a mis les arbrisseaux en terre... son premier geste de propriétaire.

Un sourire erre sur le visage osseux.

— Vous étiez une petite fille heureuse ?

Claudie Höffel sursaute.

— Heureuse ? Certainement ! Je ne me souviens pas d'avoir été malheureuse ! Nous étions trois sœurs, et mes parents s'adoraient, nous formions une famille unie. Tout le monde nous enviait. Mes camarades de classe me jalousaient, même celles qui faisaient des pieds et des mains pour se faire inviter au château !

— Votre mère avait-elle des amies ? On m'a rapporté qu'elle ne fréquentait personne ces dernières années... Même pas les notables de la ville... Elle refusait toutes les invitations... elle n'avait plus aucune vie sociale depuis dix ans.

Claudie Höffel se racle la gorge :

— C'était son choix ! Elle les avait suffisamment fréquentés ! La vie sociale locale est très restreinte, le rotary club n'a pas enregistré de nouveau membre depuis cinq ans ! Elle s'ennuyait avec eux... Je crois qu'elle n'a jamais eu d'amie... Son travail l'absorbait, elle avait des relations d'affaires, un carnet d'adresses...

— Tout le monde a des amis ! Au moins une fois dans sa vie, insiste la capitaine. Réfléchissez et vous trouverez une personne à qui elle était attachée, pas forcément par les liens du sang...

Claudie ne répond pas. Agathe reprend, sautant du coq à l'âne :

— Elle a épousé un ancien officier de la Wehrmacht... Quelques années après la guerre, il n'était pas courant d'épouser un Allemand...

Claudie balaie l'air de sa main droite, comme pour chasser une mouche :

— Puis-je vous demander en quoi cela concerne l'affaire ? Je vous signale que mon père ne peut plus nuire à personne, il est mort depuis une décennie. Pourquoi parler de lui ? Ce n'est pas lui qui a tué ma mère ! Vous feriez mieux de trouver l'assassin ! Si assassin il y a, ce dont je doute. Ma mère était puissante, mais elle n'avait pas d'ennemis. Pas d'amis, pas d'ennemis non plus. Elle n'aimait pas perdre son temps, ni en mondanités ni en sentimentalisme, c'était une femme efficace.

— Une femme efficace ne laisse pas les arbres prendre toute la place dans un jardin, comme ici et comme dans le jardin où on l'a retrouvée morte... Une femme de tête aurait liquidé depuis longtemps cette vieille ferme... Votre mère avait ses secrets et ses faiblesses, et sans doute les deux allaient-ils de pair... Je vous remercie de votre accueil... Un mot encore : votre employée, mademoiselle Gonzales, prétend que mercredi dernier elle s'est levée à la même heure que d'habitude. Pourtant, votre nièce Aurore affirme l'avoir croisée dans la cuisine... Qui ment ?

— On ne peut avoir confiance ni en l'une ni en l'autre ! Aurore est une tête de linotte à l'imagination débordante, elle délire un peu ! Quant à la bonne, elle est bête comme ses pieds ! Bête à confondre les jours, les heures, et même le matin et le soir ! Ma mère avait raison quand elle disait qu'elle ne méritait pas le salaire qu'on lui offre. Ma mère avait souvent raison, même si on n'avait pas envie d'y croire. Sauf en ce qui concerne Lisa... son cœur doré comme elle l'appelait... C'est elle la véritable héritière de l'empire Weissberg. Ma mère était si fière de sa polytechnicienne qui a repris le flambeau ! Hélène s'est contentée d'une humble école de commerce... Notre mère la méprisait, comme elle me méprisait... Lisa par-ci Lisa par-là... le « cœur doré » dans la bouche de notre mère, et pour notre père c'était « ma princesse ». Pourtant, elle n'est pas plus jolie qu'une autre ! Sa beauté ne lui a pas servi à grand-chose, elle n'a même pas réussi à garder son mari. Et sa fille n'en fait qu'à sa tête.

Au même moment, on entend des pneus crisser sur les gravillons de l'allée, et Claudie Höffel dit simplement, sans même vérifier :

— Quand on parle du loup !

Agathe la reconnaît immédiatement.

Oui, Lisa von Ehrenmann est une Agathe Weissberg dupliquée, du temps de sa maturité flamboyante, telle qu'elle apparaît sur les photos de l'album de famille. Mais elle ne porte pas de chapeau, elle va tête nue, cheveux mi-longs bouclés d'un joli châtain mordoré, pantalon blanc et chemisier Lacoste bleu ciel, fine sans maigreur, seins remplissant le tissu, allure jeune et fraîche.

A ses côtés, se dandine une adolescente qui a l'air de s'ennuyer mortellement.

— C'est vous la fliquesse qui vous occupez de ma grand-mère ? lance-t-elle, abrupte. Vous avez retrouvé l'assassin ? Je parie qu'il était amoureux de ma grand-mère, tout le monde était amoureux d'elle... Je me demande pourquoi elle attirait les mecs comme...

— Tais-toi ! l'interrompt sa tante, tu ferais mieux de monter dans ta chambre et t'occuper de tes devoirs qui devraient être ton seul souci !

Aurore ricane. Elle est blonde et pâle, d'une joliesse un peu maladive qui contraste avec l'éclat de sa mère.

Lisa éternue, l'air est devenu lourd. Comment font-elles pour vivre ensemble sans que la cohabitation dégénère en bataille rangée ? se demande Agathe.

— Vous avez des éléments nouveaux ? s'enquiert Lisa von Ehrenmann.

— Je ne sais pas, répond la capitaine.

Claudie Höffel étouffe un ricanement pendant qu'Aurore se met à battre des mains.

— Bravo ! Vous n'êtes pas comme les flics de cinéma qui règlent leur affaire en une heure et demie. Je vous le prédis, vous allez vous faire piquer par les taons, il y en a plein les forêts et elles piquent, les salopes...

— *Ils* piquent.

L'adolescente hausse les épaules en jetant un regard dédaigneux vers l'adulte qui a eu le culot de la reprendre :

— Ils piquent, si tu préfères chère tatie Claudie. Masculin ou féminin ce sont des horreurs qui vous bouffent la peau. Sans parler des moustiques, et des tiques qui vous foutent la maladie de Lyme sans prévenir ! Charmant pays ! Je n'ai qu'une envie, c'est de me tirer d'ici le plus vite possible, mais il paraît que je suis trop jeune ! Quant aux deux meurtres, vous allez faire chou blanc, c'est un légume d'ici, dégueulasse et qui donne la chiasse...

— Aurore !

— Laisse-moi parler maman, pour une fois que je peux dire ce que je pense ! Vous savez qui règne dans la vallée ? Non, vous ne savez pas, je vais vous le dire : le silence. Le silence, et le bavardage, l'un n'empêche pas l'autre, juste question de dosage. On bavarde pour ne rien dire et on se tait parce qu'on a quelque chose à dire qu'on préfère ne pas dire. Ma grand-mère était la championne du silence, elle cachait des trucs, mais je n'ai jamais réussi à lui tirer les vers du nez... Même l'album de famille, elle n'aimait pas que j'y touche, et quand je lui posais une question sur telle ou telle personne elle esquivait... Elle n'aimait personne, ma grand-mère...

— Tais-toi, Aurore ! Tu dis n'importe quoi, l'interrompt sa tante d'une voix vive comme si elle voulait annuler cette déclaration. Ta grand-mère était attachée à nous, elle nous l'a prouvé, sans elle tu n'habiterais pas ici, sans elle tu...

— Justement, chère tatie, je n'ai plus envie d'habiter cette foutue baraque pleine de fantômes, de *vos* fantômes... Je veux foutre le camp, je veux...

— Nous réglerons cette question plus tard, ma chérie, la coupe sa mère, ta colère n'intéresse pas les gendarmes...

Agathe prend congé. Le lieutenant Sama la suit. Il n'a pas ouvert la bouche une seule fois ; il n'y avait rien à dire, seulement à écouter.

Les bûcherons sont penchés au-dessus des troncs couchés sur le gazon. Comme un médecin légiste sur un cadavre, se dit Agathe en passant à côté d'eux.

— Vous en pensez quoi ? demande Agathe en s'installant à côté de son adjoint.

Le lieutenant Sama fait la grimace.

— Elles n'ont pas l'air contentes de vivre sous le même toit ! On m'a dit que leur mère l'exigeait et qu'elles n'avaient pas le courage de lui désobéir... Ce que madame Weissberg voulait, Dieu lui-même n'aurait pas pu dire non !

— Et Hélène, comment vit-elle cette cohabitation ?

— Elle file le parfait amour avec la jeune bonne... Elles passent la journée d'aujourd'hui ensemble... Sa sœur, qui voit cette histoire d'un sale œil, s'est bien gardée de nous en parler... J'ai potassé les dépositions de toutes ces bonnes femmes et je suis arrivé à la conclusion que n'importe laquelle a pu, mercredi dernier, quitter le château au petit matin sans que les autres s'en rendent compte. Si l'une d'elles s'en doute elle se tait, solidarité familiale... Elles ne s'adorent pas mais elles sont soudées, surtout dans l'adversité, histoire d'image à sauvegarder. Dubois a fait l'aller-retour entre le château et la maison d'enfance, vingt minutes pour un adepte du jogging, une demi-heure pour un marcheur moyen, montre à la main. Pour lancer la pierre sur Agathe Weissberg quelques secondes ont suffi. La victime est décédée entre six heures et six heures trente nous dit le rapport du légiste. Chacune avait largement le temps de rentrer pour le petit déjeuner ! Et de se doucher avant ! Le château est pourvu de trois salles de bains, les trois sœurs ont chacune la leur, Aurore dispose d'une douche attenante à sa chambre ainsi que la bonne pour qui on a fait aménager une sorte de loft dans les combles, très mignon, Hélène a l'air de gâter sa petite amie...

— Si on élucidait cette première affaire, on éclaircirait aussi la seconde, murmure Agathe en abaissant la vitre de la voiture. Les deux sont liées... il n'y a pas de hasard...

— Il est prématuré de les relier, avance le lieutenant, jusqu'à présent rien n'étaye cette hypothèse... Deux femmes, deux meurtres, deux mobiles aussi... Les circonstances ne sont pas les mêmes : la première est allée à la mort comme à un rendez-vous, la seconde l'a reçue dans sa chambre.

— On n'a retrouvé aucune trace de poison dans les aliments prélevés dans le frigo, récapitule la capitaine, ni aucun récipient qui aurait contenu du cyanure de potassium, les analyses du labo ne nous aident pas beaucoup ! Il a dû pourtant être mélangé à un aliment.

— Ou être conservé dans une simple capsule, remarque le lieutenant, comme celles que portaient les résistants sur eux...

— Je sais, l'interrompt Agathe, mais c'était il y a soixante ans ! La guerre est finie...

— La guerre ne finit jamais, il y a encore des obus datant de 14-18 qui éclatent, des grenades qui explosent... La capsule de cyanure a pu traverser le temps...

— Madame Behra n'a pas participé à la résistance, elle a été évacuée dans le Sud à l'arrivée des Allemands en 1939, et elle est remontée à Kirchenfeld en 1941, lorsque les autorités allemandes d'occupation ont incité les Alsaciens en exode à renter chez eux. Elle a ensuite participé à l'effort de guerre, c'est même la seule époque où elle a travaillé en usine !

— Ce qui ne signifie pas que dans l'ombre, comme beaucoup, elle n'ait pas été en contact avec des résistants... elle a pu les aider sans pour autant s'en vanter par la suite...

— Et attendre soixante ans pour se tuer ? Elle n'était pas en danger ! Elle revenait d'une fête de famille ! Non, elle n'a pas absorbé ce cyanure de son plein gré, j'en mettrais ma main à couper... On le lui a fait avaler, mais comment ? Pas pendant la fête, car le poison est immédiat.

— Elle a pu manger, en rentrant, un yoghourt dont on n'a pas découvert l'emballage. La chambre a été partiellement nettoyée, on a pu jeter des choses précieuses. Le technicien de Colmar vous a dit qu'il avait été obligé de récupérer la literie dans la lingerie ! Un pot de yoghourt vide a pu passer à la poubelle sans que personne le remarque ! Seulement, il est trop tard pour le retrouver...

Le lieutenant Sama range la voiture sur le parking intérieur de la gendarmerie. Agathe s'extirpe lentement de son siège. Elle a chaud, l'impression que son dos ruisselle de sueur sous le polo bleu. Ses cheveux collent à la nuque. Pourtant, elle a l'habitude des chaleurs provençales, mais celle-ci a quelque chose d'étouffant, d'oppressant même.

Dans son bureau où elle a fait installer un ventilateur qui brasse l'air chaud dans l'illusion de délivrer un peu de fraîcheur, elle ouvre le dossier où elle a rangé les photos de l'enterrement de madame Weissberg.

On n'y a pas versé beaucoup de larmes. Sur un seul cliché on surprend Hélène en train de s'essuyer les yeux ; sur le suivant, sa compagne, discrètement, lui serre la main. Le seul geste d'amour de la journée. Aurore a l'air de s'ennuyer à fond, passionnément, mais en toute immobilité. Sans doute a-t-elle été sermonnée par sa mère et ses tantes. Elle n'a pas daigné s'habiller en noir, elle apparaît toute fraîche dans ses vêtements acidulés. Pour une fois qu'elle avait l'occasion de porter du noir, elle s'est abstenue, contradiction de la jeunesse.

Ou était-ce pour faire un ultime clin d'œil à sa grand-mère, pour lui dire que désormais elle pouvait vivre à sa guise, sans personne pour la gouverner ?

Parmi le personnel de la maison de retraite, quatre aides soignantes dont Iris Haas ont suivi l'ancienne pensionnaire à son caveau, un sinistre monument qui témoigne de la fortune de la famille, marbre et granit, croix et statues, angelots et fioritures. La ville entière accompagne le corbillard. Une foule dense, compacte, où un assassin peut facilement se glisser. Le lieutenant Sama et les deux gendarmes de la brigade de recherches n'ont rien remarqué d'étrange. La cérémonie a eu lieu sans larmes et sans anicroches. Agathe Weissberg a eu droit à une page nécrologique dans le journal local et le correspondant a insisté sur son rôle positif dans la vallée :

Madame Weissberg a joué un rôle de première importance dans la prospérité de notre vallée...

Pas un mot sur l'enquête en cours. Tant de discrétion est parfaitement louable mais pour le moins étrange de la part d'un journaliste. Le silence, toujours... Comme si la vallée tout entière, depuis Kirchenfeld jusqu'aux contreforts du ballon d'Alsace, tenait à garder de madame Weissberg l'image imposée : celle d'une battante vaincue par la vieillesse, ayant succombé au soir d'une vie exemplaire à une chute banale. Pas celle d'une vieille femme qu'on a abattue dans son jardin, au matin d'une journée de printemps.

Un meurtre fait désordre, murmure Agathe, et c'est là que le bât blesse : la mort de madame Behra n'est qu'un prolongement du premier meurtre.

Elle sait ce qui lui reste à faire : découvrir l'assassin d'Agathe Weissberg, se concentrer sur la « montagne blanche ». Et pour cela, revenir aux sources.

C'est à la source que l'eau est la plus pure.

VIII

Ce n'est qu'au bout d'une demi-heure qu'Agathe le découvre. Il lui a fallu commencer par soulever les matelas, tâter les sommiers à plumes. Dans celui de la chambre du premier étage, en passant le doigt sur les coutures usées, elle a senti comme une échancrure.

L'ouverture est de petite taille. La vieille dame, pour pouvoir y glisser le carnet, a dû pratiquer une entaille dans le tissu, et plier le carnet pour qu'il tienne le minimum de place. Combien de fois l'a-t-elle inséré dans cette fente ? Chaque fois qu'elle venait rendre visite à la maison ? Le contenu du carnet le dira.

Agathe décide d'en prendre connaissance le soir même, dans son lit. Un journal intime, secret, ne peut être lu que dans un lit. Elle n'aura que peu de temps à attendre, il est déjà vingt heures, et personne à la brigade, ni son adjoint ni Dubois ne soupçonne sa présence dans la maison Weissberg.

Elle n'a aucun doute : il s'agit bien d'un journal intime que nul ne doit lire, sinon son propriétaire. Un journal important que madame Weissberg a pris la peine de cacher au cœur de la maison de son enfance. N'est-ce pas pour cette raison qu'elle s'obstinait à s'en occuper, évitant ainsi qu'une femme de ménage trop zélée ne fourre son nez dans ses secrets ? N'a-t-elle pas gardé la maison uniquement pour pouvoir « enterrer » son trésor et venir le déterrer quand le désir devenait trop fort ?

Le carnet serré contre elle, Agathe fait le tour des lieux. Depuis la mort de la propriétaire, la maison s'est recouverte d'un voile de poussière. Les héritières jugent inutile de rémunérer une femme de ménage, trop pressées d'en finir avec ce... ce quoi donc ? Ce témoignage de la misère passée, résume Agathe. Madame Weissberg a eu une mort des plus rudimentaires, assise contre un arbre, à même la terre de son verger revenu à l'état sauvage. Une mort qui ne témoigne en rien de sa gloire. Comme si, pour ses derniers instants, face à la mort, elle était retournée à la simplicité de son enfance pauvre. Une enfance dans un jardin. Comme la sienne. Une enfance de silence.

Arrête, Agathe ! Cours, sauve-toi pendant qu'il en est temps !

Elle sort, le carnet toujours contre sa poitrine. Dès le perron, la chaleur lui tombe sur les épaules. Une soirée à boire des panachés moussus sur une terrasse, et non à titiller des fantômes. La nuit n'amènerait que peu de fraîcheur.

Elle marche dans les derniers pas d'Agathe Weissberg, marches de terre, muret, la voici devant la pierre contre laquelle la vieille dame a chuté.

Les conclusions du technicien de la brigade de recherches sont sans équivoque : le sang sur la pierre appartient à madame Weissberg, ainsi que le cheveu. Les analyses des brins d'herbe, en revanche, n'ont donné aucun résultat. Quant aux traces de pas, elles étaient trop nombreuses et trop floues pour en réaliser des moulages.

Et le chapeau n'a pas été retrouvé.

Agathe Lolla s'assied dans l'herbe qui sent bon la mélisse chauffée par le soleil, à l'emplacement même du corps de son homonyme. Au-dessus de sa tête, l'arbre cache dans ses feuilles de minuscules prunes-cerises. L'arboriculteur consulté l'a appelée pour lui expliquer que le cerisier avait été greffé avec un surgeon de prunier, produisant ces étranges fruits mi-prunes mi-cerises. « Ça date, a-t-il conclu, la greffe a été faite il y a plus de cinquante ans ! L'arbre a résisté à tout, ce qui prouve que la greffe a bien pris et que celui qui l'a pratiquée aimait son travail. »

Agathe, sous son arbre, rêve. A l'autre Agathe, la battante qui n'a jamais renié son enfance, la gardant à l'abri de ce jardin, y revenant, y cachant ses pensées les plus intimes qu'elle notait sur un petit carnet qu'elle dissimulait dans un sommier, comme une fillette. C'était le meilleur côté de l'ancêtre, une facette qu'elle n'avait partagée avec personne, ni avec ses enfants ni avec sa petite-fille. Elle venait seule. Elle écrivait seule. Elle rêvait seule. Mais les rêves ne sont-ils pas toujours peuplés d'êtres que nous aimons ou que nous aurions pu aimer ? Le mari avait sans doute tenu une grande place dans ses rêves. Un officier de la Wehrmacht, pas un sbire de la Gestapo ou un SS, non, un Allemand cultivé. Agathe Lolla a eu le temps de voir, serré dans la bibliothèque de chêne du château, l'œuvre complète, en langue originale, de Goethe, Schiller, Böll, Remarque, Mann. Un type qui aimait les écrivains et qui n'avait vécu que pour sa femme et ses filles. Un membre coupé, les autochtones n'avaient pas trop osé jaser. Il avait laissé quelque chose dans le grand désastre. Un bras qui manque vous purifie de la guerre. Et le château, la réussite de sa femme, les affaires florissantes avaient cloué les lèvres. Tout le monde ou presque travaillait dans les filatures de la patronne, on y suait, on en bavait, mais on en vivait. Et elle n'était pas pire que les autres patrons. Au moins, on la connaissait, elle était née dans la vallée. Et puis, il y en a qui réussissent et d'autres pas, elle avait eu de la chance. La boucherie avait réalisé de jolis bénéfices pendant la guerre. Ses parents étaient morts en 1946, dans un accident, la laissant héritière de leurs biens. Elle n'était pas la seule à s'être enrichie. Pas la seule. Il n'y avait pas de quoi lui jeter la pierre. On ne jette pas la pierre aux gens qui vous sont nécessaires.

Agathe rêve. Rêver n'est pas une perte de temps. Dans un square, elle a un jour entendu une mère lancer à son petit garçon qui préférait le banc au toboggan : « Arrête de rêver ! Va jouer ! »

Agathe se lève. Elle a suffisamment rêvé pour savoir à présent que madame Weissberg a été agressée par un proche qui connaissait la face cachée de « la montagne blanche ».

Car la face apparente est bien trop belle pour ne pas masquer les failles, trop belle pour être vraie, pour qu'elle y croie.

Et c'est cette face cachée qu'elle doit mettre au jour, ramener à la lumière, au risque d'abîmer la belle image qui s'harmonise avec ce décor de montagnes doucement arrondies, de prairies vertes et de vaches grasses. Un décor d'opérette.

Lorsque Agathe descend les marches de terre, elle sait aussi qu'Agathe Weissberg a tué Marthe Behra. Comment, pourquoi, elle n'aurait pu l'expliquer, le rêve n'en disait rien, elle pressent simplement que ces deux morts si rapprochées ne doivent rien au hasard.

Il lui semble que l'arbre le lui a avoué.

Elle se penche au-dessus du parapet : des eaux rares coulent en contrebas. L'été promet d'être aride, déjà les ruisseaux sont presque à sec. Un peu plus loin, deux garçons s'essaient au ricochet. Un cadre qui serait idyllique si deux meurtres consécutifs n'avaient pas été perpétrés.

Des morts proprettes. On aurait pu conclure à un accident pour madame Weissberg, une chute provoquée par l'âge, à un suicide chez madame Behra. Mais les examens des viscères ont révélé des traces d'arsenic, en plus de celles du cyanure de potassium qui a été la cause directe du décès.

« De la poudre, a précisé le biologiste du labo de Schiltigheim, qui n'existe plus dans le commerce depuis quelques années, car trop dangereuse de par son efficacité. Aujourd'hui, on privilégie les anticoagulants, mais je ne vais pas vous faire un cours de toxicologie ! Sachez seulement que votre ouaille, si elle avait poursuivi son traitement une quinzaine de jours au maximum, aurait succombé à sa potion. Mais “on” a précipité les événements. »

Faut-il haïr quelqu'un pour l'empoisonner ! songe Agathe. Pas de face-à-face mais une calme distance, une distance de sécurité, un confort non négligeable. On peut donner la mort de loin et imaginer l'effet, une jouissance intellectuelle qui ne doit pas déplaire aux pervers. L'empoisonneur peut aussi délivrer la mort à la petite cuiller, en face-à-face, et observer les effets sur sa victime. Etait-ce le cas pour madame Behra ? Iris Haas n'avait vu personne entrer dans la chambre, ce qui ne prouve rien ; la maison de retraite restant ouverte jusqu'à l'arrivée de la garde de nuit, n'importe qui aurait pu monter. N'importe qui ou madame Haas elle-même, la dernière personne à avoir vu madame Behra vivante, lorsque cette dernière était rentrée vers seize heures. Quatre heures plus tard, elle avait été retrouvée morte sur son lit. Quatre heures durant lesquelles l'aide soignante avait pu accomplir son forfait.

Quel mobile pouvait-on invoquer ? Le mobile, la clef du meurtre, le sésame ouvre-toi de toute affaire qui se tient. La mort de madame Behra ne « rapporte » rien à Iris Haas, du moins matériellement. En outre, les deux femmes ne semblaient pas s'être fréquentées, ni être liées par une antipathie qui aurait pu justifier un empoisonnement. Il était plus que vraisemblable que madame Behra avait été pour Iris une patiente comme les autres. Une patiente qui ne donnait pas beaucoup de travail et dont il était inutile de hâter le trépas.

Sauf si sous les apparences se dissimule une haine souterraine, atavique, entre deux familles... Une haine qui perdure à travers les générations, à la dent dure et patiente.

Toutes les vies ont des fosses septiques et il ne faut pas avoir peur de plonger le bras dans les excréments.

Sur cette pensée, elle reprend le chemin de la gendarmerie. Il est bientôt l'heure de se coucher, la journée a été longue.

★

Ce jeudi, lorsqu'elle traverse la cour à sept heures, elle aperçoit le fils du lieutenant Sama, qui dimanche dernier lui a fait de grands signes. Il est assis, les jambes croisées, sur un des carrés de la marelle. Il semble attendre.

— Bonjour, Albin, sourit-elle, tu te lèves tôt ! Tu fais quoi, dehors ?

Aussitôt elle regrette, se mord les lèvres, le gamin va s'imaginer qu'elle lui demande des comptes, déformation professionnelle.

— J'aime être dehors... J'aime pas la télé, mes frères regardent toujours la télé mais moi pas, ça bouge trop ! Et toi, tu fais quoi ?

— Je vais travailler, comme ton papa !

— Tu fais quoi ? répète-t-il.

— C'est difficile à expliquer, bonhomme ! J'écoute, je regarde, et parfois j'arrive à trouver les coupables.

— Les coupables c'est les méchants... Pourquoi les gens ils sont méchants ?

— Tu me poses une colle, Albin ! Je n'ai jamais compris pourquoi les gens sont méchants. Peut-être qu'eux non plus ne comprennent pas !

Elle se baisse pour embrasser l'enfant sur la joue.

Elle salue le planton derrière son comptoir et monte les escaliers. Dans son bureau, elle commence par reprendre le dossier Behra. Elle a toujours besoin de relire, ce n'est qu'à la troisième voire quatrième relecture qu'un détail lui saute aux yeux, un détail qui surgit entre les lignes et s'impose telle une évidence.

La vie de madame Behra s'est achevée sur un repas. Ce qui, pour un potiron arrimé à la terre comme la résume son fils, n'a rien d'étonnant.

Le repas a été composé de la manière suivante :

Foie gras de Strasbourg, du mi-cuit – celui que la tante préférait –, qu'elle a noyé de plusieurs verres de muscat d'Alsace.

Bouchées à la reine, servies avec un riesling.

Gigot de chevreuil façon grand veneur, flageolets et purée de céleri, frites pour les enfants, la tatie en a goûté elle aussi, deux ou trois qu'elle a piquées directement dans le plat ; on a gardé le même vin.

Fromages divers dont le traditionnel munster.

Pour couronner le repas, l'irrésistible vacherin glacé qui clôture les repas de communion dignes de ce nom. Café et schnaps. La tante a bu de l'eau-de-vie de prune.

Elle est rentrée à pied jusqu'à la maison de retraite. Pour se dégourdir les jambes et accélérer la digestion, et parce qu'elle n'avait pas trop confiance...

« Oui, on avait tous un peu trop bu, c'était la fête, le vin blanc, les alcools, on n'a pas lésiné sur les dépenses, et on était un peu... joyeux... tatie a préféré qu'on ne la ramène pas en voiture. »

Le dossier s'achève sur la déposition du notaire et les photocopies des actes notariés. La bouffe et le fric, conclut Agathe en remettant des touffes de cheveux dans l'élastique d'où ils se sont échappés, comme si seule la matière pouvait compter, débarrassée de tout sentiment, comme expurgée de toute vie autre que purement tangible, pierres des immeubles, billets de la rente viagère, bouchées à la reine et autres nourritures qui n'ont rien de spirituel.

Les actes notariés en disent long sur l'amour de madame Behra pour son fils unique. Le notaire n'avait pas tort en prétendant que les gens restent égaux à eux-mêmes jusque dans la mort. Dans un premier acte – comme une pièce de théâtre en trois actes, qui pourrait être une tragédie – elle a vendu un immeuble à l'aîné de ses neveux, avec pour obligation à ce dernier de lui verser une rente viagère mensuelle assortie d'un bouquet équivalant à la moitié de la valeur expertisée du bien. Il lui aurait fallu vivre encore quinze années pour amortir le viager. Rien d'impossible avait affirmé son médecin traitant, elle avait des artères de jeune fille et un cœur de sportif. Et elle n'avait pas l'air de quelqu'un qui a envie de laisser sa place, comme certains vieux qui en ont tant vu qu'ils préfèrent s'en aller sur la pointe des pieds. Non, elle n'avait rien d'une suicidaire, je n'ai jamais eu besoin de lui délivrer du Prozac ou autre antidépresseur, elle avait un moral d'acier, rien ne pouvait l'atteindre, a conclu le toubib.

La déposition du médecin corrobore celle du fils. Rien d'une suicidaire. On l'avait bel et bien empoisonnée. Mais le neveu, heureux bénéficiaire du viager, n'avait pas quitté la fête, selon les témoignages des autres protagonistes. Et ses frères n'avaient aucune raison de tuer leur chère tante, leur poule aux œufs d'or, les actes notariés, en effet, auraient dû être signés le lendemain de la communion !

Une conclusion s'impose : si on se réfère au dicton « cherchez à qui profite le crime », la réponse est simple. Seul le boucher avait intérêt à ce que la tatie libère le plancher, le débarrassant du versement de la rente viagère.

Le neveu, et le fils. Car qui héritait de la presque totalité des biens de sa mère, sinon le fils ?

Mais Paul Behra a eu la sagesse de se fabriquer un emploi du temps irréfutable, qu'il serait difficile de démonter, à moins d'arriver à faire craquer l'épouse qui jure ne pas avoir perdu de vue son mari ce dimanche-là. L'aubergiste a confirmé que la famille avait dîné dans sa ferme aux heures susdites.

Le mystère de la capsule de cyanure reste entier.

A moins que...

Et si le cyanure n'avait pas été ingéré tel quel, s'il avait été mélangé à une boisson, ou un aliment ? Dans ce cas, le neveu et le fils peuvent être coupables.

L'un ou l'autre. Les deux hommes n'ont pas agi de concert. L'un ou l'autre, ou un troisième, commandité ou non par l'un des deux premiers.

Agathe se sent en forme, malgré sa nuit blanche, à cause d'elle peut-être. Les heures penchées sur le journal secret ont été fructueuses. Elle ne les regrette pas. Le carnet ne contient que des chiffres mais ces derniers savent se montrer éloquents et exprimer davantage que des mots.

Agathe a compris en feuilletant les pages noircies combien l'ancêtre a aimé l'argent. Littéralement addict. Une passion totale, dévorante, qui a empli sa vie. Et qu'elle a gardée jusqu'à la fin. Rien ne l'a déviée de cette folie, ni la naissance de ses enfants ni celle de sa petite-fille. Agathe Weissberg n'a pas été une fille à papa, mais une pionnière, et ces feuilles, où s'étalent des chiffres serrés séparés de temps à autre par quelques mots brefs, le prouvent mieux que ne l'aurait fait le plus élogieux des discours. Même le maire de Kirchenfeld, le jour de l'enterrement, n'a su décrire aussi bien l'ascension fulgurante de la bouchère devenue patronne de deux usines florissantes, d'immeubles et de terrains innombrables, de forêts et de scieries. Un patrimoine qu'elle a elle-même évalué, sans recourir à un notaire ou à un comptable. Elle est née pauvre et elle est morte riche. En se penchant sur cet humble carnet, Agathe Lolla a commencé à soupçonner l'étendue de la puissance Weissberg.

Elle se lève. Passant devant le bureau du lieutenant Sama, elle déclare :

— Ne vous dérangez pas ! J'en ai pour une petite heure, si urgence vous pouvez m'appeler !

— Bien, répond le lieutenant, si vous avez besoin de moi...

— Oui, oui, acquiesce Agathe qui n'en croit pas un mot et lui non plus. De quoi pourrait-elle avoir besoin ? Cette rousse flamboyante ne se suffit-elle pas à elle-même, dans la vie professionnelle comme dans la vie privée ?

Qu'est-ce que ça peut te foutre ? marmonne le lieutenant en la regardant s'engouffrer dans la Mégane conduite par un emploi-jeune, tu as une femme que tu aimes...

Mais il n'en est plus si sûr. Ça commence même à le travailler.

Heureusement, le boulot ne manque pas. Il se plonge dans son dossier qu'aujourd'hui il a envie de bénir. Ne pas trop réfléchir sur sa vie privée, ni trop rêver à Agathe l'inaccessible.

Un emploi-jeune a un avantage : on peut s'en débarrasser facilement.

— Installez-vous sur le banc, en m'attendant, lui propose-t-elle, ou, mieux encore, je cherche depuis longtemps un chapeau et quelque chose me dit que vous pourriez en trouver un dans le parc...

Il la contemple, hésite une seconde, hoche la tête :

— Bien, mon capitaine, je vais fouiner.

Il préférerait rester avec elle, elle l'intrigue, elle est belle, il aime son odeur, mais il n'est qu'emploi-jeune et elle est capitaine. Il obéit.

Iris Haas désigne du menton le plateau entre ses mains :

— On a pris du retard ce matin, et je dois distribuer les médicaments, les pensionnaires sont à table et ils attendent leurs comprimés.

— Je vous suis. J'adore les maisons de retraite !

Le rire d'Iris Haas est bref, coupant :

— Si ça vous fait envie... C'est bien la première fois que j'entends quelqu'un dire qu'il aime les odeurs de poireaux et de pisse nettoyée à l'eau de Javel.

Agathe suit l'ancienne. De dos, elle fait illusion, mince, presque osseuse, hanches larges et bras musclés. Une femme de tête qui ne paraît pas ses soixante ans passés.

La distribution des médicaments terminée, la blouse blanche se tourne vers la gendarmette.

— On va où ? Dans la salle de soins ? Il n'y a pas d'autre endroit pour un interrogatoire ! Dans les couloirs, les murs ont des oreilles !

— J'y ai pensé, déclare Agathe en souriant, où je vous emmène vous ne serez pas en zone inconnue !

Iris esquisse un mouvement d'épaules, mais obtempère.

Agathe ne se trompe pas de porte. La plaque noire n'a pas été enlevée, elle brille de ses lettres ostentatoires : *madame Agathe Weissberg*. Un phare dans le couloir sombre.

Elle pénètre dans la première pièce assombrie par les lourds rideaux de velours grenat. Elle allume la lampe de chevet. Une ambiance intime propice à la parole.

— 15 000 euros, en liquide, c'est une somme, prononce la capitaine qui s'est assise dans le fauteuil Voltaire.

Elle aperçoit dans la lumière tamisée les bras de l'aide soignante, anguleux, repliés sur sa poitrine maigre :

— C'est la somme que madame Weissberg vous a remise l'avant-veille de sa mort en grosses coupures, poursuit la gendarmette.

L'autre ne nie pas. Assise sur le lit, elle semble en attente. Tout au plus resserre-t-elle les bras sur ses seins.

— Je peux le prouver.

Cette affirmation amène un rictus sur les lèvres sèches de l'aide soignante.

— Chacun sait que madame Weissberg avait toujours de l'argent sur elle, beaucoup d'argent. Elle aimait le fric. Le soir elle sortait les liasses de l'armoire et elle les comptait. Mais elle n'était pas généreuse au point de me donner autant d'argent. D'ailleurs, je ne l'aurais pas accepté. Je touche un salaire, je n'en ai pas besoin.

— Vous, vous n'en avez pas besoin, votre mari si... il a des habitudes dangereuses... Il adore parier aux courses et le PMU est devenu sa seconde maison.

— Vous êtes bien renseignée.

— C'est mon boulot, comme vous de distribuer des potions magiques. Seulement vous avez dérapé... Accepter de l'argent d'une vieille dame qui se trouve sous votre protection, comment appeler ça ? Extorsion de fonds ? Chantage ? Ou vol ?

— Je n'ai rien à dire et je ne vois pas de quoi vous parlez... Vous n'avez aucune preuve, vous bluffez... Madame Weissberg ne m'a rien donné. Vous avez besoin d'une victime et comme vous n'en trouvez pas, vous m'avez choisie... Pourquoi ? Vous avez vos raisons. Et maintenant excusez-moi, mes petits vieux m'attendent, ils ont besoin de moi... Nous ne sommes pas trop nombreuses dans le service !

— Une minute ! l'arrête Agathe, je vous attends à quatorze heures à mon bureau, afin que vous me donniez votre emploi du temps de la journée du mercredi 2 juin, et plus précisément entre cinq et sept heures du matin. D'ici cet après-midi vous aurez peut-être trouvé une raison à la générosité de madame Weissberg !

L'autre dehors, elle pousse un petit sifflement. Coriace, elle s'y attendait, mais pas au point de démentir d'avoir reçu cette somme.

Heureusement, le carnet découvert dans le matelas est formel : 15 000 euros. Et c'est le nom de l'aide soignante, Iris Haas, qui est accolé à ce chiffre. Agathe Weissberg avait toute sa tête. Elle n'a pas agi à la légère ni par un brusque élan d'altruisme. Ce n'était pas dans son tempérament. Elle a réussi à construire un empire, en partant de presque rien. « Que chacun en fasse autant, et que les perdants crèvent » aurait pu être sa devise. Pourquoi a-t-elle, l'avant-veille de sa mort, donné cette somme à Iris Haas ? De quoi voulait-elle la remercier ?

Ou la faire taire, songe Agathe en avançant dans les couloirs où les pensionnaires sortant du réfectoire commencent à refluer à pas menus, frôlant les murs.

Elle se hâte vers la porte. Arrivée à l'air libre, elle inspire profondément. Plutôt mourir que finir comme ça.

L'idée lui vient : pourquoi Agathe Weissberg a-t-elle choisi de renoncer au château pour venir finir ces jours dans ce mouroir ? Que voulait-elle fuir ? Ou trouver ?

— Rentrez sans moi, dit-elle à l'emploi-jeune qui vient de s'installer dans la Mégane, je préfère marcher un peu.

Agathe traverse la ville, lentement, comme si le spectacle de la rue pouvait l'aider à lui fournir les noms des assassins. Peut-être sont-ils autour d'elle, déambulant dans les allées du marché qui se presse sur la grande place pavée de frais. Un marché où les paysans de la vallée viennent proposer produits fermiers, fromages de Munster et Barkas, œufs, fruits du verger et légumes du potager. Des produits réputés bio mais sans appellation contrôlée, juste une histoire de confiance entre paysans et clients.

Elle s'arrête devant l'étal de fraises, quand elle entend :

— Tiens, une gendarmette ! C'est pas une femme qui va empêcher les filles de se faire violer !

— Parce qu'une fille s'est fait violer ? demande la paysanne en tendant sa figure ridée vers sa cliente.

— Pas chez nous dans la vallée, mais ça va pas tarder ! Il y a de plus en plus d'étrangers, vous n'avez pas remarqué ? Ils viennent jusque chez nous, on n'est plus en sécurité nulle part ! Pendant la guerre, c'était plus tranquille ! Du temps des Allemands, on avait beau dire, l'ordre régnait ! Je n'avais jamais peur de sortir, et pourtant j'avais pas vingt ans, je traversais la forêt en pleine nuit quand je rentrais de la filature et il ne m'est jamais rien arrivé. Aujourd'hui, lâchez une jeune fille et vous verrez le résultat !

La vieille reprend :

— Les Allemands nous respectaient, on n'a jamais eu de problèmes avec eux. Fallait pas les chercher, mais si on restait corrects, eux aussi. Au fond, ils nous aimaient bien. Ils le disaient : « vous les Alsaciens, vous êtes nos cousins. » Alors que les Arabes et nous, on n'est pas de la même race.

Agathe écoute et comprend. Grâce à son père et à sa tante Agathe qui avaient poussé le sens de l'intégration jusqu'à apprendre le dialecte alsacien, afin, disait le réfugié catalan, d'être mieux acceptés ; on ne se fait accepter que si on parle la même langue.

Si le réfugié catalan avait pu savoir à quoi servirait cette langue... à faire l'apologie des fascistes qui les avaient obligés, lui et sa sœur, à fuir leur pays... Le lieutenant Sama avait raison, la guerre n'est jamais finie.

Agathe n'achète rien. Elle n'a besoin de rien. D'ailleurs, il n'y a ni cacahuètes ni olives sur les étals. Elle a hésité devant des cerises jetées en vrac sur les planches de bois. Mais elle n'a pas pu s'y résoudre. Les cerises, il faut savoir, pour leur provenance. On ne peut pas les acheter. Elles se donnent.

*

Iris Haas a quitté sa blouse blanche qu'elle a troquée contre une jupe serrée et un chemisier bleu si pâle qu'il en paraît délavé à la Javel. Elle est plus grande dans ses escarpins que dans ses mules d'aide soignante. Mais la même impression de force se dégage d'elle. Une force de la nature, aux bras nus musclés, puissants qui auraient pu venir à bout de la résistance d'une octogénaire. Et même de deux octogénaires.

A la question : où étiez-vous entre cinq et sept heures, ce matin du 2 juin ? elle répond calmement, les yeux fixés sur l'uniforme de son vis-à-vis :

— Comme d'habitude. Je me suis levée à cinq heures trente pour me préparer à partir au boulot, j'ai avalé un café mais je n'ai rien mangé, on prend le petit déjeuner à l'hôpital vers dix heures. J'ai marché jusqu'à la maison de retraite, j'habite à dix minutes à pied. En été pas la peine de prendre la bagnole, ça maintient en forme et ça économise de l'essence.

Agathe tape la déclaration. Elle a voulu le faire. Ça ne se fait pas d'habitude. Mais elle a ses propres habitudes, que cela plaise ou non à ses collaborateurs.

— Vous êtes une femme parfaite, sourit Agathe. Travailleuse, économe, vous avez élevé vos deux enfants d'une main ferme, malgré un mari distant. Il est à la retraite, il aurait pu vous voir vous préparer, avaler votre café...

— Il ne se lève pas si tôt ! Il dort, il ronfle même. Rien ne le réveille avant midi, vous pouvez vérifier.

— J'ai vérifié.

— Je n'ai croisé personne sur la route, reprend Iris, ou alors j'étais trop absorbée. Le matin, j'aime bien réfléchir...

— A quoi ?

La question semble la surprendre. Elle émet un petit rire :

— A quoi ? A tout, à rien, aux pensionnaires, à mes enfants, à ma mère...

— Elle vient de décéder.

L'autre cligne les paupières.

— Vous en savez des choses. Qu'est-ce que ça peut vous faire que ma mère soit morte ?

— D'un cancer du sein, continue Agathe, et vous en avez été très affectée. Plus que vous ne l'auriez cru ?

— Je ne suis pas là pour répondre à ce genre de conneries.

Agathe rebrousse chemin, inutile de la brusquer dans ses sentiments, chaque chose en son temps.

— Vous êtes arrivée en sueur à la maison de retraite pour prendre votre poste, et avec deux minutes de retard, ce qui ne vous arrive jamais, mais vraiment JAMAIS, en majuscules.

— Il faisait chaud, et il y a une pente, j'ai accéléré le pas, ce n'est pas un crime de transpirer, surtout en été ! Et pour mes deux minutes de retard, c'est mesquin, qui a pu vous dire ça ? Il était sept heures deux minutes ! Mais les veilleuses sont toujours pressées d'en finir ! Surtout cette Elisa ! On devrait la foutre dehors !

— On ? C'est un pronom indéfini.

Iris s'agite sur sa chaise.

— Je ne suis pas à l'école, ricane-t-elle.

— Non, sourit Agathe Lolla, seulement dans une gendarmerie pour justifier de votre emploi du temps dans une affaire de meurtre, mais j'ai tout mon temps.

— On, c'est le directeur, concède l'aide soignante en passant sa langue sur ses lèvres ourlées de rose tirant sur le violet. Il aimerait bien lui donner son congé, mais il n'a personne pour la remplacer. Alors, il fait contre mauvaise fortune bon cœur.

— Vous semblez au courant des affaires du bon Dieu, remarque Agathe, il vous aime bien, vous l'ancienne... la plus ancienne d'après mes fiches, personne ne tient longtemps le coup... mais vous, vous y avez peut-être un intérêt particulier...

— Oui, grince Iris, j'ai une très bonne raison : je dois gagner ma vie, et en plus payer les dettes de mon mari qui ne m'aide pas beaucoup. Il est plutôt une charge qu'une aide... Il n'a qu'une toute petite pension et elle passe entièrement dans ses jeux à la con ! Tout ce que j'ai, c'est moi qui l'ai gagné ! Je ne suis pas une fille à papa et je ne dois rien à personne !

Agathe l'a souvent entendue, cette phrase, dans la bouche des exclus du grand partage qui finissent par en devenir amers.

— Pour régler les dettes de votre mari et assainir vos finances, d'après vos comptes bancaires vous êtes en débit de 15 000 euros et le banquier vous a menacé de mettre votre maison aux enchères, vous avez obligé madame Weissberg à vous donner ou vous prêter cette somme. Ensuite, de peur qu'elle regrette son geste et vous oblige à restituer l'argent, vous l'avez tuée...

— Vous êtes folle.

La voix est péremptoire.

— Vous savez des trucs sur ma vie privée, mon mari qui joue et qui boit l'argent du ménage, mais moi aussi j'en sais sur vous.

— Vous avez mené votre petite enquête ?

— Vous veniez en vacances dans la vallée, je me souviens de vous... vous ne fréquentiez pas les enfants du village, vous les reluquiez de derrière les arbres du jardin de votre tante, une Espagnole aux cheveux très noirs et qui ne parlait pas...

— Oui et alors ?

— Alors, rien, reconnaît Iris Haas, on ne savait rien de votre tante, sauf qu'elle fabriquait le meilleur miel de sapin de toute la vallée et que des hôteliers venaient de loin pour lui en acheter. Nous aussi, on en mangeait.

— Voilà au moins quelque chose qu'on a fait ensemble, fût-ce séparément, sourit Agathe, et si on revenait à nos deux mortes ? Surtout à la première, car je ne vois pas pour quelle raison vous auriez empoisonné la seconde. Pour brouiller les pistes ? Je ne vous imagine pas aussi machiavélique... Non, seule madame Weissberg vous intéressait, à cause de son argent... Parlez-m'en, de cet argent ! Inutile de nier, j'ai trouvé un carnet où la défunte notait ses entrées et ses sorties...

Iris hésite, se lance :

— Elle me l'a prêté, je préfère vous dire la vérité, j'avais l'intention soit de le rendre, soit de le rembourser en petites mensualités, mais je n'ai pas eu le temps...

— Pourquoi n'avoir rien dit aux héritiers ?

— Aux filles Weissberg ? Elles ne m'auraient pas cru... elles n'auraient pas compris que leur mère veuille m'aider...

Iris plante ses yeux durs comme des gifles dans ceux d'Agathe :

— Elles sont pires que leur mère, encore plus rapaces, même la Lisa qui paraît si gentille, des filles à maman qui n'ont eu qu'à récolter ce que leur mère a passé sa vie à semer et qui ne l'en aimaient pas pour autant, même pas de gratitude. Moi, j'ai soigné ma mère jusqu'au bout, je l'ai gardée chez moi. Et elle est morte dans mes bras. Mais les héritières, il n'y a que le fric qui les intéresse ! Quand on l'a retrouvée morte et que j'ai compris que personne n'était au courant pour l'argent, je me suis tue.

— Vous ne connaissiez pas cette habitude de madame Weissberg de tout noter dans un carnet ?

Iris baisse la tête, comme prise en faute. Non, elle ne savait pas.

— Ce qui signifie, récapitule Agathe, qu'elle s'est rendue la veille dans sa maison, pour noter cette information dans son carnet qu'elle a remis sous le matelas. Et le lendemain matin, elle retourne sur place, et elle en meurt. Etrange, n'est-ce pas ?

— Tout ce que je peux vous dire, c'est que ce n'était pas moi. Je n'aurais pas tué quelqu'un pour de l'argent, même si j'en ai besoin !

— Votre mère ne vous a rien laissé ? Vous étiez fille unique, non ?

Les yeux claquent dans le visage bronzé.

— Elle était pauvre. Sa maison ne lui appartenait pas, les deux dernières années, elle vivait chez moi. Elle n'avait qu'une maigre pension et pas de biens hormis quelques meubles sans valeur. Je vous le répète, tout ce que j'ai je ne le dois qu'à moi.

Il y a une étrange satisfaction dans le ton de la voix, qui couvre presque l'amertume. La satisfaction de ceux qui travaillent dur pour que leurs enfants connaissent un sort meilleur. Ses parents avaient été de cette race-là.

— Dans votre cas, je veux dire votre situation financière, 15 000 euros justifient un meurtre. Et, de l'avis des gens qui vous connaissent, vous vous détestiez cordialement toutes les deux !

— Si elle me détestait pourquoi m'aurait-elle prêté cet argent ? Je ne l'y ai pas obligée, je n'en avais pas les moyens !

Un rire nerveux retentit dans la pièce chaude. Agathe se lève :

— C'est tout pour aujourd'hui, nous nous reverrons. Nous avons encore des choses à nous dire. Nous nous connaissons de longue date, n'est-ce pas ? C'est le moment de rattraper le silence perdu.

Elle tend la main. L'autre a les paumes moites, les ailes du nez couvertes de sueur, les cheveux humides à la racine. Elle a transpiré, comme le matin où elle a eu deux minutes de retard, parce qu'elle avait couru. Pourtant, d'où elle venait elle n'avait nul besoin de courir. Or, elle avait couru.

Agathe est pressée. A peine la porte refermée, elle saisit le combiné. Au suivant !

Il ne se fait pas prier. On dirait qu'il attendait le coup de fil, suant dans son fauteuil directorial de cuir noir.

Il arrive une demi-heure plus tard, le temps de sortir la voiture du garage, explique-t-il comme s'il présentait des excuses. Oui, je la rentre la journée, les gosses passent dans la rue et une rayure est vite arrivée. Que me voulez-vous ? Vous avez du neuf ?

— Oui, répond Agathe, j'ai trouvé un détail intéressant.

Il n'essaie pas de nier. Oui, il est l'amant d'Iris Haas.

— Je lui ai porté bonheur, dès que j'ai été nommé directeur, je lui ai permis de suivre les cours et devenir aide soignante. Elle a commencé comme fille de service, à quinze ans, pas un seul diplôme en poche. Je l'ai aidée...

— En la mettant dans votre lit.

— Elle n'a pas dit non ! Je n'ai pas eu besoin d'insister beaucoup... et je la soupçonne même de me tromper, les hommes lui ont toujours tourné autour, elle est restée appétissante...

— Vous parlez des femmes comme si c'étaient des plats. Un reste de votre ancien métier de cuisinier, vous êtes un homme fidèle, vous ne reniez pas vos origines.

Hector Höffel ne devine pas le mépris contenu dans ces mots, il poursuit, content de lui :

— Je lui suis fidèle ! Avec mon épouse, il n'y a plus rien depuis des éternités, on continue à faire chambre commune à cause de la bonne qui risque de jaser en ville.

— Vous croyez que personne n'est au courant de votre liaison ?

— S'ils savent, je m'en moque, mais je ne veux pas qu'on en parle ! Ou à voix si basse qu'on ne l'entende pas. C'est ce qui se pratique, constate-t-il avec satisfaction, on sait que je couche avec l'aide soignante et on la boucle. On risque d'avoir besoin de moi, je suis un employeur et je suis le gendre de la vieille Weissberg.

— Vous étiez, rectifie Agathe. Comment expliquez-vous qu'Iris Haas en quittant votre domicile, ou, plus exactement, votre garçonnière que vous aviez aménagée à l'hôpital, ait dû courir pour atteindre son poste ? Cinquante mètres, pas de quoi piquer un marathon !

Il contemple ses mains qu'il a puissantes, ses doigts boudinés. Emmerdé, ça se voit. Non, il ne peut pas expliquer. Mais il peut jurer qu'il s'est endormi avec Iris à ses côtés et qu'il s'est réveillé vers sept heures, comme toujours, et qu'elle n'était plus là, ce qui était normal.

Si elle est partie avant sept heures, il n'a rien entendu. Il a un sommeil profond, grâce au somnifère qu'il prend chaque soir. Même les soirs où sa maîtresse le rejoint. C'est un homme d'habitudes.

— Votre épouse, comment voit-elle votre histoire d'amour avec madame Haas ?

— Histoire d'amour, faut pas exagérer ! On s'aime bien, on se ferait pas de mal, que du bien, précise-t-il avec un sourire entendu, mais de là à parler d'amour ! Même au début, ça n'a jamais été la passion... elle avait besoin de tendresse, son mari était trop soûl pour coucher avec elle, j'étais dans le même cas. Non ma femme ne boit pas, mais elle n'aime pas les choses du corps. Nous étions disponibles et affamés tous les deux et voilà c'est pas plus compliqué ! Pour répondre à votre question, mon épouse, si elle est au courant, a la prudence de faire semblant de rien, pas d'esclandre, pas d'explication, tout reste en ordre. De toute façon, je n'ai jamais eu l'intention de quitter ma femme !

— Et Iris, a-t-elle eu l'intention de quitter son mari pour vous ?

Il hausse les épaules :

— Comment savoir ! Au début, je crois que oui, mais je suis arrivé à lui faire abandonner cette idée ! Chacun dans son couple et le couple est bien gardé !

— Et votre belle-mère ? Elle n'a pas dû apprécier que vous trompiez sa fille avec votre aide soignante ! C'est pour cette raison qu'elle la détestait ?

— Ma belle-mère n'aimait personne à part ses filles ! Oui, elle savait, pour notre liaison, mais elle ne m'en a jamais touché mot ! Ni à sa fille. Je suis persuadé qu'Iris n'a rien à voir avec la mort de ma belle-mère. Pourquoi l'aurait-elle tuée ? Elle n'avait rien à y gagner !

— Si ! 15 000 euros pour une personne qui a le couteau sous la gorge n'est pas une somme négligeable ! C'est la somme que votre belle-mère a donnée ou prêtée à madame Haas, l'avant-veille de son décès.

— Je ne savais pas, murmure le directeur décontenancé. Iris m'a dit qu'elle avait des problèmes d'argent et je lui ai répondu que je ne pouvais rien faire pour elle, mon épouse gère les comptes, impossible de puiser dedans, ça aurait été trop visible... Encore qu'elle aurait fermé les yeux... mais pas ma belle-mère qui supervisait les comptes... Elle avait un œil sur le budget du château, connaissait centime par centime tout ce qui sortait... et elle engueulait ses filles quand elle estimait qu'elles exagéraient...

— La reine mère...

— Ne jugez pas si vite ! Elle aimait ses enfants, elle ne voulait que leur bien. Elle avait souvent raison, comme pour Hélène et sa copine, moi non plus je n'aurais pas toléré cette liaison scandaleuse ! Un jour ou l'autre, je réussirai à faire expulser cette intrigante qui vient bouffer la laine sur notre dos.

— Et nettoyer vos planchers !

Hector Höffel ne rétorque pas.

— Je vous demanderai de rester à ma disposition, sourit-elle en accompagnant le directeur à la porte.

*

Dans le hall d'accueil, il ne reste plus que le planton de garde à qui la capitaine souhaite une bonne nuit.

Elle hésite, voiture de service qu'elle pilotera elle-même – à la place du lieutenant Sama qu'elle n'a pas envie d'extraire de sa vie de famille – ou Golf ? Elle choisit la marche.

Quand Agathe Lolla arrive à la maison de retraite, l'équipe de jour vient de partir, laissant sur place la relève représentée par une jeune femme enceinte qui se déplace avec lenteur, le ventre en avant, comme précédée d'une autre partie d'elle-même. Elle accueille l'officier avec indifférence.

— Je vous ai déjà vue, remarque Agathe, vous travailliez de jour...

— Quelle mémoire ! Oui, j'étais de jour, maintenant je remplace Elisa qui est tombée malade, c'est ce qu'elle prétend. Et nous, on n'a qu'à se débrouiller ! Comme l'ambiance de jour est de plus en plus lourde, je préfère travailler de nuit ! Je n'en ai plus pour très longtemps, explique-t-elle en posant ses deux mains sur son ventre.

Elle reprend sur un ton las :

— Je dois faire ma ronde, vérifier si les volets sont baissés, les doubles-rideaux tirés, sinon les vieux se réveillent en pleine nuit et c'est galère, on n'en finit pas ! Les vieux, c'est pas de la tarte.

— Je ne vous retiens pas, faites comme d'habitude ! Je me débrouillerai...

Elle parcourt les couloirs, lentement, pour s'imprégner des lieux où deux femmes ont vécu et où l'une est morte. Elle marche sur les linos, effleure les caoutchoucs artificiels et s'assied dans un des fauteuils rangés le long du mur. C'est là, à proximité de la salle de soins, que les retraités passent leurs journées, hésitant à sortir dans le parc où quelques bancs peuvent les accueillir, mais tout est prétexte à rester à l'intérieur : la lumière trop vive, le soleil trop fort, les guêpes trop agressives, les pavés trop dangereux. Ils supputent les risques, la chute surtout, la fracture du col du fémur qui leur donne des sueurs froides. Madame Behra non plus n'aimait pas quitter l'abri de sa chambre ou celui des couloirs, sauf quand ses neveux venaient la chercher, le dimanche. Elle allait alors, à pas menus, appuyée contre le bras puissant du boucher. Elle ne restait jamais très longtemps, le temps de déjeuner, elle s'éclipsait au dessert, rentrait chez elle. Le neveu préféré habitant à deux cents mètres, elle revenait seule, le long des grilles de fer forgé qui séparent les maisons du trottoir. Ces dimanches soir, elle ne dînait pas, ou alors juste un petit-suisse ou un yoghourt, selon les déclarations du personnel.

Un petit-suisse ou un yoghourt... Un endroit idéal pour injecter le cyanure à travers le mince emballage. Un seul pot suffirait.

Mais comment le trouver ?

Agathe repère la chambre de madame Behra, à deux portes de celle de madame Weissberg.

Comme elle l'a exigé, le personnel a remis les affaires de la défunte à leur place. On a reconstitué le décor, matelas nu, les couvertures ainsi que la descente de lit et les draps ont été envoyés au labo qui n'y ont décelé aucune trace ni de cyanure ni de mort aux rats. Madame Behra n'a pas vomi son poison, elle l'a avalé et s'est endormie sans faire d'histoires.

Sur la table de nuit repose un bouquin à la couverture pastel, une histoire à l'eau de rose qu'Agathe feuillette : *A la cour du Roi-Soleil les amours d'un aristo et d'une lavandière*, du mélo. A quatre-vingt-cinq ans, Marthe Behra appréciait toujours les Harlequin, une disposition qui devait tenir à une longue habitude et à une certaine naïveté. Qu'avait-elle vécu, côté amour ? Un mariage qui avait duré trente ans, rompu par le cancer du mari qui avait été prévoyant, les assurances avaient casqué. Marthe avait pu s'acheter trois immeubles de rapport dont les loyers lui permettaient de compléter la pension de réversion. Une mort qui rapportait, de quoi sécher bien des larmes. La consolation par la matière. Elle s'était cantonnée dans son rôle de veuve digne et irréprochable, avalant foie gras et gigot de chevreuil.

Agathe se met à fouiller, mais rien n'est dissimulé dans le matelas. Rien non plus entre les lattes de bois du sommier. Dans l'armoire, les vêtements sont suspendus à des cintres en bois que la vieille dame a ramenés de chez elle en même temps qu'un vase en cristal qui décore la petite table où elle consultait ses relevés de compte.

Une passion pour l'argent identique à celle de sa voisine Agathe Weissberg.

Les robes qu'Agathe lisse du bout des doigts sont impersonnelles. Inhabitées. Leur propriétaire avait été incapable de leur insuffler un peu de vie, une odeur, une présence. Des toilettes qui ont été portées, entretenues, mais qui ont manqué d'amour, de désir.

Madame Behra était une dame soigneuse : aucun mouchoir en papier roulé en boule dans les poches des vestes, aucune trace de maquillage au niveau des cols. Une maniaque. Il suffit de voir le bon ordonnancement des bibelots sur la commode pour en être convaincu.

Dans le cabinet de toilette, au-dessus du lavabo, elle trouve un savon encore emballé, une marque qu'on ne peut se procurer qu'en pharmacie et qui indique que la morte avait eu la peau sensible, une brosse à dents, un gobelet en plastique, un shampooing pour cheveux permanentés, une brosse à cheveux, un gant de toilette suspendu à un clou à côté d'une serviette éponge d'un blanc clinique. Aucun maquillage hormis un tube de rose à lèvres.

Du sac à main, elle extirpe un boîtier de poudre, un paquet de mouchoirs en papier, un porte-monnaie en cuir élimé et un portefeuilles contenant une carte d'identité qui n'a pas été renouvelée, une carte de groupe sanguin opérationnelle, une autre carte qui indique que sa détentrice a été vaccinée contre le tétanos, une carte d'assurée sociale à jour, et différentes cartes de fidélité émises par les magasins de Kirchenfeld. Tout au fond, imbriquée dans la couture du cuir, Agathe retire une minuscule photo qui représente la tête d'un petit garçon. Le fils sans doute. A l'époque où elle ne l'avait pas encore renié, où il dépendait d'elle. C'était un bel enfant aux traits graves, sérieux, presque tristes. Marthe a-t-elle oublié cette photo coincée dans la doublure ou l'y a-t-elle placée sciemment et la contemplait-elle de temps à autre, pour se souvenir des temps heureux ? Si temps heureux il y a eu.

Agathe s'assied sur le bord du matelas. Il manque quelque chose dans cette panoplie. Quelque chose qui ressemble à des ciseaux, une lime, un nécessaire pour se vernir les ongles par exemple. A la morgue, Agathe a remarqué les mains soignées de la morte, les ongles parfaitement taillés. A moins que la vieille dame ne se soit offert les soins d'une manucure, elle devait posséder une petite trousse.

Elle inspecte encore les douze mètres carrés puis se résout à revenir à la salle de soins.

— La trousse de manucure de Marthe Behra ? s'écrie Elodie, suivez-moi ! J'ai une idée.

Dans le fond du couloir, elle avise un placard, y furète, se redresse en brandissant la trousse :

— C'est bien ce que vous cherchez ? Je la reconnais, elle était à madame Behra...

— J'avais demandé à ce qu'on remette les objets à leur place, rappelle Agathe Lolla.

— On a oublié !

La jeune femme esquisse une moue blasée :

— Iris Haas a ordonné qu'on débarrasse la chambre. Quand on a tout remis en place, on a omis ce petit truc, ce n'est pas grave ! De toute façon, elle n'a pas pu s'empoisonner avec des ciseaux à ongles !

Sous la blouse, on remarque une bosse qui se met à bouger. La future mère y pose sa main :

— Je me tire, deux semaines et tchao ! Après l'accouchement, je reste chez moi, je ne suis pas pressée de revenir dans ce guêpier. La Haas, elle n'a qu'à se débrouiller pour trouver un nouveau pigeon qu'elle pourra dresser !

Agathe ouvre la trousse : un nécessaire à ongles, en argent, joliment travaillé.

— Elle ne se refusait rien, explique la future mère en tenant son ventre à deux mains comme si elle craignait que l'enfant ne s'échappe. Elle avait raison, pour qui aurait-elle économisé ? Elle n'aimait pas son fils et ses neveux ne sont pas pauvres... Et elle leur en donnait, du fric, je l'ai vu, elle leur distribuait des liasses de billets... Si elle ne les avait pas achetés, ils ne se seraient pas occupés de leur chère tatie, je les connais, des commerçants rapaces, des requins, un sou est un sou.

Agathe jette un dernier regard dans le placard où traînent des objets hétéroclites : vieux balais, plumeau usagé, chaises pliantes, fer à repasser obsolète, bouteilles vides posées sur le sol, et dont on se demande pour quelle obscure raison elles ont atterri là.

— Vous n'avez pas trouvé ce que vous cherchiez ?

Agathe tourne vers la jeune femme un sourire étonné :

— Je ne cherche rien de particulier, je cherche c'est tout...

— Ça va être dur de trouver !

— Je le crains, approuve Agathe, en réalité, je cherche quelque chose à manger...

L'autre lève un regard incrédule :

— Vous avez faim ? Je peux vous faire une tartine...

Agathe éclate de rire.

— Je n'ai pas faim, merci pour la tartine... Je me demande ce que madame Behra a pu ingurgiter ce dimanche soir, elle avait beaucoup mangé, elle ne devait pas avoir faim... Vous avez dit à l'adjudant Dubois que vous avez travaillé de dix-sept heures à vingt heures, est-ce exact ?

— Oui mais ce soir-là je suis partie une demi-heure plus tôt, il n'y avait pas beaucoup de boulot et j'ai des tonnes d'heures à rattraper... Iris m'a laissée filer, surtout que j'étais crevée... J'ai croisé madame Behra dans les couloirs, elle m'a dit qu'elle allait dans sa chambre et qu'elle se passerait de dîner... Elle a ajouté qu'elle était un peu fatiguée... Les pensionnaires disent tous ça ! Pourtant, ils ne travaillent pas, mais ils sont fatigués quand même !

— Souvenez-vous Elodie, je peux vous appeler Elodie ?

La jeune femme acquiesce d'un mouvement de tête. Agathe reprend :

— Elle a mangé quelque chose et le poison avait été mélangé à cet aliment... qui ne se trouvait pas dans son frigo... un pot de miel peut-être ?

— Elle n'en avait pas ! Madame Weissberg, oui, adorait le miel mais pas madame Behra ! Elle suçotait des bonbons à la violette...

— Oui, et on a jeté la boîte. Aucun poison n'a pu être introduit dans ces bonbons durs. Il s'agit d'autre chose, de la confiture, du sirop...

— Bou... pas facile ce que vous me demandez... pour le pot de confiture, je crois pas, elle prenait ses petits déjeuners au réfectoire, jamais dans sa chambre. Et les yoghourts, elle les achetait aux fruits, elle n'avait pas besoin d'ajouter de sucre... Elle n'avait aucun truc comestible dans son armoire, je l'aidais à ranger ses vêtements, je n'ai jamais remarqué de pot de sucre ou de confiture... Elle ne remplissait que son frigo, elle était très maniaque, le sucre, ça laisse des grains... Elle n'avait pas de biscottes, pour la même raison !

Pourquoi pas une troisième victime ? s'exclame soudain Elodie en tournant son ventre énorme vers Agathe Lolla, on dit bien : jamais deux sans trois ! Les pensionnaires en causent, ils ne parlent plus que de ça, ils se demandent « à qui le tour »... Enfin, ce ne sont que des vieilles ! C'est triste, elles auraient pu en profiter encore un peu, mais est-ce qu'on profite de la vie quand on est vieux ?

— Pourquoi travaillez-vous ici ? interroge brutalement Agathe, prenant l'autre à rebrousse-poil.

— C'est ça ou l'usine, et ils n'embauchent pas ! Je n'ai pas de diplôme, je ne suis pas aide soignante, le directeur m'a engagée parce qu'il n'a pas trouvé d'autre volontaire, ça ne se bouscule pas au portillon pour venir travailler ici ! On est payé au lance-pierres, le bas de l'échelle. Ça l'arrange, le directeur ! Ça lui coûte moins cher et on fait le même boulot que les aides soignantes ! Pas sorcier, le boulot, changer les draps quand une vieille a pissé au lit, ou vomi, distribuer des somnifères et rassurer ceux qui n'arrivent pas à dormir malgré les comprimés... Comme madame Behra ! Elle ne roupillait pas beaucoup ! C'était peut-être la conscience qui la travaillait... avec les entourloupes qu'elle faisait à son fils... L'ancêtre aussi...

— L'ancêtre ? Vous voulez parler de madame Weissberg ?

Elodie secoue la tête :

— Le dicton prétend que, quand on n'arrive pas à dormir, c'est qu'on a des choses à se reprocher...

— Madame Weissberg dormait mal ?

— Elle ne dormait pas du tout ! A peine deux ou trois heures par nuit et encore pas toutes les nuits ! Elle en était même fière, elle disait qu'elle n'avait pas de temps à perdre...

— Que faisait-elle au lieu de dormir ?

— Vous ne le répéterez pas ? Sinon je risque d'avoir des ennuis. Le directeur ne le sait pas, même Iris ne le sait pas... Elle m'aimait bien, madame Weissberg, j'étais sa préférée depuis que j'attends mon bébé, ça l'émouvait...

— Je saurai me taire.

— Voilà : un matin, j'ai poussé la porte de sa chambre, il était très tôt, je pensais qu'elle serait encore couchée ou alors dans sa salle de bains, mais pas du tout ! Elle était en train de brûler des papiers au-dessus de la corbeille, une corbeille en fer, pas en plastique, elle tenait le papier du bout des doigts avec le briquet dans l'autre main, je me souviendrai toute ma vie de la flamme... Je lui ai demandé ce qu'elle faisait et elle m'a dit : « Tu sais désormais à quoi je passe mes nuits, ma petite Elodie, j'écris... »

J'étais tellement sidérée que j'ai bafouillé : « Vous écrivez quoi ? Vos mémoires ? »

Ça ne m'aurait pas étonnée, des souvenirs elle devait en avoir des paquets pleins sa tête, tellement que ça devait déborder... Elle a souri et elle a répondu d'une petite voix tristounette que je ne lui connaissais pas : « Ma petite Elodie, je n'écrirai jamais mes mémoires, elles n'en valent pas la peine et j'aurais trop de mauvaises choses à raconter, qui ne regardent personne même après ma mort, des choses qu'il vaut mieux laisser enterrées. Non j'écris une lettre, toutes les nuits j'écris ma lettre... »

« A qui ? » ai-je demandé.

Elle a secoué la tête, et elle a répondu : « Ne m'en demande pas trop, tu ne peux pas comprendre, personne ne peut comprendre, c'est pourquoi j'écris la nuit et chaque matin je brûle ma lettre... »

« Vous feriez mieux de l'envoyer, j'ai rétorqué, je trouve stupide d'écrire la nuit et de tout brûler le matin, ça rime à rien ! »

Elle a dit : « Je peux pas l'envoyer, c'est trop tard, on n'écrit pas aux morts. Si je savais où il se trouve je pourrais mettre la lettre sur sa tombe, mais je ne sais même pas où il repose... C'est affreux, Elodie, de ne pas savoir où reposent ceux qu'on aime...

— Vous ne lui avez pas demandé de qui il s'agissait ?

— Elle n'a plus voulu, elle m'a renvoyé, elle avait l'air fâchée sans doute parce qu'elle m'en avait trop dit ! Elle m'a donné l'ordre de ne rien raconter à personne...

Elodie s'arrête net, se mord les lèvres :

— J'en ai parlé quand même ! Mais elle est morte... alors... vous croyez que je l'ai trahie ?

— Mais non, rassurez-vous, Elodie, elle ne vous en veut pas. Madame Weissberg vivait dans une grande solitude et elle aurait été soulagée que quelqu'un se mêle de ses secrets... Je vous souhaite une bonne garde... J'espère que vos pensionnaires ne seront pas trop pénibles...

— Ils ont l'air calme et la météo n'a prévu ni orage ni tempête, ça devrait aller... En cas de coup dur ou de problème, je peux appeler le toubib de garde en ville et les deux veilleuses de nuit qui travaillent à l'hôpital... Il m'arrive de leur téléphoner uniquement pour me rassurer...

En passant à côté du placard qu'Elodie a oublié de refermer et dont les deux portes bâillent, dévoilant le bric-à-brac, Agathe, machinalement, les repousse.

La nuit est douce, le ciel uniforme cache ses étoiles. Les lampadaires répandent une lueur jaune sur les trottoirs vides. Agathe marche à travers les rues désertes. On se couche tôt à Kirchenfeld. Personne sur le macadam. Hommes et animaux restent calfeutrés derrière les volets tirés. Et il n'est pas minuit ! Les tables et les chaises des terrasses sont rabattues, maintenues les unes aux autres par des chaînes en acier. Les bistrots ont tiré leur rideau de fer. Impossible de reluquer les vitrines occultées par de lourdes grilles.

Rien à voir ni à entendre, sauf la nuit. Agathe s'assied sur l'herbe au bord du ruisseau qui traverse le bourg et écoute l'été.

Elle l'aperçoit à quelques pas du portail qui isole la gendarmerie de la rue, la cantonnant dans un *no man's land*

« secret défense ». Peu de fleurs sur les balcons étroits des deux immeubles où logent les familles de gendarmes, hormis quelques bacs de géraniums rouges.

Il est assis sur le sol, le dos calé contre le muret. Il se relève d'un bond en remarquant Agathe.

— Bonsoir, Agathe, je vous ai attendue...

— Vous avez du mérite !

— Je n'ai pas le choix !

Il désigne la corbeille en osier posée à terre.

— Je ne vous ai pas apporté de bonbons, mais des denrées beaucoup plus périssables qui n'auraient pu patienter jusqu'à demain.

Il esquisse un pas en arrière, saisit le panier et le brandit :

— Glissez votre main dedans, délicatement, ce ne sont pas des diamants, c'est beaucoup plus fragile !

Les doigts d'Agathe rencontrent les cerises. Elle reconnaît leur texture fine, leur peau douce. Elle soupire. Depuis combien de temps ne lui a-t-on pas offert de cerises ? Le compte était facile à faire... Jamais l'absent, celui qu'elle doit oublier, n'aurait eu cette idée...

— A chaque semaine ses cerises ! Cette fois, ce sont des bigarreaux, une variété ancienne. Je les ai cueillis dans le jardin de votre tante, dans votre jardin... On y trouve le dernier cerisier capable de produire des fruits aussi gros et qui ressemblent à des cœurs... des cœurs noirs et juteux qui tachent !

Elle enfouit un bigarreau dans sa bouche. Elle avale le tout, noyau compris, sans y prendre garde.

— Simon, pourquoi écrit-on ? Pourquoi les gens s'obstinent-ils à tracer des mots sur le papier ? Pour qui ? Je connais une vieille dame qui passait ses nuits à rédiger des lettres qu'elle brûlait au petit matin...

Elle pointe son visage vers l'homme debout en face d'elle. Elle attend la réponse, elle a tout son temps, la nuit ne fait que commencer.

— Pourquoi écrit-on ? reprend Simon après un silence, on écrit pour les absents, pour tenter de combler l'absence...

On n'écrit jamais que pour soi, il y a un destinataire à tout écrit... Votre histoire de lettre qu'on brûle au petit matin me fait penser à Pénélope, la femme d'Ulysse : chaque jour elle défaisait ce qu'elle avait fait... C'était sa manière d'attendre... d'attendre le retour de l'absent... jusqu'à la mort s'il le faut.

— Et si l'absent est mort ?

— Mort ou vivant, on peut écrire ou tricoter ou broder ou planter des arbres, pour se donner l'illusion que l'absent lira, ou touchera l'ouvrage, ou admirera la broderie, ou se reposera sous l'arbre... je crois...

Il hésite, l'air lointain. Dans le visage crispé, les yeux brillent, sombres, sous l'éclat du réverbère.

— Vous êtes là depuis longtemps ?

— Devant votre porte ? Depuis avant minuit. Je savais que vous finiriez par rentrer...

Elle hoche la tête :

— Ce n'est pas ce que je voulais dire... Vous êtes né dans la vallée, vous aussi ?

— Pas du tout ! Je suis né en Auvergne, et j'ai grandi au fil des affectations de mon père qui était militaire, comme vous... Je suis devenu instit, mon premier poste se trouvait à Clermont-Ferrand, une ville que je me suis hâté de fuir... J'ai demandé ma mutation que j'ai fini par obtenir parce que la patience est une vertu qui paie ! Il faut avouer que les enseignants ne réclament pas les vallées sous-vosgiennes et les classes uniques... Je me suis adapté à la vie locale, je me suis intégré comme on dit, j'ai même été élu maire ! J'ai battu l'élu sortant qui occupait la place depuis vingt ans !

— Vous êtes un pur produit de l'intégration réussie, prononce Agathe en recrachant un noyau dans sa paume. Tout est possible dans notre démocratie...

Malgré elle, elle a adopté un ton légèrement railleur qui n'échappe pas à Simon.

— Agathe, on ne fait son trou que le jour de son enterrement... et encore ce sont les autres qui le creusent pour vous...

Elle jette le noyau à terre. Sur le macadam, il ne s'enracinerait pas. Tout un symbole : elle est destinée à ne s'enraciner nulle part, à passer son chemin, encore et toujours, incapable de continuer le processus initié par ses parents et sa tante en venant s'installer en Alsace. Elle n'aurait jamais ni maison ni famille. Il ne resterait rien d'elle, même pas un arbre. Même pas capable de planter des arbres. A quoi bon ? Puisqu'elle ne les verrait pas grandir... Dans trois ans, elle serait loin, une étrangère partout, sommée d'éclaircir des meurtres dont tout le monde se foutait, les familles des intéressées, les autochtones, les journalistes locaux, et même le juge d'instruction, ce petit jeune désigné par le procureur et qui reste lui aussi étrangement silencieux. Comme si le monde entier, justice comprise, se désintéressait de ces vieilles qui avaient eu le tort de ne pas mourir de manière naturelle.

— Agathe, vous devriez venir chez vous de temps en temps...

— Chez moi ?

Elle tousse :

— Le noyau, j'ai encore oublié de le recracher. Si ma tante disait vrai, un cerisier va me pousser dans le ventre...

— Chez vous, mais oui, Agathe, vous avez un chez-vous, même si vous faites semblant de ne pas en avoir... Vous devez penser à vous, pas qu'à vos mortes...

— Et si de penser à mes mortes me conduisait à moi ? rétorque-t-elle. Il n'y a pas de hasard, je ne suis pas venue ici par hasard, et je commence à comprendre que ces deux mortes ne me sont pas tombées dessus par hasard... Si j'étais parano, je dirais que l'assassin a attendu mon arrivée... En tout cas, il a attendu très longtemps... Puis, il a opéré en silence et si je ne lève pas la chape qui recouvre ce silence et la vallée tout entière, ça n'en finira jamais, et il faut que ça finisse. Il faut que la vérité s'élève et emplisse le ciel...

Elle désigne le ciel vide :

— Je ne suis revenue que pour traquer la vérité, l'extirper de sous les immondices qui la recouvrent, Simon, je sais que la vérité, même laide, même terrible, est meilleure et plus juste que les apparences qui la dissimulent, c'est un diamant qui coupe mais qui brille, comme une étoile qui soudain perce la nuit.

Elle scrute l'immensité sombre où nulle lumière n'apparaît.

— Simon, je suis venue pour retrouver mes absents. Et pour faire la paix avec eux. Après, peut-être que je pourrai vivre comme toutes les femmes... que je pourrai tomber amoureuse d'un homme qui m'aime... voilà... Je bosse demain, enfin tout à l'heure, et vous aussi... Je vous dis bonsoir et merci pour les cerises...

Elle ne tend pas sa main poissée de jus rouge avec laquelle elle saisit le panier en osier.

— Je viendrai vous le rendre quand je le pourrai...

Elle pivote sur ses talons plats. Simon la regarde s'éloigner, droite et longue sous le ciel noir, et un étrange sentiment l'envahit. Jamais encore il n'a éprouvé ce mélange de tendresse et de compassion. Depuis combien de temps n'a-t-il plus eu l'occasion d'entendre une voix qui le touche ? Une voix grave et profonde qui le trouble et qui le fait bander.

Il ouvre la bouche qui commence à articuler Aga, se maîtrise, il est trop tôt... Il a tout son temps, toute la vie s'il le faut.

Il fait demi-tour, sur son vélo prend la direction du ballon en se disant qu'il n'a pas avoué à Agathe la vraie raison de son installation dans la vallée. C'est une pure attraction physique qui l'a conduit ici. Tout a commencé par un reportage dans un magazine, une photo, il n'avait plus réussi à décoller de l'image, un tel bouleversement, il avait cédé à l'attraction irrésistible, à la loi qui le poussait vers ces formes rondes et douces, ce trou vert et noir où il passerait le reste de sa vie. Une vallée oubliée où il pourrait lui aussi digérer ce qu'il avait à digérer.

Pendant qu'Agathe pense à ses absents, que Simon pédale vers son école, le lièvre, dans son fossé, se désagrège lentement, la tête creusée par les fourmis, subissant l'attraction de la terre qui le prend doucement dans son sein.

IX

PAULINE GLUCK avance précautionneusement dans le couloir, pas à pas, le regard pointé vers l'ascenseur qu'elle prend chaque matin pour rejoindre la salle à manger où l'attend le petit déjeuner, le moment de la journée qu'elle préfère entre tous. Menue et frêle, les cheveux blancs tirés en chignon sur sa nuque, elle marche avec le sourire aux lèvres, un sourire immuable qui s'harmonise avec son patronyme : Gluck. Pauline née Gluck et qui l'est restée toute sa vie a un caractère heureux. Etonnant pour quelqu'un qui appartient à la race des vieilles filles habituellement qualifiées de maniaques emmerdeuses. Pauline est la bonté incarnée et les plus acariâtres des pensionnaires louent sa gentillesse. A tel point que lorsque l'un ou l'autre déprime, l'on dit : « Attendez, je vais chercher Pauline. » Aussitôt, les visages se détendent et une lueur d'espoir apparaît dans les prunelles ternes. Pauline est le rayon de jeunesse de la maison de retraite.

Elle sourit, serrant contre elle, comme toujours, non pas sa canne dont elle n'a nul besoin, mais le missel qu'elle a reçu de sa marraine le jour de sa communion. Tous les matins, après le petit déjeuner, elle se rend à la messe, à deux pas de la maison de retraite, où quelques autres vieilles dames l'attendent. Sa cure de jouvence, déclare Pauline qui revient chaque matin de l'office religieux avec son missel sous le bras et un sourire émerveillé sur ses joues ridées, comme si elle avait vu le Seigneur en personne.

Arrivée à la hauteur de l'ascenseur, elle s'arrête et tourne la tête vers les escaliers. Elle tend l'oreille. On l'appelle. Elle avance de quelques pas : personne en haut des escaliers ni sur les marches. Elle se retourne vers l'ascenseur. La voix insiste.

Alors, Pauline s'engage dans les escaliers et descend, le missel serré contre sa poitrine maigre, le sourire aux lèvres. Encore une belle journée en perspective, qu'elle offrirait à Dieu, pour la rémission de ses péchés et la rédemption des pauvres âmes du purgatoire.

Aucun cri ne sort de ses lèvres. Elle meurt sans s'en rendre compte, les vertèbres cervicales rompues par la chute.

Le missel, lui aussi, a dégringolé et les feuilles vieillottes se sont détachées, s'éparpillant sur le linoléum.

★

— Surtout, supplie Hector Höffel au bout du fil, calmez le jeu, les pensionnaires sont excités comme des poux ! Ils commencent à craindre pour leurs abattis ! Tout le monde adorait Pauline, alors ça pleure, ça sanglote, ça gémit ! Il faut que ça cesse, trois mortes ça commence à faire nombre. Je ne sais pas si votre enquête avance, ou si elle piétine, mais moi j'en ai marre de perdre mes clientes. Faites votre boulot que diable ! Arrêtez-moi ce serial killer !

— Serial killer ? Vous venez de me dire que votre pensionnaire est tombée dans les escaliers, quel rapport avec un serial killer ?

— Ce sont les vieux qui ont prononcé ce mot ! A force de regarder la télé, ils se croient en Amérique ! Un serial killer à Kirchenfeld, je rêve ! Ou alors, c'est un cauchemar !

— Vous ne touchez à rien ! Transmettez l'ordre à votre personnel et principalement à madame Haas ! On arrive !

Elle raccroche pour appeler le lieutenant Sama, puis l'adjudant Dubois qui appliquera la procédure sur le bout des doigts, un type rigoureux, Dubois. Un pro qui sait rédiger les procès-verbaux et ne néglige aucun détail. Mais lui non plus n'a rien trouvé dans la chambre de madame Behra qu'il a pourtant passée au peigne fin !

Et maintenant, cette troisième morte...

Elle compose le numéro avec réticence. Tu es officier de police judiciaire, Agathe, se gourmande-t-elle, alors tu dois appeler qui de droit ! C'est ton travail, tu n'es pas un détective privé qui travaille seul, tu appartiens à une organisation dûment rodée.

— Trois vieilles ! s'exclame le procureur. Quand les médias parisiens vont s'emparer de ce merdier, ça va faire du joli ! Vous les imaginez en train de disséquer vos secrets de famille ?

Elle balbutie :

— Mes secrets de famille ?

— Dans toutes les familles, et plus encore dans les familles au fond des vallées, se cachent des secrets délétères et quand on soulève le couvercle ça pue, et ça pue la mort ! Le couvercle vient d'être soulevé. Renversez le contenu sur la table, étalez-moi ça, et faites le tri en essayant de ne pas dégueuler ! Je saute dans une voiture et j'arrive !

L'adjudant Dubois et deux gendarmes de sa brigade s'engouffrent dans la Renault Mégane. Agathe se glisse à côté du lieutenant Sama dans la seconde voiture. La voiture est délicieusement fraîche. Elle ne riposte pas lorsque le lieutenant place le gyrophare sur la 306. Sama a raison, tout a été trop calme. Réveiller la population en soulevant le couvercle, n'est-ce pas ce que lui recommande le proc ?

— Vous croyez en l'existence d'un serial killer ?

Le lieutenant laisse échapper un petit rire.

— C'est comme si vous me demandiez si je crois en l'existence de Dieu ! Sauf que les serial killers, on les attrape ! Alors que Dieu... Ce n'est pas impossible, pourquoi ne pas imaginer un homme ou une femme, rien ne dit que ce n'est pas une femme, qui s'amuse à exterminer les vieux ! Un obsédé du grand âge qui opère sur le lieu idéal : la maison de retraite. Trois, ça commence à faire série noire.

— Mort ne signifie pas meurtre, remarque la capitaine. Seulement, la psychose a gagné les pensionnaires qui s'imaginent menacés...

— On va en avoir le cœur net, conclut le lieutenant en garant la voiture devant la maison de retraite, toutes sirènes hurlantes.

— N'oubliez pas de ranger le gyrophare ! Si un gamin passe, il ne résistera pas à l'envie de l'essayer...

Le lieutenant Sama obtempère.

L'adjudant Dubois et son équipe les attendent sur le pas de la porte.

— J'espère que vous n'avez touché à rien, cette fois, lance Agathe à l'intention d'Iris Haas qui vient à sa rencontre.

— A rien, réplique cette dernière, j'ai donné l'ordre de ne toucher à rien. Pauline Gluck est avec le médecin... On l'a laissée en bas des marches à l'endroit précis où je l'ai trouvée.

Un murmure monte dans le couloir, s'échappant de dizaines de bouches affolées.

— Mesdames et messieurs, déclare Agathe en se tournant vers les pensionnaires, il est préférable que vous retourniez dans vos chambres ou dans la salle de séjour...

Le murmure s'atténue pendant qu'une voix s'élève :

— Pour qu'on attende notre tour ? Parce qu'il va en tuer une quatrième puis une cinquième, et chaque fois d'une autre manière ! Et vous, ma petite demoiselle, vous êtes beaucoup trop jeune pour y comprendre quelque chose...

Les murmures reprennent et Agathe entend :

— Marthe qu'on a empoisonnée, et maintenant cette pauvre Pauline qui n'aurait pas fait de mal à une mouche, on y passera tous, et c'est par l'ancêtre qu'on a commencé, c'est normal...

— Toutes, on y passera toutes, s'écrie une voix féminine. Il ne tue que les femmes, et les femmes de quatre-vingt-cinq ans. Nées en 1920, comme moi. Après, il s'en prendra aux autres, il ne s'arrêtera pas en si bon chemin ! Les quatre-vingt-cinq ans, c'est juste le hors-d'œuvre !

— C'est vrai, reprend une voix masculine, Pauline venait de fêter son anniversaire, elle était du mois de juin 1920...

Le ton trahit un soupçon de soulagement.

Les femmes se mettent à bruire de plus belle, vraie volée de moineaux excités.

— Occupez-vous d'eux ! ordonne-t-elle au lieutenant Sama, prenez leur identité, ça va les calmer et promettez-leur ce que vous voulez, mais qu'ils ou plutôt qu'elles se calment ! Un serial killer ! Je vais voir le corps, envoyez-moi le proc quand il arrive !

Quand elle atteint le bas de l'escalier, le docteur Schmitt est en train de noter ses premières observations.

— Nous nous rencontrons beaucoup, capitaine ! glousse-t-il, venons-en aux faits : la mort est due à une rupture des vertèbres cervicales, mais il convient de pousser l'examen un peu plus loin... Pauline était en bonne santé et je ne vois pas pourquoi elle serait tombée, seule...

— On l'a poussée ?

Le toubib hausse les épaules :

— Je n'étais pas sur les lieux ! Difficile à dire avec certitude. Vu les circonstances, je ne signerai pas le permis d'inhumer.

Encore un qui tique sur les coïncidences...

— Ça pourrait être un accident ? Elle a glissé...

Iris Haas s'interpose, repoussant l'adjudant qui tente de l'empêcher d'avancer dans la zone « gelée ».

— Pauline n'empruntait jamais les escaliers, pourquoi l'aurait-elle fait aujourd'hui ? C'est bien la première fois que je la voyais s'engager dans les marches...

— Que vous la voyiez ? Vous l'avez vue descendre ?

— Non, pas exactement. Quand je suis arrivée, elle était déjà par terre, elle ne bougeait plus et son pouls était filant. J'ai appelé le toubib... ainsi que le directeur... je vous le répète, elle ne prenait que l'ascenseur. Sur les marches elle souffrait de vertiges et elle était très prudente... Cette fois, j'ai tout laissé en place, même le missel...

Elle désigne les pages arrachées qui parsèment les marches.

Agathe les ramasse, distingue la feuille qui, visiblement, ne fait pas partie du livre pieux. Elle parcourt les mots écrits dans une calligraphie soignée, à l'encre violette :

1 : Agathe, avril 1920

2 : Marthe, mai 1920

3 : ? , juin 1920 ?

Agathe plie la feuille, la glisse dans le missel.

— Vous étiez son médecin traitant, comme vous étiez celui de madame Weissberg, elle devait vous confier ses petits secrets, vous parler de ses ennemis...

Le toubib s'écrie d'un ton indigné :

— Des ennemis ! Pauline était une sainte ! Et ici, il n'y a pas de mécréants, on ne se risquerait pas à attaquer une sainte... Elle n'avait plus de famille, elle avait enterré tout le monde, elle était frêle mais une vraie force de la nature, comme beaucoup de ceux qui ont survécu à la guerre, aux privations, aux deuils... Encore une qu'on croyait immortelle ! Je me demande qui peut avoir intérêt à supprimer une pauvre vieille qui ne possédait pour tout bien que son missel... Vous devriez mettre la main sur l'assassin pour que la ville et la vallée retrouvent la paix !

— La paix, répond Agathe, je ne crois pas que la paix ait jamais régné ici...

— Ça veut dire quoi ? Il y a eu la guerre, l'occupation, mais tout est redevenu calme !

— Il existe des morts qu'on croit naturelles et si on creusait un peu, si on exhumait certains cadavres... les derniers pensionnaires décédés à la maison de retraite... on aurait peut-être des surprises... Non, votre vallée n'est pas si calme qu'elle le paraît et vous le savez bien...

Il écarquille les yeux. Une folle, on leur a envoyé une folle qui veut déterrer les cadavres, une fouille-merde qui irait jusqu'au bout. Mais jusqu'au bout de quoi ?

— Je vous laisse, esquive le toubib, j'ai ma tournée à effectuer...

Agathe le regarde filer, fuir, se dit-elle en contemplant le dos qui se hâte vers la sortie.

La porte de la maison de retraite derrière lui, debout sur le perron, le docteur Schmitt inspire les parfums de roses et de seringa. Encore un été que les Boches n'auront pas, avait l'habitude de dire son père qui les avait connus, les Boches. Lui aussi, mais il n'était qu'un enfant à qui les soldats vert-de-gris offraient du chocolat noir. Il le mangeait, pour que les Boches ne l'aient pas. Et parce qu'il aimait le chocolat, fût-il noir.

Il scrute le ciel, la journée s'annonce lourde, déjà des nuages se forment.

Qu'est-ce qui va nous tomber dessus ? soupire-t-il en posant son front sur le volant.

Il embraie, et l'angoisse aussi. Elle se dégage de lui dans une sueur âcre. Si on le lui avait demandé, il n'aurait pu donner la raison de cette transpiration, de cette appréhension diffuse. Oui, le pire est derrière, mais il est aussi devant. Le pire appartient au passé, pourtant il n'est pas mort, prêt à redémarrer, comme une auto qui, au fond d'une grange, attend son heure. Quand on la remet en route, elle renâcle, elle rouspète et finit par repartir.

Au feu rouge, le moteur se met à caler et le docteur Schmitt à éclater en sanglots, en dépit de ses presque soixante ans.

Il appuie sur la pédale en se demandant comment il allait s'y prendre pour traverser une si belle journée. S'il s'écoutait, il rentrerait chez lui, fermerait ses volets, et se coucherait dans la pénombre de sa chambre. Il dormirait.

Il ne se souviendrait plus de rien.

— Si cela ne vous ennuie pas, Agathe, permettez moi de vous appeler Agathe, vous pourriez être ma fille, je vous invite à déjeuner, propose le procureur de la république.

Agathe acquiesce, sortir, oui, entrer ailleurs, dans un endroit vivant, c'est un programme alléchant. Le technicien dépêché de Colmar vient de partir, emportant dans sa trousse quelques cheveux prélevés sur les habits de Pauline Gluck.

Les pensionnaires sont, malgré la zone gelée par les gendarmes, restés plantés devant les escaliers, attendant un miracle. On entend les litanies des prières, les « je vous salue Marie pleine de grâce » qui font palpiter les lèvres pâles. La prière préférée de Pauline, lui explique-t-on, elle la récitait à longueur de journée, mais la Vierge ne l'a pas protégée, maintenant elle est au ciel, et elle va vous dire qui est son assassin, achève une petite vieille en se remettant à prier.

C'est ça, pense Agathe, et si je le trouve on instruira un procès en canonisation, sainte Pauline Gluck, voilà qui plairait aux autochtones.

— On y va, répète le proc, je commence à avoir faim, et si je veux garder un peu d'appétit malgré les odeurs qui m'assaillent, il vaut mieux ne pas traîner. Je suis venu sans mon greffier, ajoute-t-il, je suis comme vous, j'aime la solitude. Dépêchons avant que votre lieutenant ne rapplique ! Laissons la brigade de recherches se charger de la chambre ! Nous n'y trouverons rien, Agathe, nous n'y trouverons rien : cette femme, si elle cachait quelque chose, ne laissait pas d'indices derrière elle.

Sauf une feuille de papier pliée entre les pages de son missel. Mais le proc ignore ce détail.

*

Sur le chemin de la sortie, ils tombent sur Hector Höffel, les yeux larmoyants. Une rhinite allergique, explique-t-il. Vous croyez que je vais finir ma carrière en laissant mes vieilles se faire trucider l'une après l'autre ? Le maire m'a appelé, je l'ai eu une heure au bout du fil, on ne veut pas d'un scandale, on veut des résultats ! C'est textuellement ce qu'il m'a dit, et il est président du conseil d'administration, il a le bras long, un carnet d'adresses et des relations politiques. Son frère est énarque, secrétaire de cabinet d'un ministre, le pire est à craindre...

De ses yeux rougis par la rhinite s'écoulent des larmes qui n'ont rien de compassionnelles.

— En plus, « il » s'attaque aux gentilles ! Les deux premières, c'étaient des carnes, chacune dans son genre, paix à leurs âmes ! Pauline, on lui aurait donné le bon Dieu sans confession...

Il s'arrête pour tirer un mouchoir douteux de sa poche.

— Maintenant, conclut-il après s'être essuyé les yeux, une chose est certaine : on a affaire à un fou, un authentique fou qui s'est donné pour mission de décimer une maison de retraite, ma maison de retraite. Je me demande si ce n'est pas à moi qu'il en veut...

— N'en faites pas une affaire personnelle, riposte le procureur, à moins que vous n'ayez des ennemis ?

— Ça, c'est sûr ! J'ai réussi, pendant que tant d'autres échouent ! Et la réussite engendre des jalousies... On m'en veut.

Le procureur et la gendarmette disparus de son angle de vision, Hector Höffel s'appuie contre le mur.

Une guêpe tourbillonne contre la vitre de la porte. Elle est entrée, la conne, elle n'en sortirait pas. D'un coup de magazine, Hector l'écrase, pousse du bout du pied le cadavre de l'insecte dans un coin. Il se sent un peu mieux. Mais ça ne dure pas et il n'a pas faim, c'est pourtant l'heure du déjeuner. Il s'ébroue, du Prozac, il faut que je demande du Prozac au toubib, quelques cachets et tout rentrera dans l'ordre.

Il soupire, il ne s'y attendait pas, à tous ces chamboulements. Sa vie était tellement calme, parfaitement huilée : l'épouse au château, la maîtresse au boulot, une retraite qui s'annonce confortable. Que demander de plus ? Assez d'argent devant lui pour ne pas craindre l'avenir, et pourtant, quelque chose ne va pas.

En plus, il n'a pas faim.

Dans son bureau, – il se passera de déjeuner – il ouvre machinalement un dossier, tout en se servant un verre d'eau minérale tiède. Condamné à croupir dans ce bureau alors qu'il a envie d'une bière fraîche, dans un bar obscur où une fille aurait poussé sa chaise contre la sienne, et ses seins fermes contre sa chemise pour lui murmurer à l'oreille, « oh tu me plais, chéri... ». Et il l'aurait crue. Il est prêt à croire n'importe qui, sauf les filles Weissberg en général et sa femme en particulier.

Il avale la flotte pisseuse en faisant la grimace. Réduit au silence. En épousant l'aînée de la famille, il a aussi épousé le silence. Bouche cousue. Même pas un petit mot sur les turpitudes de l'ancêtre, on le lui a fait comprendre, ça reste en famille. En revanche, elles aussi ferment les yeux sur ses turpitudes, ses petits vices de maître tout-puissant d'un établissement hospitalier de province où il règne depuis un tiers de siècle. Tes poules, lui a un jour lancé l'épouse en colère, tu es le coq d'une vulgaire basse-cour !

Le ton méprisant ne lui a pas échappé. Oui, sa femme le méprise, il le sait, il fait avec ; jamais elle n'oubliera qui il est, d'où il vient. Elle a oublié ses propres origines, le château et les usines ont contribué à l'oubli. La vallée tout entière a oublié.

Il tapote le clavier du téléphone. Envie d'appeler. Mais elle bosse. Dans une demi-heure il la sifflera et elle accourra. Toutes des chiennes !

Hector, dans un geste brusque fait tomber le combiné qui s'écrase sur le lino.

Marre, marre, il en a marre.

Il aurait presque envie de tout déballer, de déballer ce qu'il sait, ce qu'il a compris entre les silences, ce qu'il a réussi à déduire... et puis s'il creusait un peu dans ses souvenirs sans doute qu'il aurait des choses à dire... Mais qui en profiterait ? Trop tard pour faire du tort à la vieille, tout ce qu'il risque c'est de s'en prendre plein la gueule, retour de manivelle qui n'a rien d'alléchant.

Hector Höffel soupire, ça servirait à quoi, à qui, même lui n'aurait rien à y gagner.

Il a fini son verre d'eau tiède, il le repose sur le bureau encombré, il a chaud.

*

— Le juge d'instruction a appelé trois fois, lui annonce son secrétaire lorsqu'elle pénètre dans son bureau. Justement, ça sonne ! Je parie que c'est encore lui...

Elle colle le combiné à son oreille, un peu nauséeuse à cause de ce jarret trop dodu qu'elle vient d'ingurgiter en compagnie du proc. A moins que ses confidences ne lui soient restées sur l'estomac...

— J'ai eu le proc au bout du fil, il sortait de déjeuner, avec vous... Il m'a appris qu'un nouveau décès a eu lieu à la maison de retraite... C'est la série noire... on a importé des States les hamburgers, je m'en plains pas, j'en mange, mais on a aussi importé les serial killers qui commencent à faire fureur dans l'hexagone !

— Si serial killer il y a, il ne tape pas à l'aveuglette, il connaît parfaitement ses victimes...

— Qu'est-ce qui vous fait croire ça ?

— Les dates de naissance des victimes : avril pour la première, mai pour la deuxième, juin pour la dernière en date... ou c'est un hasard, mais il paraît que le hasard n'existe pas. Et puis, ce lundi matin, Agathe Weissberg avait donné rendez-vous à quelqu'un !

— Si elle avait un rendez-vous, il doit y avoir des témoins, trouvez-les !

— Ils dormaient ou ils étaient déjà au travail ! J'ai contrôlé les témoignages : personne n'a rien vu, rien entendu. Les hommes et les femmes qui prennent leur poste à l'usine à quatre heures étaient partis et les autres, dans les bureaux, ne commencent qu'à huit heures. Entre cinq et six heures trente les gens dorment ou avalent leur petit déjeuner à l'intérieur. Or, les cuisines des maisons voisines n'ont pas de fenêtres qui donnent sur l'ancienne maison Weissberg, j'ai vérifié.

— Il y a quelqu'un, argumente le juge, il y a toujours un témoin, il suffit de le dénicher. Un témoin qui a le courage de parler. S'il y a meurtre, il y a forcément témoin. Ça va ensemble comme la vinaigrette avec la salade. Pour votre troisième bonne femme, je n'ai pas encore été chargé du dossier, mais pour les deux premières j'aimerais beaucoup avancer, et vous ne me donnez rien à me mettre sous la dent. Rien, rien, les dossiers sont désespérément vides, aucun coupable ou alors toute la maison de retraite est coupable... Merde à la fin, madame Behra a avalé sa mort aux rats dans quoi ? C'est la question qui me hante ! Trouvez-moi le récipient, l'arme du crime et on avancera !

Il raccroche brutalement. Un jeune à qui on a oublié d'inculquer la politesse, en déduit Agathe, je préfère le proc et son allure vieille France. Elle se sent un peu lasse tout à coup, la faute probablement au jarret dodu, aux spaetzle trop nourrissants qui l'accompagnaient, au verre de riesling que le proc a tenu à lui faire boire, et surtout à leur discussion qui tenait davantage du monologue que du dialogue. Agathe avait écouté, son boulot, toujours en service, même au restaurant. Le proc, après son demi de bière blanche, était devenu loquace et avait laissé échapper des bribes de sa vie : sa fille en Nouvelle-Zélande dont il n'avait aucune nouvelle depuis des mois, qui opposait à ses mails un silence de bête. Elle m'en veut, a-t-il dit, selon elle je n'ai pas été un bon père ni un bon mari, j'ai rendu sa mère malheureuse, tellement malheureuse qu'elle en est morte. Mon épouse s'est suicidée quand la gamine avait quinze ans et elle m'en impute la responsabilité. Elle n'a peut-être pas tort, je n'ai pas été assez présent, attentif, mais tous ces dossiers m'ont pourri la vie, je n'avais plus de temps pour ma famille. Et voilà où j'en suis : un vieux con qui raconte sa vie à une belle jeune femme qui a bien du mérite de l'écouter bavasser.

Vous vous rendez compte, Agathe, j'ai passé ma vie à coincer des criminels et pendant ce temps la femme que j'aimais en a profité pour se faire la malle en catimini... et, sourd et aveugle que j'étais, je n'ai rien vu venir...

Toutes les vies ont des fosses septiques, se rappelle Agathe en s'asseyant devant son bureau, c'est lui-même qui l'a dit et il sait de quoi il parle... Il connaît la vie, la douleur, pas comme ce petit juge qui veut des résultats et qui n'a même pas été foutu de monter dans une bagnole pour venir humer l'air de la campagne, le cul coincé sur sa chaise, et pas près d'en bouger.

Vraiment, elle préfère le proc.

Elle passe l'après-midi le nez dans les trois dossiers. La vie de Pauline Gluck a été d'une limpidité absolue : elle a travaillé jusqu'à l'âge de la retraite dans les filatures Weissberg, son frère et sa belle-sœur sont décédés il y a vingtaine d'années dans un accident de la circulation, sans laisser d'héritier. Elle n'a plus de famille, hormis un vague cousin qui a émigré dans le Territoire de Belfort. Elle n'a laissé aucun testament. Elle ne possédait rien et, sa pension ne suffisant pas à payer la maison de retraite, l'Etat finançait le surplus. A priori, pas d'ennemis. Elle était appréciée des pensionnaires ainsi que des membres du personnel. Monsieur le curé lui-même n'a pas tari d'éloges sur sa piété et sa gentillesse exemplaires. Une sainte.

Deux avides et une sainte, récapitule Agathe. Deux nanties et une pauvresse. Quel lien entre les trois femmes ? Pas l'argent. La piété ? Sûrement pas, les deux premières ne fréquentaient l'église que pour les grandes occasions. L'âge, oui, elles sont nées en 1920 et viennent toutes trois de fêter leur anniversaire. Le papier trouvé dans le missel mentionne ces anniversaires. Et le point d'interrogation prouve que Pauline Gluck se demandait qui serait la prochaine victime, sans deviner que ce serait elle. Ou alors s'en doutait-elle et ne disait-elle rien à personne, résignée à l'inéluctable ?

— Je rentre chez moi ! S'il y a quelque chose n'hésitez pas à m'appeler ! Je vous souhaite une bonne garde, dit-elle au planton en refermant la porte sur elle.

Dans le hall de l'immeuble, elle tombe sur le lieutenant Sama et sa famille, deux filles et le petit Albin.

— Nous allons manger une pizza... Si vous voulez vous joindre à nous, propose-t-il après une courte hésitation.

Elle sourit :

— C'est gentil, mais je préfère prendre un peu de repos... Bonne soirée ! Et amusez-vous bien ! ajoute-t-elle en regardant le petit garçon.

Elle monte les escaliers pendant qu'ils s'engouffrent dans le break.

C'est comme ça, murmure-t-elle. Pour les autres, les sorties en famille, pour elle les cacahuètes ou les barquettes de surgelés.

*

Il gueule.

Lorsque Agathe raccroche un quart d'heure plus tard, ses oreilles résonnent encore des hurlements hystériques du médecin légiste. Pourquoi s'obstine-t-on à lui amener sur un plateau une pauvre vieille qui, au lieu d'être charcutée, mérite de descendre sous terre illico ? Les deux premières, il n'a rien dit, bon prince, mais pour une octogénaire aux os friables comme des biscottes quoi de plus normal qu'une chute dans les escaliers ? Une fracture du col du fémur spontanée résultant d'une ostéoporose carabinée, quoi de plus logique, à quatre-vingt-cinq balais ?

— Que leur donne-t-on à bouffer, dans cette maison de retraite ? Une bonne femme, dès la ménopause, doit avaler son litre de lait par jour sinon adieu les os ! A se demander comment cette vieille a pu tenir aussi longtemps avec sa colonne !

Il a disserté sur le sujet, content d'avoir une interlocutrice aussi patiente. Agathe a écouté en se disant qu'il y avait du vrai dans ce qu'elle entendait et que sans la psychose engendrée par les deux premiers homicides, elle n'aurait pas été favorable à cette autopsie.

Mais si la mort de Pauline n'est due qu'au hasard, comment expliquer ce papier trouvé dans son missel ? Pauline savait quelque chose et peut-être l'avait-on poussée dans les escaliers pour l'obliger au silence.

— Que dit le *Big Boss* des cadavres ? demande Sama.

— Ostéoporose ! Chute dans les escaliers, Pauline s'est rompu le cou sans l'aide de personne.

— Pourquoi a-t-elle choisi de descendre les escaliers au lieu d'emprunter l'ascenseur comme d'habitude ?

Agathe soupire :

— Je voudrais bien comprendre ! C'est incompréhensible, elle ne prenait jamais les escaliers, les témoignages concordent. Alors, pourquoi hier ?

— Elle a vu quelqu'un dans les escaliers et elle a été si déboussolée qu'elle a oublié ses vertiges... ça devait être quelqu'un d'important... Pourtant, le personnel n'a remarqué aucun étranger à l'établissement... Autre hypothèse : on l'a attirée dans les marches et on l'a poussée...

— Aucun hématome sur le corps, a certifié le légiste, mais ce n'est pas signifiant ! On a pu la pousser dans le dos, pour éviter toute marque. Mais le labo non plus n'a trouvé aucune empreinte sur la robe, hormis celles de Pauline ! Al, vous trouvez normal que l'assassin ne laisse jamais rien derrière lui ? Pour madame Behra, pas le moindre indice, idem pour madame Weissberg, jamais aucun témoin... A part la marque sur la tempe de la première, on pourrait conclure à des suicides... Jamais rien ne prouve la présence d'un tiers sur les lieux ! Pauline était seule dans les escaliers, Agathe était seule dans son jardin, et Marthe était seule dans sa chambre...

— La solitude n'est jamais radicale... Personne n'est jamais totalement seul, il y a toujours des yeux, des oreilles qui traînent...

— Pourquoi ne se manifestent-ils pas ?

— Peut-être parce qu'ils ont peur ! On se tait souvent par crainte des représailles... par lâcheté... ou par indifférence...

— On est bien avancés, soupire Agathe. Ma brigade et celle de Dubois planchent d'arrache-pied et tout ce qu'on a trouvé se résume à un seul mot : rien. Je suis découragée. J'ai l'impression que je n'arriverai jamais à décoller ce foutu couvercle...

— Quel couvercle ?

— Le couvercle qui recouvre cette merde ! Toutes les vies ont des fosses septiques, c'est le proc qui m'a appris ça et il a raison. Ici, il va falloir brasser pour arriver à un résultat ! Je n'ai pas un seul coupable potentiel à présenter au parquet qui m'en réclame un à cor et à cri ! Iris Haas me plairait, mais son mobile n'est pas assez convaincant : elle n'a pas tué pour 15 000 euros, pas son genre ! Les neveux et le fils de Marthe Behra ont des alibis irréfutables et aucun n'a acheté de mort aux rats dans les dernières semaines, du moins pas dans les drogueries de la région, Dubois a fait vérifier. Quant au cyanure, le mystère reste entier. Vous savez quoi, Al ? je regrette d'avoir demandé ma mutation dans ce coin paumé !

— Vous y êtes et vous n'avez plus le choix ! Je vous cherche un petit café, et on y verra plus clair !

— Va pour le café, soupire Agathe dont les cheveux se sont dénoués sur la nuque, un très serré, j'en ai besoin !

Elle en but deux. Des expressos noirs comme l'encre.

Avant de sortir, elle avertit le secrétaire qu'il est inutile d'essayer de la joindre.

Un peu de paix, pas de coup de fil hystérique, le silence. Rien de tel que le silence pour lever un couvercle.

X

ELLE EN A BESOIN. Tout son corps l'exige.

Elle prend le chemin de la maison, tout naturellement.

Elle murmure ce mot à mi-voix : ma maison. Elle n'y est pas encore habituée. C'est sa première maison. Enfant et adolescente elle habitait en appartement avec ses parents ; puis des logements de fonction ont suivi le studio de l'école de gendarmerie de Melun.

Elle gare la Golf devant la maisonnette aux volets verts. Vert comme l'espoir. C'était la couleur qu'avait choisie la tante et elle avait passé tout un été, à côté de sa nièce qui la regardait, à peindre les volets de sapin. Elle y avait mis son cœur, délaissant ses chères abeilles.

Agathe passe devant la porte d'entrée, atteint le verger. Elle lève la tête vers les arbres : des cerises luisent entre les feuilles et des pommes minuscules pointent leur peau verte. Comme des embryons qui poussent dans la chaleur de l'été et que l'automne trouvera prêts à être cueillis, croqués.

Elle tend l'oreille. Du jardin voisin provient un bruit de terre qu'on remue, puis le souffle un peu rauque de celui qui travaille la terre. Elle se lève, marche jusqu'au muret écroulé où des branches de chèvrefeuille exhalent un parfum suave.

Elle le regarde. Torse nu, en short, il sarcle les salades joliment pommées. Il ne voit que ces feuilles à qui il donne la terre nourricière, lentement, d'un geste sûr. Un geste de tendresse. Comme un père donne la becquée à son enfant.

Soudain, Simon se retourne, sourit :

— Un bon binage vaut mieux que deux arrosages, c'est mon grand-père qui me l'a appris et c'était un fameux jardinier. Vous vous êtes décidée à venir chez vous ?

Il appuie sur le chez vous, reprend aussitôt :

— Je devine que vous n'aimez pas les meubles, les objets, tout ce qui risque de vous attacher quelque part. Vous ressemblez au Juif errant, même si vous n'êtes pas juive, ça ne change rien, on peut être Juif errant dans n'importe quelle religion et aussi sans religion.

— Je suis venue vous inviter à faire la dînette avec moi... j'ai eu une journée chargée.

Elle éclate de rire :

— Je vous propose de partager mon repas et je n'ai rien à vous offrir, le frigo est débranché et vide, et je n'ai rien apporté, mais je vais trouver un traiteur...

— Un traiteur ! Vous n'y pensez pas, Agathe ! On a les cerises, les groseilles, et je dénicherai bien un bout de pain et de fromage pour les accompagner, qu'en dites-vous ?

Elle accepte. Quelques instants plus tard, il revient, chargé d'un panier en osier rempli de fromages, de pain et de boissons fraîches. Ils s'assoient sur l'herbe, entre un cerisier et un pommier, à l'endroit où la tante Agathe installait en été une table et un banc en bois.

— Parlez-moi d'Agathe, s'il vous plaît !

La demande est brusque, presque violente, mais elle ne surprend pas Simon.

— Laquelle ? Agathe Weissberg ou votre tante ?

Les deux. Elle veut les deux.

— J'ai peu connu votre tante, elle est morte l'année qui a suivi mon installation. Je ne suis même pas allé à son enterrement, c'était jour de classe et je ne voulais pas lâcher mes élèves pour une voisine que je n'avais fait qu'entrevoir. Nous avons eu peu d'occasions de nous parler, je me souviens qu'elle m'a offert un pot de miel en me disant « c'est le dernier ».

Il avale une bouchée de fromage de chèvre, boit une rasade à même la canette de bière. Il a une manière particulière de se pencher en arrière pour accueillir le liquide mousseux dans sa gorge, les yeux mi-clos.

— Quant à l'autre Agathe, je ne l'ai jamais rencontrée, nous ne sommes pas du même monde...

— J'aimerais penser qu'il n'y a qu'un seul monde pour tous et que nous y vivons côte à côte...

Il cale la canette de bière entre ses jambes :

— Les gens se côtoient et ne se rencontrent jamais ou rarement, comme s'il y avait en fait plusieurs mondes séparés par des murs. Agathe Weissberg était une transfuge, elle a quitté son monde d'origine pour en créer un autre. Y a-t-elle été heureuse, je ne sais pas. C'est pourtant la seule question qui compte, ne croyez-vous pas, Agathe ?

— Elle n'est pas morte d'avoir transgressé son milieu, ce serait trop simple. Si c'était un jaloux, un envieux qui voulait lui rabattre son caquet, il s'y serait pris depuis longtemps, au temps de sa splendeur, pas maintenant qu'elle était décrépite...

— Pas si décrépite que ça ! Et puis il y a des rancunes tenaces... qui traversent le temps sans prendre une ride, comme si le temps les aiguisait, pour mieux les exacerber... la jalousie, l'envie sont des sentiments puissants, je les vois sur mes élèves, même ceux qui n'ont pas dix ans ! La vengeance... ça aussi c'est éternel, on la trouve dans la Bible...

Un silence s'ensuit, que ni Simon ni Agathe ne songent à rompre. Le soir est en train de tomber, horizon écarlate, il fera chaud demain.

— Et si, en guise de dessert, on allait grappiller des groseilles ?

Elle ne se fait pas prier. Avec les groseilles elle retrouve son enfance, la tante Agathe et ses silences, ses mains abîmées, déformées par les rhumatismes, son tablier bleu, et ses yeux noirs qui se posaient sur sa nièce, graves, des yeux pleins de souvenirs qui n'arrivaient pas à naître sur ses lèvres toujours un peu gercées.

Leurs mains se frôlent dans l'obscurité, se rejoignant sur les grappes de fruits. Elles ont l'air de se chercher au hasard des branches, mais sans jamais oser se trouver franchement.

— Je dois rentrer, annonce Agathe, merci pour tout...

— Ne partez pas, Agathe, dit-il brusquement. Restez cette nuit, elle est trop belle pour la passer seul, et toi aussi tu es trop belle...

Elle ne répond pas. Elle laisse l'idée entrer en elle, une nuit avec lui, pourquoi pas, ne sont-ils pas libres tous les deux ? Faire l'amour, pourquoi pas, elle en a envie, lui aussi, où est le mal ?

Pourtant, elle déclare :

— Je ne suis pas libre, Simon, ne me posez pas de questions, je vous expliquerai peut-être un jour. Ou peut-être pas ! Quand je serai vraiment libre je n'aurai plus besoin d'expliquer...

Ce n'est qu'arrivés à la Golf qu'il prononce :

— Votre tante aimait écrire, elle me l'a confié le jour du pot de miel, elle m'a dit exactement ces mots, curieux que je m'en souvienne aussi bien : « Je vous laisse, mon cahier m'attend, et je n'ai plus beaucoup de temps... » A l'époque, je me suis demandé de quel cahier elle parlait, je n'ai compris qu'après, bien après sa mort, qu'elle était en train d'écrire ses mémoires... je ne sais pas si elle a eu le temps de les achever...

— Elle n'a jamais mentionné l'existence d'un journal intime... Elle n'était pas du genre à se confesser, fût-ce par écrit, ça ne lui ressemble pas...

— On ne connaît pas les gens qui nous sont les plus proches, c'est Proust qui a écrit : *On croit connaître les gens avec qui on vit jusqu'au jour où survient un événement qui nous les montre autres que nous les avons vus...* Votre tante n'était pas née ici, ne l'oubliez pas ! Elle a vécu la guerre civile en Espagne, si elle a fui c'est par conviction politique et un passé communiste ne s'oublie jamais. Le passé ne meurt jamais, vous le savez bien Agathe, vous êtes venue pour le retrouver, pour le revivre... Vous cherchez quelque chose, Agathe !

— Oui, à élucider des meurtres de vieilles dames !

— Vous esquivez ! Je parle de votre retour dans la vallée, vous venez pour revivre votre enfance, et c'est la mort que vous rencontrez... même si la guerre est finie... elle a encore des racines profondes.

— Que savez-vous de la guerre, Simon ? murmure Agathe, ma tante et mon père l'ont traversée, pour eux elle a commencé en Espagne, ils ont fui le fascisme pour le retrouver en France, là précisément où ils croyaient être à l'abri... La guerre les a poursuivis jusque dans l'exil... après, ils ont voulu oublier, je les comprends, oublier c'est tentant...

— Et illusoire, Agathe, très illusoire ! On n'oublie rien, on vit plus ou moins en paix avec son passé, avec ses absents, c'est tout... Je comprends que votre tante ait eu le désir avant de mourir, se sachant gravement malade, de consigner par écrit la réalité. Pour elle, et pour vous sa nièce...

— Si elle avait voulu me parler, elle l'aurait fait de son vivant ! s'écrie Agathe.

— C'est compter sans la pudeur... et pudique, réservée, on peut dire que votre tante l'était ! Elle n'a pas osé... elle a eu peur... elle est partie comme elle a vécu, en silence. Mais, j'en mettrais ma main à couper, elle vous a laissé des mots écrits dans ce silence, pour vous permettre de vivre, Agathe, de vivre...

La voix est si douce qu'elle a envie d'avancer d'un pas, les bras de Simon s'ouvriront et elle s'y jettera. Mais elle reste sur place, la main posée sur la poignée de la voiture.

— Je suis là, Agathe, ne l'oubliez pas, je suis vivant et je crois que j'ai déjà commencé à vous aimer...

Elle tourne la clef de contact, le moteur vrombit, elle démarre.

Elle s'enfuit.

*

— On a un gros problème sur les bras, soupire Hector Höffel qui a tenu à se déplacer jusqu'au bureau de la gendarmette.

— Vous n'avez pas eu de décès depuis trois jours, remarque la capitaine, qu'est-ce qui vous amène ? Quel est ce gros problème ?

Hector Höffel se mouche, sa face couperosée disparaît à demi sous le mouchoir à carreaux, seuls les yeux injectés de sang en dépassent.

— La liste ! C'est la liste qui m'amène ! Les pensionnaires prétendent que Pauline détenait une liste sur laquelle était notées les futures victimes du serial killer ! Car ils n'en démordent pas, surtout les femmes, elles sont convaincues de l'existence d'une liste ! Je ne sais pas qui leur a mis cette idée dans le crâne... Il faudrait que vous veniez leur dire, ou faire un mot, une annonce comme quoi Pauline n'a pas été assassinée, que sa mort est naturelle. Elles ne veulent pas admettre qu'elle ait pu se rompre le cou dans les escaliers ! Si vous ne mettez pas un terme à cette hystérie collective, l'ambiance deviendra infernale !

— Je vais envoyer mon adjoint, promet Agathe pressée de voir son visiteur tourner les talons. La chaleur les rend nerveuses, elle rend tout le monde nerveux, ça poisse et ça colle... Dites-leur de prendre des bains ou des douches ! Et dites-leur aussi qu'il n'y aura plus de victime...

— Comment pouvez-vous en être aussi sûre ? Vous avez du nouveau ? Vous avez trouvé le coupable ?

Elle esquisse un sourire énigmatique :

— Secret de l'instruction !

Facile de se cacher derrière le secret de l'instruction, murmure-t-elle une fois Hector Höffel de l'autre côté de la porte. Je ne sais rien. Comme je ne sais rien sur tante Agathe parce que j'ai la trouille, purement et simplement la trouille, tellement la pétoche que je n'ose pas aller fouiller dans ses papiers, de peur de trouver la vérité.

— Téléphone pour vous, le juge Galbier..., entend-elle.

Elle tressaille, le secrétaire désigne le combiné noir posé sur son socle.

— Si vous voulez décrocher, capitaine, il s'impatiente, et je lui ai dit que vous étiez dans votre bureau...

Elle écoute :

— Je vous dérange ? J'ai lu et relu les procès verbaux. Si je peux vous donner un conseil je crois qu'il faudrait que vous réentendiez cette petite... Comment s'appelle-t-elle déjà ? Ah voilà j'ai trouvé : Elodie, la jeune Elodie, elle est certainement moins dure que les anciennes qui savent se taire, qui doivent avoir l'habitude des secrets et des silences... elle est enceinte, donc fragile et vulnérable... Faites-la parler ou craquer comme vous voulez... Je parie qu'elle en sait davantage qu'elle ne veut l'avouer... ou peut-être ne sait-elle pas qu'elle sait, elle n'a pas l'air futée... Qu'en pensez-vous ?

— Rien, mais je vais suivre votre conseil.

— Ce n'est pas un conseil, seulement une suggestion... Depuis mon bureau au tribunal j'ai un regard distancié, ça me permet de mieux voir ou d'appréhender la situation autrement... Vous, vous avez trop le nez dessus... la distance, la distance, il n'y a que ça de vrai !

Elle raccroche, consulte le dossier, appelle. Une voix mûre lui répond :

— Elodie ? Oui, je vous passe ma belle-fille, un instant je vous prie !

Quelques secondes plus tard, elle entend un petit oui fatigué.

— Elodie, j'aimerais vous poser quelques questions, mais je sais que vous êtes un peu lasse, à cause de votre grossesse avancée. Je me permettrai de venir vous voir chez vous, je ne vous dérangerai pas longtemps... Et ainsi, vous n'aurez pas besoin de vous déplacer...

— Comme vous voulez, répond la jeune femme, on habite chez les parents de mon mari... Je vous donne l'adresse ?

Rue du Lieutenant-Colonel-Gambiez. Un nom qui ne dit rien à la capitaine.

— Gambiez a libéré Kirchenfeld dans la nuit du 25 au 26 novembre 1944 guidé par quelques habitants et à la tête de son commando du 1er bataillon de choc. Les combats ont été rudes, raconte le lieutenant Sama, les yeux rivés sur la route.

— Comment savez-vous ça ? Vous vous passionnez pour la Seconde Guerre mondiale ?

— Pas davantage que n'importe qui, mais je suis curieux de nature et j'ai voulu essayer de comprendre l'histoire de la vallée... J'ai beaucoup appris sur ces malheureux garçons, ces Malgré-Nous comme on les a appelés, enrôlés de force dans l'armée allemande et envoyés sur le Front russe... ça a laissé des traces dans les familles... surtout que la plupart de ces jeunes ont disparu quelque part à l'Est... morts ou capturés par l'armée rouge qui n'a pas été tendre avec les Alsaciens et qui les a enfermés dans des camps au même titre que les Allemands ! Ils se battaient sous le même uniforme, leurs langues avaient des sonorités communes, difficile de les dissocier... Voilà, on arrive...

La voiture s'arrête devant une coquette maison aux balcons fleuris de géraniums. Le lieutenant pousse le portail de bois verni et ils avancent sur les pavés entre les bordures de roses rouges. La porte s'ouvre.

— Elodie est couchée. Elle a eu des contractions, le médecin a recommandé le plus grand repos, annonce la femme campée dans l'embrasure, mais je peux répondre à sa place.

La belle-mère a une petite cinquantaine soignée, des boucles d'oreilles qui flashent et un collier de grosses perles pastel tombe sur un échancré affriolant.

— Entrez donc, je vous en prie ! Ne restez pas sur le pas de la porte ! reprend-elle avant que les deux visiteurs n'aient le temps de réagir. Je vais vous servir une citronnade glacée et...

Volubile, elle désigne les fauteuils de cuir blanc :

— Prenez place, j'en ai pour deux minutes !

— C'est une bavarde, chuchote le lieutenant, les pires, on n'en tire rien que du... bavardage...

— Dans le bavardage il y a aussi du vrai, murmure Agathe, j'adore les bavardes, il suffit d'entendre entre les mots...

La bavarde revient, un plateau dans les bras qu'elle dépose sur la table basse en verre.

— Cet été, on aura une pire canicule que l'année dernière, annonce-t-elle en tendant les verres remplis de glaçons, et la pauvre Elodie qui n'accouche qu'en août ! Je cause, je cause mais vous êtes venus pour... pour les meurtres, continue-t-elle en baissant le ton, madame Weissberg et madame Behra, je les ai bien connues ! Jamais je n'aurais cru qu'on pourrait s'attaquer à elles !

Elle renifle en portant le verre de citronnade à ses lèvres.

— Vous les avez connues, reprend Agathe, vous n'êtes pas de la même génération pourtant...

— Oui, mais à Kirchenfeld tout le monde se connaît, et je suis née ici, j'ai toujours vécu ici, je suis entrée dans les usines Peaunette l'année même où madame Weissberg a commencé à fabriquer des couches, ça a été un événement dans la vallée ! C'était en 1976, j'avais dix-huit ans et c'était ma première embauche ! Mon père, lui, a été mis en préretraite la même année, comme beaucoup de ses collègues... Il y a eu un plan de restructuration, mais madame Weissberg n'a laissé personne ou presque personne sur le carreau... Elle aimait son personnel, c'était une bonne patronne...

— Personne ou presque personne, ce n'est pas pareil, rectifie Agathe en reposant son verre. Si je comprends bien, des employés se sont retrouvés au chômage ?

— Ça se pourrait, mais moi j'étais tellement contente d'avoir du travail que je n'y ai pas fait attention ! J'étais euphorique et tellement jeune ! De toute façon, c'est le passé ! A part quelques faiblesses, madame Weissberg était une vraie dame, c'est ce que je dis à ma belle-fille qui l'appelle l'ancêtre. Ces jeunes n'ont plus aucun respect pour les valeurs !

— Et madame Behra ?

— Elle, elle était banale. Elle n'a rien fait de particulier, il n'y a que sa mort qui sorte de l'ordinaire... Je ne peux pas comprendre qu'on l'ait tuée !

— Vous pouvez comprendre qu'on ait tué madame Weissberg ?

— Je n'ai pas dit ça ! répond la femme sur la défensive, je ne vois pas ce que vous essayez de me faire dire ! Vous voulez me tirer les vers du nez, je ne sais rien, rien du tout, comme vous dites on n'était pas de la même génération. Je suis née après la guerre, je n'ai rien vu, je n'ai rien entendu...

— Et vous n'y étiez pas non plus, achève doucement Agathe, en revanche vous avez écouté les histoires qu'on vous racontait... Il y a eu des histoires, comme celle de la fille enceinte qu'on a retrouvée ficelée sur les traverses de chemin de fer... Vous la connaissiez ?

— Bien sûr ! Tout le monde connaît cette horrible affaire... Qui vous a raconté ça ? Personne n'en parle plus !

— Si, quelqu'un qui était jeune à l'époque et qui en a été choqué... Il n'a pas pu s'empêcher de me transmettre l'affaire, comme s'il espérait que je puisse en faire quelque chose...

— Soixante ans plus tard, il y a prescription !

— Peut-être, répond Agathe d'une voix douce, mais pour la douleur il n'y a jamais prescription... Madame Weissberg aussi cachait une douleur, vous ne croyez pas ? Une douleur secrète qui l'empêchait de dormir la nuit... mais qu'elle recouvrait soigneusement...

Un silence s'ensuit.

— Je ne peux rien vous dire de plus, reprend la belle-mère d'Elodie en se levant, vous m'excuserez de ne pas pouvoir vous aider...

— Dites-moi encore quelques mots sur Iris Haas... elle aussi est née à Kirchenfeld et vous êtes presque du même âge... Vous avez été à l'école ensemble certainement...

— Iris ? J'ai prévenu Elodie quand elle a été embauchée à la maison de retraite de se méfier de cette peau de vache... elle est dans les bonnes grâces du directeur, ça lui est monté à la tête... En réalité, c'est elle qui dirige la maison de retraite et Hector Höffel la craint... comme le reste du personnel ! Je la connais bien en effet, nos mères étaient très amies...

— La sienne vient de décéder...

— Oui, il faut reconnaître qu'Iris a été à la hauteur, elle adorait sa mère qui le lui rendait bien !

— Et le père ?

La belle-mère hausse les épaules :

— Le père d'Iris était un fainéant et un buveur qui se reposait sur sa femme... ça ne lui a pas porté bonheur...

— Pourquoi ?

— Il est mort très vite... et sans avoir jamais été malade ! Le médecin, ça date de plus de vingt ans, a dit que c'était une crise de delirium, parce qu'on l'a retrouvé ivre mort, mais...

— Mais ?

— Les langues ont jasé... une rumeur qui s'est vite éteinte, tout le monde craint Iris, je le répète, pour les embauches à l'hôpital et à la maison de retraite c'est elle qui a le dernier mot ! Alors, on s'est tu...

— Vous insinuez que le décès n'était pas naturel ?

— Hou là là, je n'ai jamais rien insinué ! Et on ne saura jamais, Iris et sa mère ont voulu qu'il soit incinéré, paraît que c'étaient ses dernières volontés ! Ça m'étonnerait qu'il en ait eu beaucoup, des volontés ! Seulement le feu, c'est pratique, il efface les traces...

— Les traces de quoi ? demande le lieutenant qui ouvre la bouche pour la première fois, de poison ?

On entend à présent le vrombissement d'une mouche coincée dans le voilage blanc. Tout comme dans les locaux de la gendarmerie, les pales du ventilateur accroché au plafond peinent à rafraîchir l'air.

— Il faut que j'aille voir si Elodie a besoin de moi... Vous perdez votre temps, la mort du père d'Iris n'a rien à voir avec celles de madame Weissberg et de madame Behra ! Pourquoi remuer le passé ? Il a été assez douloureux, je vous dis, elles n'ont pas beaucoup rigolé quand il était vivant... Et la mère d'Iris était une brave fille qui n'a pas eu de chance. Pour son malheur, elle a eu la mauvaise idée de se marier pendant la guerre avec ce bon à rien que les Boches n'ont pas voulu envoyer sur le Front russe tellement il était incapable ! On a prétendu que c'était parce qu'il avait traficoté avec eux, mais je n'y crois pas ! Il était vraiment trop stupide pour magouiller... elle l'a épousé parce qu'elle attendait un enfant et en ce temps-là, il n'était pas question d'accoucher sans être passée devant le maire et le curé... mais elle ne l'a pas fait de gaieté de cœur... seulement elle avait fauté ! Elle aurait pu se faire avorter par une faiseuse d'anges, il y en avait une, mais c'était trop dangereux, et puis, on en a parlé un jour, elle voulait ce bébé, elle ne regrettait pas de l'avoir eu... Iris était sa seule consolation... Maintenant je monte apporter un verre de limonade à Elodie, la pauvre petite doit mourir de soif !

Dehors, la chaleur leur tombe dessus, lourde dans un ciel plombé par les nuages qui s'accumulent au-dessus du ballon.

— Je vais faire un tour au marché, déclare Agathe, on se retrouve cet après-midi...

Le lieutenant répond par un bref « comme vous voulez, mon capitaine », habitué déjà aux dérobades de la patronne. Mystérieuse, fascinante et insaisissable, voilà comment il la voit. Le contraire de sa femme qu'il connaît depuis l'adolescence.

Agathe furète entre les allées. Elle cherche. Elle n'aurait su dire quoi. Que quelqu'un l'aborde pour lui annoncer qu'il détient la vérité. Elle ne croit pas aux miracles et pourtant, comme beaucoup de gens, elle les espère.

Elle s'arrête devant l'étal, lit les étiquettes sur les pots de miel : acacia, sapin et fleurs. Devant les pots, reposent quelques bougies en cire, en forme de cerises. Elle en prend une paire dans sa main ; ces cerises ressemblent aux pendants d'oreilles qu'elle portait pendant des heures, jusqu'à ce que les fruits suintent et éclaboussent son polo. La tante Agathe gémissait que le jus des cerises allait abîmer le linge, laisser des traces sur le tissu...

— Vous les fabriquez vous-même ? demande-t-elle au vendeur, un homme d'un certain âge qui répond :

— Oui, j'aime beaucoup créer des petites choses de mes mains.

La voix, à l'accent venu d'Europe de l'Est, la retient. Elle reste campée devant l'étal, intimidée. Elle finit par prononcer :

— J'ai du mal à choisir... Je peux goûter ?

Il la fixe d'un air étonné :

— Je veux bien, mais j'ai oublié les cuillers. Vous voulez lequel ? Lequel préférez-vous ? Le miel de sapin ?

Evidemment, le miel de sapin. Il a deviné, rien qu'à sa tête. Un bon point pour lui. Le miel de sapin de la tante Agathe, si noir qu'on n'en voyait pas le fond ; elle y enfonçait la cuiller et la tendait à la petite fille en disant : « tiens, c'est l'été que tu manges ! » Et elle avalait l'été avec sa langue, il descendait dans sa gorge et remplissait le ventre.

Elle saisit le pot, mais avant qu'elle ait le temps de tirer son porte-monnaie de sa poche, il s'écrie :

— Goûtez-le ! Si vous l'aimez vous reviendrez me payer, sinon tant pis pour moi !

Elle bredouille merci en se disant que c'est peut-être le miracle qu'elle attend : un cadeau. Le miel et la confiance qui l'accompagne. La confiance d'un homme qui ne craint rien.

Elle le regarde empaqueter le pot dans le sachet. Il a des gestes lents, précis, habiles. Des mains larges, des bras déjà hâlés, sans âge véritable, mais probablement plus de soixante-dix ans, des yeux clairs dans une peau mate, des lèvres charnues, un nez droit et fin. De l'allure.

— Vous venez tous les jeudis ?

Il acquiesce d'un signe de tête, commence à remballer sa marchandise dans des cartons, sans plus s'occuper d'elle. Elle s'écarte, à regret. Il lui plaît. Ça lui arrive rarement. Une sorte de coup de foudre de l'humain, une attirance soudaine, brutale, elle en a le cœur qui bat plus vite.

Un peu plus loin, elle ouvre le sachet pour lire le nom de l'apiculteur : il s'appelle Nicolas Kourov. Un nom d'Europe de l'Est, russe sans doute.

Elle ne peut s'empêcher de dévisser le pot et de tremper un doigt dans le miel noir. Il a le même goût qu'autrefois : violent, odorant, puissant. Une odeur de vacances et d'enfance.

Le pot refermé, elle réprime l'envie de faire demi-tour, de retourner à l'étal, mais que dirait-elle ? Que, grâce à lui, elle a retrouvé la tante Agathe ? Comprendrait-il ? Comment pourrait-il pénétrer dans son enfance ?

Elle quitte la place du marché et s'engage dans les ruelles : rue du Maréchal-De Lattre, rue du Général-de-Gaulle. La guerre a laissé des traces tenaces.

Machinalement elle remonte la rue, mur du cimetière, avenue Gambiez, elle lève les yeux vers la maison ocre au balcon ourlé de géraniums-lierres. Elle s'arrête, sonne, la belle-mère d'Elodie entrouvre la porte, s'exclame :

— Encore vous ! Mais je vous ai tout dit...

— Je sais, la calme Agathe, je passais seulement, je n'en ai pas pour longtemps...

— Nous étions justement en train de nous préparer à nous mettre à table, si vous me promettez que ce sera bref...

— Je serai brève, sourit Agathe, je suis venue vous demander de me parler de la mère d'Iris Haas...

— La pauvre ! Rentrez donc, ne restez pas sous ce soleil, vous allez attraper la mort !

Agathe ne se fait pas prier.

— C'était une brave femme, embraie la belle-mère d'Elodie, elle n'a pas eu ce qu'elle méritait... Pourquoi vous intéressez-vous à elle ? Elle est morte, elle ne peut pas être concernée par ce qui se passe à la maison de retraite ! D'ailleurs, elle n'y a pas vécu ! Elle est décédée chez sa fille, d'un cancer, une maladie banale, malheureusement...

— Iris a dû en souffrir énormément, non ? Plus qu'à la mort de son père ?

— Oh oui ! En ce qui concerne son père, elle a été plutôt soulagée par sa mort ! Je... enfin, ce ne sont pas mes oignons, et il y a prescription !

Elle se mord les lèvres, mais l'envie de parler est plus forte :

— J'ai surpris une conversation entre Iris et sa mère. Iris devait avoir une quinzaine d'années, elle suppliait sa mère de quitter ce salaud... j'ai compris qu'il s'agissait du père, et elle a continué : « Si tu ne le quittes pas, je le tue. »

— Et ?

— Iris a aussi demandé à sa mère : « Dis-moi qui est mon père ! » Je n'ai jamais répété cette conversation à personne... On a beau dire que je suis une commère et une concierge, je sais me taire, mais ça me fait du bien d'en parler avec vous, vous m'inspirez confiance.

Elle se tait, puis reprend, comme si elle se vidait jusqu'à la dernière goutte :

— Quand elle est morte, j'ai eu l'impression qu'elle était allée retrouver quelqu'un... comme dans les jolis films ou dans les beaux romans, quelqu'un qu'elle aurait aimé, qu'elle n'aurait jamais oublié, et qui l'attendrait. Elle n'a jamais aimé son mari...

— Elle serait allée rejoindre qui ? Le père d'Iris ? C'est ce que vous semblez dire, qu'il y aurait un autre père que le père légitime...

— Je n'ai jamais dit ça ! C'est possible, même si ça semble tiré par les cheveux ! Dans la vie on voit tellement de choses bizarres, et puis j'ai réfléchi...

Elle baisse le ton :

— J'ai beaucoup de temps pour rêver... Je me dis que si la mère d'Iris a épousé pendant la guerre ce bon à rien, parce qu'elle était enceinte, c'est peut-être qu'elle était enceinte d'un autre... c'était la guerre et il s'est passé tellement de choses qui ne seraient pas arrivées en temps de paix, tellement d'horreurs... Tous ces garçons de vingt ans et moins qu'on a envoyés sur le front russe, ou dans les camps quand ils résistaient ou quand ils refusaient de partir, il y avait un camp en Alsace, le Struthof, non loin de Strasbourg. Vous pouvez le visiter, il y a même un four crématoire... Ça n'a été facile pour personne, mais nous les Alsaciens on a payé un lourd tribut, et après, les Français de l'intérieur comme on les appelait, nous ont traités de sales Boches, parce que ce salopard d'Hitler nous avait annexés au Grand Reich, sans nous demander notre avis ! Si on nous avait consultés, on serait restés français ! Vous savez quoi ? A force d'être Français puis Allemands puis à nouveau Français on a choisi d'être Alsaciens, c'est plus commode et, au moins, on est sûr de ne pas se tromper !

Elle s'interrompt, un homme vient d'entrer, le mari d'Elodie sans doute, car il s'écrie :

— Où est ma petite femme ? Oh pardon, je ne vous avais pas vue, se reprend-il en apercevant Agathe qui se lève.

Elle n'a plus qu'à saluer et à leur souhaiter un bon appétit. Ils déjeuneront en famille, pendant qu'elle avalera, seule dans son bureau, ses chères cacahuètes.

XI

CONTRE L'ARBRE, la chaleur devient supportable, atténuée par le souffle des feuilles, l'ombre des branches lourdes de fruits. Agathe ferme les yeux quand elle entend un bruissement dans son dos. Elle se retourne. Des moutons s'attaquent aux feuilles qui ont l'imprudence de pencher vers la terre. Insatiables et gloutons, de vrais prédateurs sur pattes. Elle les chasse d'un coup de baguette.

C'est alors qu'elle le voit : un petit garçon de six ou sept ans, debout, à quelques mètres, qui la contemple avec autant d'indignation que les yeux d'un enfant peuvent contenir sans exploser.

— Laisse mes moutons tranquilles !

La baguette glisse à terre. Le petit garçon sourit et pivote sur lui-même, quand soudain la voix d'Agathe l'arrête :

— Ne t'en va pas !

Il hésite, immobile, puis se retourne et marche vers elle.

De près, c'est un petit garçon aux cheveux coupés ras, très noirs, et aux yeux comme des billes sombres.

Elle désigne la prune-cerise au-dessus d'elle.

— C'est quoi, d'après toi ?

Il sourit. Il a un sourire plein de soleil.

— Une espèce de cerise, c'est bon, j'en mange tous les ans... et cette année, il y en aura beaucoup.

Il explique, ravi de savoir :

— C'est un arbre greffé, mon grand-père aussi fait des greffes...

— Et c'est lui qui a greffé celui-ci ?

Il secoue la tête.

— Non, le jardin n'est pas à grand-père, il était à la vieille dame, mais elle me l'avait donné, enfin prêté... Elle m'avait promis qu'elle le garderait toujours, pour moi, pour que je puisse y venir... elle était gentille.

Gentille. Agathe Weissberg gentille !

Il demande, d'une voix où perce l'inquiétude :

— Tu crois qu'elles vont vendre la maison ? Mon papa, il dit que oui, qu'elles vont pas garder ce vieux machin. Et je pourrai plus venir et la vieille dame serait pas contente !

— Je ne sais pas ce qu'elles feront, mais pour l'instant elles ont d'autres chats à fouetter, tu es encore tranquille pour quelque temps... Tu t'appelles comment ?

— Kevin... c'est américain, précise-t-il avec un sourire orgueilleux.

« C'est chic de parler français ! »

Pourquoi cette petite phrase lui revient-elle soudain ? Elle l'a beaucoup entendue, son père aussi la prononçait quand elle le suppliait de lui apprendre le catalan. A l'école primaire, quand elle était enfant, on interdisait aux élèves de parler le patois.

Elle pose sa main sur le bras nu de l'enfant qui s'est accroupi devant elle.

— Tu connaissais la vieille dame qui venait ici ?

— Oui, je l'aimais bien, elle était gentille, répète-t-il, obstiné, elle s'asseyait contre l'arbre, comme toi...

— Elle faisait quoi ? Elle te parlait ?

— Oui, il y avait personne d'autre dans le jardin, à part nous !

— Elle te disait quoi ?

— Ben, je sais plus, des tas de choses, une fois elle m'a parlé de l'arbre...

Il désigne le cerisier.

— Elle m'a raconté qu'elle connaissait celui qui avait planté l'arbre...

— Et c'était qui, tu t'en souviens ?

Il hoche la tête.

— Elle m'a pas dit !

— Tu la voyais souvent ? Chaque fois qu'elle venait ?

Il secoue la tête d'un mouvement irrité :

— Non, pas chaque fois, parce que je dois aller à l'école, même si je déteste ça, je suis obligé, mais le mercredi oui, elle venait souvent le mercredi. Elle restait jamais longtemps. Elle faisait le tour du verger aussi. Mon papa dit qu'elle était folle...

— Pourquoi ?

— Parce qu'elle nettoyait la maison et qu'elle laissait le jardin sauvage... Papa il dit qu'elle aurait au moins pu faire tondre l'herbe, mais je pense que les moutons ça suffit. Et puis moi ça me plaît. Et toi ?

Pas facile de répondre.

— J'aime les deux, quand ils sont sauvages et quand ils ne le sont pas, esquive-t-elle.

— C'est marrant, la vieille dame aussi elle disait qu'elle aimait les deux. Que c'était très difficile de choisir. Même qu'elle aurait jamais dû choisir...

Il se tait. Elle risque :

— Quand l'as-tu vue pour la dernière fois, Kevin ? Tu t'en rappelles ?

Une lueur affolée traverse les yeux de l'enfant. Déjà, il saute sur ses pieds en s'écriant :

— Je dois rentrer...

Elle le rattrape de justesse.

— Attends, Kevin ! Je voudrais te poser une dernière question...

— J'ai tout dit !

Elle sourit.

— Quand as-tu vu pour la dernière fois madame Weissberg ? Je suis sûre que tu t'en rappelles.

Il esquisse un petit sourire de fierté :

— C'est vrai, la maîtresse dit que j'ai une mémoire d'éléphant, je retiens tout... c'est pour ça que j'ai toujours des bonnes notes...

— Tu n'as pas répondu à ma question. Pourquoi ? Tu as peur ?

— Peur ? J'ai jamais peur, même pas des chiens.

— Tu mens, tu as peur, peur de me parler, tu as peur que je me mette en colère...

— Pas toi ! soupire le petit garçon, toi, j'ai pas peur que tu te mettes en colère, toi tu dirais rien...

— Qui ?

Elle réfléchit, vite :

— Tu as peur de ton papa ?

Il ne répond pas.

— Je ne dirai rien à ton papa, promis, juré. Tu me crois ?

Elle saisit le menton de l'enfant et le fixe, yeux dans les yeux :

— Je ne mens jamais, parce que c'est trop compliqué de mentir et que ça ne sert à rien.

Alors, il se met à parler et elle écoute. Puis elle dit :

— Kevin, on récapitule : ce mercredi-là, tu t'es levé tôt pour aller dire bonjour à tes arbres, ça t'arrive souvent, tu ne dors pas beaucoup.

Il hoche la tête. Elle poursuit.

— Tu ne sais pas quelle heure il était, il faisait jour et ton papa était déjà parti pour l'usine, il part à quatre heures moins le quart, à vélo. Ta maman dormait encore, elle ne t'a pas vu sortir, elle ne sait pas que tu sors, et ton père non plus. S'ils savaient, ils te gronderaient.

C'est ça.

— Quand tu es arrivé dans le jardin, il faisait si bon que tu as voulu aller t'asseoir contre ton cerisier, mais tu as entendu quelque chose, alors tu t'es caché derrière un arbre. Tu peux me montrer lequel ?

Il désigne un prunier.

— On y va ? On va le voir de près, ce prunier ?

Ils marchent vers lui. Situé un peu en hauteur, il offre une vue plongeante sur la maison et l'allée qui mène au jardin.

— La vieille dame était là-bas, par terre, la tête contre le muret, tu l'as vue, tu es sûr ?

— Sûr. Je l'ai reconnue tout de suite.

— Elle avait quelque chose sur la tête ?

— Elle n'avait pas son chapeau, je vous l'ai dit. Elle avait rien sur la tête.

— Tu as vu qu'elle était blessée au front ?

Il secoue la tête, d'un air obstiné :

— Ça, j'ai pas vu.

Elle n'insiste pas.

— Le monsieur qui portait une casquette noire sur la tête, c'est pourquoi tu n'as pas vu ses cheveux, a pris madame Weissberg dans ses bras et l'a portée jusqu'à l'arbre. Et il l'a assise contre le tronc et il est resté un moment avec elle. Toi, tu avais reculé, de peur d'être remarqué. Et c'est pour cette raison que tu n'as pas vu le monsieur.

— J'ai vu qu'il était comme mon grand-père.

— Quel âge a ton grand-père ?

— Il a quatre-vingt-cinq ans, même qu'on a fêté l'anniversaire dimanche dernier, mais le monsieur, je sais pas, il était pas clair...

— Pas clair ? Tu veux dire quoi ? Qu'il était flou ?

— Oui, comme s'il avait été dans le brouillard. Comme la maîtresse quand elle est au tableau et moi au fond de la classe.

Elle commence à comprendre. Myope, c'est bien sa veine ! Il continue :

— Avant, quand tu es montée dans le jardin, j'ai pas vu que c'était toi, c'est seulement quand tu t'es assise que je t'ai vue. T'aurais voulu que je le voie, le monsieur qui a porté la vieille dame ?

— Oui, j'aurais bien voulu. La vieille dame a été tuée... Ça m'aurait arrangé que tu puisses me faire un portrait de ce monsieur...

— Je l'ai pas vu, à cause de la casquette, mais il était pas méchant sinon il l'aurait pas portée à l'arbre pour qu'elle se repose... Ensuite, il est parti...

— Mais avant qu'il la ramasse, tu n'étais pas là ? Tu es sûr ?

— Sûr ! Quand je les ai vus, elle était déjà par terre et le monsieur était en train de se pencher sur elle. On va le retrouver ?

— Je l'espère, Kevin, c'est mon métier de retrouver les gens... Une dernière question et je te lâche : c'était un homme ? Pas une dame en pantalon avec une casquette ?

— Non, il avait de grands pieds et des souliers comme mon grand-père... des souliers noirs qui brillaient... pas comme les souliers des dames...

Agathe regarde son unique témoin s'enfuir en direction de la maison voisine. Le juge avait raison : il y a toujours un témoin. Quelle valeur accorder à celui-ci ? Un enfant, myope de surcroît, ça ferait bien rire le juge !

Personne ne le croirait, personne, sauf elle.

*

Elle y va. Elle n'aurait jamais cru possible d'y aller.

Il est cinq heures du matin, déjà les oiseaux s'égosillent dans les branches, pour saluer et accueillir la journée qui commence.

Agathe tourne la clef, la porte s'ouvre, elle traverse les pièces que les épais murs de pierre ont préservées de la chaleur. Elle reconnaît les armoires de sapin où la tante serrait son linge, les commodes ventrues, le lit dans lequel elle a achevé sa vie. Et la table dans sa chambre qui lui servait de bureau, où elle rangeait ses papiers. Jamais Agathe n'a fouillé dans les tiroirs, la tante avait pris soin d'arranger son enterrement, de son vivant elle avait tout prévu, tout organisé, les instructions avaient été précises, notées sur une feuille posée sur la table de chevet, accompagnée des documents nécessaires à sa succession.

Agathe s'assied devant la table-bureau, sur la chaise en bois. De là, elle aperçoit le jardin qui se réveille, éclatant dans la lumière matinale. Triomphant. Un été triomphant.

Sauf que, pour elle, l'heure n'est pas au triomphe : hier soir, le juge Galbier l'a appelée, il s'impatiente, il part en vacances au mois d'août, « je vous laisse jusqu'en septembre, avouez que je suis bon prince ! Si vous ne m'apportez rien de concret comment voulez-vous que j'instruise cette affaire ? Et le témoin, vous l'avez trouvé ? »

Elle a pensé au petit garçon et elle a répondu non.

L'assassin, a-t-il ajouté, est un habitué de la maison de retraite, il y revient, je le parierais... c'est peut-être un petit vieux jaloux et aigri ou un membre du personnel qui s'amuse à exercer sa puissance... Il est dedans, je vous le dis ! Il vous observe et vous nargue et même il est en train de choisir sa prochaine victime...

Il n'y aura pas de prochaine victime, a prononcé Agathe de sa voix calme, moi aussi je le parierais.

Et qu'est-ce qui vous autorise à tant de certitude ?

Elle a raccroché sur un : une intuition, je suis gendarme mais je n'oublie pas d'être femme... l'assassin en voulait personnellement à Agathe Weissberg, les deux meurtres sont liés, je ne sais pas encore en quoi, peut-être madame Behra a-t-elle entendu ou vu quelque chose qui risque de mettre le meurtrier en danger... Mais je vous suis dans l'idée que l'assassin était un intime de la victime...

Agathe fouille. Les papiers, c'est son quotidien ; rapports, documents, formulaires ; noter, signer, classer. Comme si elle était une documentaliste des infractions humaines, de la plus légère incartade au pire des crimes.

Il y a de tout dans les papiers de la tante : des factures d'eau et d'électricité, de maçonnerie, des fiches de salaire conservées dans un dossier, où toutes les années de travail sont classées, dans l'ordre, une vie d'usine, laconique, des chiffres, un peu plus élevés d'année en année, puis le brevet de pension qui marque la fin du labeur.

Tout au fond d'un des deux tiroirs, elle découvre un cahier à spirale. Pas un chiffre dans celui-là, pas même une date, mais des pattes de mouche.

Elle s'assied sur le lit et essaie de déchiffrer les pattes de mouche qu'a laissées la tante. Sans doute pour qu'un jour, après sa mort, elles soient lues. Une sorte de testament spirituel écrit par une femme qui ne savait pas s'exprimer oralement. Elle n'avait pas osé parler, elle avait pris la plume, une encre violette, elle avait rempli des feuilles, comme on jette une bouteille à la mer, sauf qu'elle ne s'était jamais séparée du cahier, qu'elle l'avait juste laissé derrière elle. Aucune fioriture dans le style sec, presque abrupt, des faits, des sentiments dépouillés, passés au scalpel, raclés jusqu'à l'os.

Agathe lit en diagonale, elle reviendrait sur les détails plus tard. Elle cherche un nom : Weissberg. Elle le trouve, plusieurs fois. Les deux femmes avaient été liées, d'une certaine manière. Ou, du moins, la tante n'avait pas cessé de pointer ses yeux sur l'autre qui la fascinait. Elle avait suivi l'ascension sociale pas à pas, l'avait décortiquée, sans haine mais sans aménité. Comme un constat. Du fond de son exil, la tante Agathe n'avait pas oublié de penser, elle était restée la communiste intransigeante. Les tortures, les humiliations ne l'avaient pas brisée. Elles n'avaient atteint que le corps, violé la chair sans toucher à l'essentiel, l'âme.

Agathe suffoque. La chaleur entre par la fenêtre ouverte, que la proximité immédiate des arbres atténue, lui donnant un souffle respirable. Ce n'est pas la température de l'air qui l'oblige à faire une pause, mais ce qu'elle découvre : les tortures, les viols, la fuite de la jeune fille, sa lente remontée vers le nord, accrochée à son frère, ou lui accroché à elle, deux noyés sur la terre ferme, progressant vers le nord où ils pensent trouver l'oubli. La proximité de l'Allemagne, certes, les avait troublés, mais où aller sinon au fond d'une vallée ? La Catalane s'était enfoncée dans les terres, où elle avait rencontré Agathe Weissberg.

Qu'a-t-elle fait de lui ?

L'interrogation revient à plusieurs reprises, lancinante. Le cahier en est plein. Comme s'il n'avait été écrit que pour trouver une réponse à cette question.

Le jour de son arrivée à Kirchenfeld, Agathe Lolla avait rencontré Camille Weissberg. Le jeune homme avait intercédé auprès de ses parents pour qu'ils lui louent une minuscule mansarde dans l'immeuble qui abritait la boucherie. On était en 1936 et Agathe s'appelait encore Maria-Luz, elle avait quinze ou seize ans.

Agathe reprend sa lecture.

... Camille était meilleur que nous tous, il voulait se battre, mais du bon côté, nous savions où était le bon côté, on n'avait pas besoin de réfléchir, de se poser de questions, comme beaucoup de gens autour de nous. On en parlait, il montait dans ma mansarde, quand il revenait du séminaire, chaque fois j'avais plus de mal à le reconnaître, tellement il changeait, en mieux, plus fort, plus sûr de lui. Il ne disait jamais les nazis, il disait la Bête, il rêvait de la voir étendue à ses pieds, le souffle coupé, sanglante, à jamais vaincue... Qui a été vaincu dans cette histoire ?

Un peu plus loin dans le cahier :

... Je n'ai pas réussi à mourir. J'ai dit oui, j'ai trahi, j'ai sauvé ma peau, enfin ce qu'il en restait. Je suis allée me terrer jusqu'à la fin de mes jours dans cette vallée qui ne sait rien de moi mais qui ne m'a pas repoussée. Je n'y ai pas trouvé la paix. Ma vie est un échec, pas de mari, pas d'enfants, pas d'amis, que leur dirais-je ? Ce que j'ai fait ? Ce que je n'ai pas fait ? Mais j'ai de grands espoirs grâce à cette petite Agathe que mon frère a la bonté de laisser venir en été. Elle a des yeux de lumière. Je lui ressemblais, autrefois. Mais j'ai perdu mon éclat. Ils m'ont détruite. Ne subsiste que la carcasse. Je n'ai même plus la force de parler.

J'ai trop parlé. Je n'ai pas su me taire, en Espagne. Les fascistes ont été plus forts que moi. Ma bouche s'est ouverte, j'ai prononcé un nom.

Ils l'ont plaqué contre un mur, sans lui bander les yeux, et ils lui ont tiré dessus, j'ai tout vu et je ne suis pas morte. Ensuite, comme récompense, ils nous ont laissés nous enfuir, mon frère et moi. Je ne comprendrai jamais pourquoi ils ne nous ont pas achevés. Une survivance d'humanité dans une bête féroce ?

Par moments, l'écriture semble se fondre dans le papier.

Agathe l'a perdu, disait-elle en parlant de Camille Weissberg et d'elle-même à la troisième personne, comme d'une étrangère. N'était-ce pas logique ? En fuyant l'Espagne, elle était devenue une autre, une transfuge conversant avec ses abeilles, murée dans un silence qui rachetait le mot. Le mot qui avait tué le jeune homme qu'elle aimait.

Agathe Lolla se lève, retourne dans la cuisine. Le cahier dans les bras, elle s'affale sur les tommettes. C'était dans la cuisine que la tante transvasait le miel depuis la bassine dans les pots en verre. La petite fille regardait les gestes lents, précis, sans savoir qui était la tante Agathe.

Et voilà qu'elle tient dans les mains ce cahier qui ressemble à une confession.

Dehors, les oiseaux se taisent, terrés dans les branches, la chaleur est à son zénith, midi au soleil, la campagne semble figée dans une lumière violente, bleue, les feuilles des arbres luisent, sur le point de s'embraser, les grillons grésillent dans l'herbe asséchée, l'orage de la veille n'a pas réussi à pénétrer le sol dur comme de la pierre. Les vaches se sont réfugiées à l'ombre des saules.

Dans le jardin, seul une pie s'acharne, piaillant à la mort. Sans doute attaquée par un chat, à moins que ce ne soit l'inverse, elle défend sa vie, son nid, ses petits.

Agathe Weissberg avait eu plus de chance que son frère Camille. Non seulement elle n'avait pas disparu dans la tourmente de la guerre, mais, de surcroît, elle avait fait fortune. Cette phrase revient comme une litanie chez l'immigrée catalane qui avait eu toute sa vie de la peine à joindre les deux bouts, qui avait dû économiser sou après sou pour payer les traites de sa modeste maison. L'une avait grimpé toutes les marches, l'autre était restée en bas, à faire son miel, à cueillir ses cerises. Et à s'échiner à gagner son pain dans l'usine qui appartenait à Agathe Weissberg.

Quelle vie avait-elle eue, comparée au flamboyant destin de cette dernière ?

Si Agathe Lolla, toute fascinée et admirative qu'elle se montrait dans le cahier, avait été jalouse du succès de madame Weissberg, elle ne devait pas être la seule. Une réussite exemplaire, à peine teintée de douleur par la mort de ce frère Camille dans les steppes russes où l'armée allemande l'avait envoyé se battre. Ce frère dont personne ne parle plus dans la vallée, même pas la belle-mère d'Elodie. Passé à la trappe. Un mauvais souvenir. Comme une plaie dans la mémoire alsacienne ; au procès de Bordeaux, il y avait eu des Malgré-Nous sur les bancs des accusés. Coupables ou victimes ? L'affaire avait secoué la France. Les Alsaciens en étaient sortis meurtris, les poings serrés sur cette Histoire qui les avait ballottés d'un camp à l'autre. Ni Allemands ni Français, seulement Alsaciens. Et parmi ces Alsaciens des figures admirables, des héros, des martyrs à qui on avait dédié des rues dans les grandes villes, des Stoessel, des Wodli, communistes, résistants jusqu'à la mort. Mais qu'en savait le reste de la France ? Tous des Boches. Tous des nazis qui avaient envoyé leurs fils sur le front russe, lutter à côté de leurs frères de sang.

Jusque sur les monuments l'opprobre, gravé à même la pierre : *A nos morts*. Inscription laconique. Morts pour rien, pour une cause qui n'était pas la leur. Morts dans le camp des vaincus. Même pas morts pour la patrie. Même pas des héros, encore moins des martyrs. Des perdants. Pourquoi la tante Agathe s'était-elle tellement intéressée à ce Camille Weissberg ? A cause de son sort funeste, son destin de sacrifié, qui ressemblait au sien ? Ou l'avait-elle aimé ? Avait-elle espéré panser ses plaies auprès du beau jeune homme qui savait parler de liberté ?

Le beau jeune homme était parti, en 1942. Mais pas là où il aurait voulu se rendre, pas du bon côté.

Pas eu le temps, disait Agathe sur son cahier, il a été attrapé avant. Il devait fuir le soir même, les nazis sont venus le cueillir à l'aube. Il jouait du violon dans la petite pièce à côté de l'abattoir de son père, il a déposé l'instrument sur un billot, il les a suivis, il n'y avait rien d'autre à faire. Ils étaient deux, en imperméables et bottes noires, et la voiture attendait devant la porte. Je les ai vus, il les a suivis, sans un mot, la tête haute. Il a croisé mon regard, il m'a souri, il n'avait pas l'air accablé, plutôt triomphant, pas l'air de quelqu'un qu'on envoie se battre contre ses frères d'âme, dans les steppes russes.

Je suis coupable.

Qu'a-t-elle fait de son frère ?

Agathe monte dans le jardin. Besoin d'air, de lumière tamisée par les feuillages. De l'odeur de la terre pour estomper celle du sang, de la merde, des deux côtés, nazis, russes, le même sang, la même merde. Les mêmes hommes, une fois qu'ils étaient morts. Là-bas, dans les steppes russes, les cadavres alsaciens s'étaient mêlés aux communistes, aux nazis, dans une immense fosse de terre commune. Camille Weissberg s'était mélangé à eux et Agathe Lolla l'avait pleuré, longtemps. Elle écrivait d'ailleurs : *Agathe ne s'en est jamais relevée.* Ça lui arrivait souvent, dans le cahier, de parler d'elle à la troisième personne. Une manie d'écriture, sans doute. Quand elle évoquait Agathe Weissberg, elle traçait le prénom suivi du nom ou elle disait : ma fée.

C'est dire à quel point elle avait été fascinée.

Agathe pleure. Elle en a envie depuis le jour de la mort du lièvre.

Elle attrape une feuille qu'elle mâchonne. Elle est chaude et verte. Elle ne ressemble à rien.

Elle avale la pâte verte avec ses larmes. Un cahier, il lui reste un cahier plein des douleurs d'une rescapée de l'enfer.

Elle ne le voit pas sauter par-dessus le mur écroulé. Déjà, il est assis à côté d'elle, il lui prend la main, il attend.

— Vous avez lu ? demande-t-il un peu plus tard, en désignant le cahier.

— Pas tout, mais de trop déjà.

— Ça se voit.

Ils se taisent.

Elle a mal. Elle aimait la tante Agathe, encore davantage à présent, et elle ne le lui a jamais dit. Pas eu le temps. Pas su. Elle était passée à côté. A côté également du malheur qu'on avait voulu maintenir loin d'elle. Elle n'avait pas su prendre la tante Agathe dans ses bras, la consoler, lui dire : « Je suis là, c'est fini. » Elle n'avait pas su qu'elle lui devait la vie. Que sans elle, elle n'aurait pas eu de père. Que sans elle, son père aurait été assassiné par les franquistes. Qu'entre son frère et son fiancé elle avait choisi son frère. Le même sang.

— Ils ont cru bien faire, dit-il un peu plus tard, ils se sont tus parce qu'ils vous aimaient.

— L'amour n'excuse pas tout, les enfants ont le droit de savoir...

— De savoir quoi ? Que leurs parents sont capables de lâcheté, comme tous les êtres humains ? Capables de préférer la paix à la guerre ? Ne croyez-vous pas qu'ils avaient eu leur part de malheur ? Que votre tante et votre père aient eu envie simplement de vivre, où est le mal ? Ils avaient assez souffert !

— La souffrance n'est pas une raison. D'autres ont souffert et ont continué la lutte, jusqu'au bout, jusqu'à y laisser la vie... ils étaient lâches.

— Je vous trouve très dure, Agathe, aussi dure avec les autres que vous l'êtes avec vous-même. Ne pouvez-vous pas vous lâcher la grappe un moment ?

Ça la fait sourire. Il reprend :

— Ce cahier vous soucie autant parce qu'il a un lien avec les affaires que vous traitez ?

— Connaissez-vous Iris Haas ? demande-t-elle sans répondre à la question.

Il attend un instant avant de prononcer :

— Tout le monde la connaît, elle est incontournable... J'ai un voisin qui finit ses jours à la maison de retraite et quand je vais lui rendre visite je n'ai pas pu ne pas la voir, on ne voit qu'elle, on n'entend qu'elle. Il n'y a qu'une voix, la sienne. Elle y fait la pluie et le beau temps, mais il faut reconnaître que c'est une bonne soignante et que certains pensionnaires l'apprécient. Mon ex-voisin par exemple ne jure que par elle. Pourquoi me parlez-vous d'Iris ? Vous la croyez capable de tuer ?

Elle hésite.

— On est tous capables de tuer, mais certains passent à l'acte... Regardez Meursault dans *L'Etranger*, personne n'a jamais compris pourquoi il était soudain devenu un assassin... juste un geste, et on est tous potentiellement capables d'accomplir ce geste.

— Madame Weissberg n'était pas une femme qu'on prenait au dépourvu. Je suis sûr qu'elle a vu la mort venir et que si elle est morte dans ce jardin, elle était d'accord, d'une certaine manière...

— Personne n'est d'accord pour mourir, pas même ceux qui se suicident ! La mort est toujours un malentendu. Elle avait donné, ou prêté, de l'argent à Iris Haas, juste avant sa mort... Mais pourquoi l'aurait-elle tuée ? On ne supprime pas la vache à lait...

Cela, elle le pense seulement.

— Vous avez faim ? J'ai préparé quelque chose, je vous attendais.

*

Dans la même journée, un dimanche qui plus est, elle est entrée dans la mémoire d'Agathe la Catalane et dans le lit d'un homme qui ne lui est rien. Juste pour savoir, par curiosité. Elle a lu le cahier pour trouver les raisons qui avait amené la tante Agathe dans cette vallée et elle a couché avec Simon pour savoir jusqu'où irait le désir de cet homme.

Ensuite, elle est sortie du lit, s'est rhabillée, a roulé vers la gendarmerie, a grimpé les escaliers déserts, en faisant le moins de bruit possible, les chaussures à la main.

Elle a une Agathe à retrouver.

Après, peut-être, pourra-t-elle aimer.

Elle ouvre le dossier Weissberg, décroche le téléphone.

Il fait encore bon dans le bureau, dans quelques heures il se transformera en étuve, mais pour l'instant elle savoure cette douceur. En bas, dans la cour, on a disposé des piscines en plastique à l'intention des enfants qui dorment encore. Tout est en attente.

Iris Haas arrive une demi-heure plus tard.

Elle porte une jupe courte qui dévoile des jambes musclées et des genoux épais, un débardeur jaune qui illumine son teint mat.

L'argent, Agathe y vient. Pas d'emblée, car il faut prendre son temps, mais avec une lenteur sûre. Aussitôt, Iris attaque :

— Et j'aurais tué la vieille avant même d'avoir dépensé l'argent ? Car je n'y ai pas touché, à ce fric ! Je n'en voulais pas tant que ça, je vais le rendre, il me brûle les doigts...

— Vous la détestiez tellement ?

— Pourquoi l'aurais-je détestée ? Elle ne m'était rien, juste une pensionnaire comme les autres, qui avait eu la chance de se mettre à l'abri du besoin, et qui ne se privait pas de nous le faire sentir ! Quand elle a su, pour mon mari – elle a dû l'entendre dans les couloirs, mes collègues parlent beaucoup de moi –, elle m'a proposé de m'aider, je n'ai pas eu besoin de le lui demander...

— Pourquoi ? Elle n'était pourtant pas si généreuse d'habitude... d'après vos collègues.

— Ne les croyez pas ! Elle aimait se faire mousser en distribuant ses aumônes, mais aucune ne voulait reconnaître qu'elle bénéficiait des faveurs de l'ancêtre. Motus et bouche cousue dès que ça touchait à l'argent. J'en soupçonne plus d'une d'avoir été dans le même cas que moi.

— Je n'en ai trouvé aucune trace dans le carnet de madame Weissberg.

— Elle n'enregistrait peut-être pas les petites sommes qu'elle devait juger dérisoires.

— Pourquoi a-t-elle pris la peine, en ce qui vous concerne ?

— Je ne suis pas dans sa tête... je n'en sais rien ! Et vous non plus ! Vous voulez que je vous dise ce que je pense ? Vous vous acharnez sur moi parce que vous n'avez personne d'autre à vous mettre sous la dent, aucun coupable, sauf la ville entière, ce qui fait beaucoup, même pour vous. Vous ne croyez pas que vous allez vous casser les dents ? Vous avez beau me harceler, vous n'avez aucune charge contre moi, aucune. Ce n'est pas moi qui ai tué l'ancêtre... Ce qui est drôle, c'est que vous vous intéressiez si peu à cette pauvre Marthe Behra !

— Ne vous fiez pas aux apparences, j'y songe beaucoup, au contraire ! Vous êtes née ici, vous avez toujours vécu ici, vous n'avez jamais rêvé de partir ?

— Partir ? Pour où ? On est bien dans notre vallée ! Et on y reste parce qu'on sait qu'on n'a nulle part d'autre où aller et qu'on sait aussi que ce n'est pas la peine d'aller voir ailleurs. Ceux qui ont eu la malchance de partir ne sont pas toujours revenus, ou alors dans quel état !

— Vous pensez à qui ?

— A tout le monde et à n'importe qui. Je sais que le bonheur est au fond des vallées.

— Vous ne semblez pas y être particulièrement heureuse pourtant ! Vous avez un mari qui vous délaisse, comme votre père délaissait votre mère... votre père... j'ai entendu dire, à Kirchenfeld, que votre père ne serait pas votre père...

— Ce sont des ragots !

Agathe remarque la soudaine crispation de la mâchoire. Elle lance :

— Ils ne vous étonnent pas !

— Mon père est mon père même si ça ne m'amuse pas ! Comme tous les gosses, j'ai rêvé d'en avoir un autre, mais il ne me gêne plus...

— Ça vous a arrangé, sa mort, n'est-ce pas ? Celle de l'ancêtre comme vous l'appelez vous arrange aussi, même si j'ignore encore dans quelle mesure.

Iris sourit, et ça donne comme un rictus sur la peau mate.

— Vous imaginez des scénarios débiles : je suis une meurtrière sadique, après avoir tué mon père j'aurais achevé la vieille, et pourquoi pas empoisonné Marthe Behra dans la foulée... En fait, votre dossier est vide et même plus que vide. Vous nagez dans l'erreur. Nous faisons tous des erreurs mais vous, vous en avez commis une énorme en revenant dans la vallée. Que voulez-vous déterrer ? Votre tante ?

— Seulement votre père. Je parle de votre père biologique. Vous savez très bien qui il est, votre mère ne serait pas morte sans vous le dire. C'était son dernier cadeau, sur son lit de mort, le nom de votre géniteur. C'est-à-dire le nom de celui que votre mère a aimé et avec qui, pour une raison ou une autre, elle n'a pas pu vivre. Alors, par dépit, elle a épousé votre père, c'est une histoire banale même si c'est un drame...

— Je ne vois pas pourquoi ma mère vous préoccupe tant !

— Parce que vous l'aimez, Iris !

— C'est un crime d'aimer sa mère ?

— Ça peut être un motif de crime ! Vous avez toujours voulu protéger votre mère, même contre son mari, ne le niez pas ! Il la battait, et un jour subitement ça s'est arrêté. Pourquoi ? J'ai fini par comprendre : il avait peur de vous. Vous étiez le rempart élevé entre lui et elle. Ce qui m'amène à poser cette question : qui voulez-vous protéger maintenant ?

Iris éclate d'un rire qui se casse en deux comme une assiette jetée à terre.

— Vous devriez écrire des romans ! Je me suis toujours contentée de celui qui était mon père. Ça n'a pas été facile, mais je n'ai jamais cherché ailleurs quelque chose d'impossible. Laissez ma mère loin de cette histoire, la pauvre a suffisamment souffert. Mon seul tort, c'est d'avoir accepté cet argent maudit...

— Maudit ?

— Oui, maudit ! Vous qui voulez tout savoir, vous devriez enquêter sur les origines de cette mirobolante et soudaine fortune... ce n'est peut-être pas si reluisant, ce serait même plutôt puant !

— L'argent n'a pas d'odeur. La preuve, vous l'avez accepté. Malgré tout. Ça ne vous a pas beaucoup dérangée...

— Qu'est-ce que vous en savez ? J'aurais préféré ne pas avoir à le faire, quémander n'est pas mon truc... j'aurais voulu lui jeter ce fric à la tête...

— Vous saviez que madame Weissberg avait un frère ? Vous en parlait-elle ?

— Non, je ne le savais pas, elle n'en parlait pas. Ce n'était pas le genre à s'épancher ni à pleurnicher. Ça nous changeait. C'était même son côté le plus agréable.

— Ça vous changeait de votre mère qui pleurait beaucoup ? Qui pleurait à cause de madame Weissberg ?

— Vous prenez vos désirs pour des réalités ! Ma mère ne parlait jamais de la vieille. Jamais. Elle pleurait parce qu'elle avait un mari qu'elle n'aimait pas, qu'elle devait s'user les yeux pour la plus grande gloire de la Weissberg qui traitait ses ouvriers comme des esclaves, pas beaucoup de travail dans la vallée, c'était l'usine ou rien, elle ne pouvait pas faire la fine bouche... et les syndicats n'étaient pas encore arrivés jusqu'ici... ils en ont bavé, les ouvriers, et ma mère parmi eux, aussi exploitée que les autres... peut-être même davantage, la vieille ne devait rien lui laisser passer...

Elle se tait brusquement. Agathe ne lui laisse pas le temps de se reprendre.

— Qu'allez-vous devenir maintenant qu'elle est morte ?

— Ma mère ?

— Non, Agathe Weissberg. Par qui allez-vous la remplacer ?

Iris Haas hausse les épaules avec dédain.

— Je ne vois pas ce que vous voulez dire.

— C'est elle que vous vouliez protéger, vous la haïssiez et vous l'aimiez, ça crève les yeux, vous vouliez la protéger, et ça n'a pas marché, elle vous a glissé entre les doigts et s'est fait tuer. L'argent, c'était pour assurer sa protection. Vous étiez son ange gardien. Vous étiez dans le jardin ce matin-là, vous l'avez suivie, vous êtes arrivée trop tard, on l'avait déjà tuée... Elle se sentait menacée et elle vous a demandé de l'aider. Vous n'étiez pas seule dans ce jardin : vous étiez trois. Madame Weissberg, vous, et une troisième personne.

Iris ricane presque méchamment :

— Puisque vous le dites ! Vous y étiez peut-être ? C'était le jour de votre arrivée, non ? Vous avez fait un détour par là ?

Du culot, un incroyable culot, du genre à nier l'évidence. Le problème, c'est qu'elle n'a pas d'évidence à lui coller sous le nez. Seulement des intuitions, des rêves, des présomptions. Rien de concret. Deux minutes de retard ce matin-là, des gouttelettes de sueur sur son front, et encore les collègues avaient pu se tromper de jour...

Iris claque la porte derrière elle. Du culot jusqu'au bout.

Agathe reste face à son téléphone. Le juge allait appeler. Elle attend. Le téléphone ne sonne pas. On frappe à la porte. Le lieutenant entre, la chaleur semble glisser sur lui, sans l'atteindre. Il lui remet les dossiers demandés, l'affaire Behra, témoignages et enquête bancaire, rien à signaler, tout piétine, c'est la canicule, explique-t-il en s'excusant presque, il nous faudrait un orage pour tout laver, sinon on va devenir fous ! Comment faites-vous pour supporter ?

— Je me dis qu'il y a plus dur ! Je pense par exemple que sur le Front russe où on a envoyé les jeunes Alsaciens enrôlés de force il a fait très froid ! Vous savez ce que j'ai appris récemment ? Qu'Agathe Weissberg avait eu un frère, un de ces Malgré-Nous, il n'est pas revenu...

— Comme beaucoup ! s'exclame le lieutenant, mais croyez-vous que ce détail soit important ?

Agathe grimace :

— Il n'y a pas de détails, tout est important ! Et puis ça m'intéresse, que voulez-vous, la vie d'Agathe Weissberg me passionne, j'ai envie de la pénétrer à fond ! Et je n'en suis qu'aux prémices.

A peine le lieutenant dans le couloir, elle rouvre l'album de famille.

Elle le trouve. C'est un beau petit garçon dont les yeux bleus transpercent le papier. Il tient sa sœur par le cou et ils rient. Sur la deuxième photo il est seul, un brassard de communiant autour du bras ; l'air sage, il fixe l'objectif. Sur la troisième, il pose, un violon serré contre lui.

Les trois clichés sont l'œuvre d'un photographe professionnel.

Elle referme l'album d'un geste sec. Elle aussi a occulté Camille Weissberg, en oubliant de se demander qui était cet enfant. Elle ne s'est même pas posé la question. Comme si elle ne l'avait pas vu. Comme si sur le papier aussi bien que dans la vie, il avait pris peu de place. Seule la tante Agathe avait osé en parler, dans son journal secret. Loin des yeux, loin des oreilles. Elle seule avait eu le courage de le faire revivre.

*

— Les archives ? demande l'employée de mairie. Vous voulez consulter les archives entre 1939 et 1945 ? Je ne suis pas sûre qu'il en reste grand-chose, les Allemands ont beaucoup brûlé avant de s'enfuir. Ils ne voulaient rien laisser derrière eux.

Agathe insiste. La secrétaire consent à quitter son siège, la guide vers le sous-sol où elle désigne les rangées de classeurs.

— Les dates sont dessus. Vous voyez, ça tient peu de place, par rapport au reste. Comme si ces années-là n'avaient pas laissé de traces, du moins visibles.

C'est ça, exactement. En surface, il n'y a rien à voir. Des noms de rues, quelques plaques commémoratives, ni champ de bataille ni cimetière, et le Struthof est à une centaine de kilomètres, le bout du monde pour les autochtones...

Agathe se plonge dans les papiers jaunis. Elle aime cette odeur de poussière et de renfermé. De papier que le temps s'efforce d'user, comme le reste. Comme si l'écrit non plus ne devait pas perdurer. Comme si l'oubli était le but ultime de la vie.

Elle trouve même des tickets de rationnement. Pour montrer combien le peuple avait eu faim, et froid, les Alsaciens aussi. Mais aucune liste, aucun document sur les Malgré-Nous. Les Allemands avaient fait place nette, n'avaient pas jugé bon de laisser des signes de leur forfait.

Elle dépouille les dossiers, persiste, et finit par tomber sur une feuille dactylographiée, un document officiel édité début 1947 par la mairie. Elle compte les noms qui s'alignent sur la page vieillie : 50. La fine fleur de la jeunesse.

Le maire de l'époque avait recensé morts et vivants. D'un côté, ceux qui étaient revenus, de l'autre ceux qui étaient restés. Agathe compte encore : 20 jeunes hommes étaient restés couchés sur la terre russe. Abandonnés par tous. Juste des noms dont on avait peine à se souvenir. Des morts gênants. Camille Weissberg figure parmi eux. Le document dit qu'il a transité par le camp de Tambow où il est mort. Le papier ne précise pas de quelle manière. Dysenterie, épuisement, le schéma habituel, que ce soit dans les camps russes ou allemands. Camille était mort loin de sa terre, de ses arbres, de sa famille. Il n'avait pas pu apprécier la réussite de sa sœur qui était restée vivante parce qu'elle n'était pas du même sexe que lui.

La victoire en Alsace avait eu un goût amer, à cause de ces garçons éparpillés sur ordre de la Wehrmacht, le plus loin possible de leur terre natale. Des jeunes gens que le gouvernement français s'était enfin résolu, bien après guerre, à réclamer à l'URSS. Du moins ceux qui avaient survécu aux camps où les Russes les avaient jetés.

Ça t'avance à quoi de fouiller dans ces plaies ? Tu espères quoi ?

Elle ne sait pas au juste mais elle ne peut plus s'arrêter. Elle continue. Fouiller, elle doit le faire. Aller plus loin. Au-delà de ces jeunes soldats engoncés dans leurs uniformes vert-de-gris, ralliés au Grand Reich et obéissant à l'ordonnance du 25 août 1942, une idée du Gauleiter Wagner qui aimait tant l'Alsace qu'il l'avait estimée digne de participer à la guerre de conquête. Et rabattre par la même occasion le caquet de ces communistes que le Struthof lui-même n'arrivait pas à mater, ces incorruptibles salopards qui le narguaient à coups d'*Humanité* clandestins, de propagande antinazie, de résistance jusque sur leurs lieux de travail. Les communistes, la pire engeance d'entre les terroristes, qui depuis l'entrée en guerre de Staline avaient relevé la tête. Lui, le représentant du Führer en Alsace, s'était juré d'exterminer cette erreur de la nature.

Médaille de la résistance. Un document officiel datant de 1946, au moment où la préfecture avait distribué ses récompenses pour services rendus à la mère patrie. Agathe Weissberg y figure. Un mot est agrafé au document officiel, de la main du maire *: médaille délivrée en toute intimité, selon le souhait de la bénéficiaire (ne pas le signaler à la presse).*

Un récapitulatif des faits accompagne le document.

Il dit qu'Agathe Weissberg a participé activement à la résistance, lorsque celle-ci n'en était qu'à ses prémices. Elle n'avait pas attendu la dernière heure, elle s'était engagée dès le début. Elle ne s'était pas contentée de fournir des vivres et de l'argent, elle avait aussi servi de boîte postale, tout en trônant derrière le tiroir-caisse de la boucherie familiale qui, selon les témoignages recueillis à Kirchenfeld, avait prospéré durant ces années.

Le marché noir d'un côté, la résistance de l'autre. Deux facettes du même personnage, contribuant à son ambiguïté.

Agathe Lolla a la gorge en feu. L'odeur du papier sans doute, cette atmosphère confinée et humide de la cave éclairée seulement par deux soupiraux qui ne filtrent qu'une faible lueur. Pour lire, elle a dû allumer le néon du plafond et elle suffoque sous cette lumière violente qui lui donne à voir la réalité en face : Agathe Weissberg avait lutté, pendant que les siens, son père et sa tante, s'étaient contentés de se cacher.

Elle fait claquer le dossier et le range sur l'étagère.

Elle grimpe les marches, passe devant la secrétaire qui la salue sans qu'elle s'en rende compte. Dehors, elle fouille dans la poche de son pantalon, pas de cacahuètes. Elle jette un regard autour d'elle, presque affolée, elle aperçoit un café et quelques chaises sur le trottoir qui font office de terrasse, elle entre. Elle commande un Coca, « avec beaucoup de glaçons ». Soigner l'angine par le froid.

Agathe, devant son Coca, imagine. Le frère et la sœur dans la boucherie, entre les quartiers de bœuf, les Allemands venant se ravitailler, elle souriante, lui plus sobre, déjà déterminé à s'enfuir...

Pourquoi ne s'était-il pas sauvé quand il en était encore temps ? Pourquoi avait-il attendu que les nazis viennent le prendre ?

Pourquoi reste-t-on ? Par peur ? Sans doute craignait-il que sa fuite ne fasse du tort à sa famille... On en avait déporté pour moins que ça ! Mais, dans ce cas, pourquoi la tante Agathe avait-elle écrit dans son cahier qu'il avait décidé de partir et que les nazis l'avaient cueilli quelques heures avant ?

Elle a soif. Sa gorge n'est plus qu'un nid d'abeilles, le Coca même glacé n'y change rien. Elle se lève, titubante, passe entre les tables, personne ne dit rien, on la regarde.

*

Le pot est posé sur la table de la cuisine. Agathe trempe son doigt dans le miel noir, le fourre dans sa bouche. Le sucre apaise la brûlure, mais elle devine qu'elle n'échappera pas à la visite chez le toubib. Inutile de tergiverser, tant pis pour le juge Galbier qui ne va pas manquer d'appeler à son bureau. De toute façon, que lui dirait-elle ? Qu'elle a trouvé le frère d'Agathe Weissberg ? Il ricanerait, la prendrait pour une douce folle. Ce qu'elle est peut-être.

Elle n'a plus qu'à utiliser l'annuaire et consulter la liste des médecins de Kirchenfeld. Elle n'en connaît qu'un, celui qui le jour de son arrivée lui a raconté l'horrible histoire survenue pendant la guerre. Elle le trouve sur la liste, place du Général-de-Gaulle, elle y va.

Elle attend dans la salle parmi les autres patients. Elle observe à la dérobée les visages enfouis dans les magazines, impénétrables. Quelles douleurs les amènent ? Et elle, de quoi souffre-t-elle, hormis son angine ?

Dans l'étroit couloir, précédée du toubib qui lui ouvre le chemin, elle aperçoit, dans l'embrasure de la porte d'entrée, une silhouette qu'elle reconnaît : celle d'Iris Haas. Encore une qui souffre...

Etendue sur la table d'examen, elle se laisse palper. Elle a mal à la gorge, mais c'est son ventre qu'on examine.

— Vous avez une angine blanche et vous faites un peu d'hypotension, décrète le docteur, vous devez être fatiguée... ou c'est notre chaleur que vous ne supportez pas ?

Le ton est presque arrogant.

— Vous vous nourrissez correctement au moins ?

— Oui, enfin je ne sais pas, je n'ai pas beaucoup de temps pour faire la cuisine...

— Je vois, dit le doc, avec tous vos dossiers à traiter vous avalez n'importe quoi ! Toutes les femmes célibataires en sont réduites à ça, si ce n'est pas triste... Ma mère passait sa matinée devant ses fourneaux... Je vous prescris un arrêt de travail ?

Elle a comme un haut-le-corps. Il soupire :

— Evidemment, vous ne pouvez pas vous accorder un peu de repos, devoir oblige ! Les femmes sont devenues plus acharnées que les hommes ! Je vous file des antibios et des anti-inflammatoires, soignez-vous, une angine blanche ce n'est pas si anodin !

Sur le pas de la porte, il déclare :

— Ça doit être épuisant de feuilleter des vies... surtout celle de madame Weissberg... elle était particulière, ces visites incessantes à cette vieille maison, sa manie de ne vouloir couper aucun arbre...

— Vous saviez qu'elle avait fait partie d'un groupe de résistants ?

Il secoue la tête :

— J'en avais entendu parler mais elle ne s'en vantait pas... Chaque fois que je faisais allusion à la guerre, elle esquivait, elle disait que c'était le passé, qu'elle ne voulait pas vivre dans le passé, mais dans l'avenir, elle était très moderne... Vous savez que c'est elle qui a transformé les filatures d'indiennes en... ?

Elle sait. Tout le monde le sait. Assez maligne pour échapper aux nazis, puis assez rusée pour trouver la reconversion idéale. Une femme parfaite, *self made woman*, aucun diplôme en poche mais l'instinct qu'il faut pour être au bon endroit au bon moment.

Déjà sur le trottoir, elle pivote sur ses talons, remonte les quelques marches qui mènent au cabinet médical. La porte est ouverte, elle entre. Le toubib est seul, elle lance :

— Agathe Weissberg souffrait... depuis longtemps... une douleur qu'elle cachait... c'est possible ?

— Tout est possible, chère mademoiselle ! Il y a des plaies qui ne se referment jamais, je parle des plaies organiques qui se voient... Pourquoi pas celles qui ne se voient pas ? Pourquoi l'invisible se soignerait-il mieux que le visible ? Tout ce que je peux vous dire, c'est qu'il y a des vers dans cette famille...

— Des vers ?

Le docteur Schmitt soupire :

— J'ai un fils, Gauthier, qui est ami avec la petite Aurore... il va souvent au château... et il y rencontrait madame Weissberg. Un jour, le gamin est rentré tout perturbé, il avait assisté à une scène... pas ordinaire... il était tellement choqué qu'il m'a raconté et j'avoue que ça m'a laissé pantois... Moi qui croyais qu'elle aimait tellement sa famille !

— C'est-à-dire ?

— Oui, j'y viens : Gauthier a surpris une conversation entre Lisa et sa mère... il est arrivé au moment où madame Weissberg jetait : « Au lieu de me marier j'aurais mieux fait d'entrer au couvent... » et Lisa s'est écriée : « Tu n'aurais pas eu d'enfants ! » Et elle, de rétorquer du tac au tac : « Et alors ? Ça n'aurait pas été grave ! » Figurez-vous qu'Aurore était présente lors de la scène, et que Gauthier l'a récupérée en larmes ! En larmes, puis en colère ! Elle en voulait à sa grand-mère, et puis pour d'autres raisons... Je ne sais pas tout, et Gauthier non plus, ils sont très secrets dans cette famille... Tout doit rester entre eux... Ce qui est sûr, c'est qu'Aurore était très fâchée...

— Au point de la tuer ?

— Ne me faites pas avouer ce que je ne pense pas ! Mais Aurore a beaucoup de caractère, du genre passionné, vous voyez ?

— Je vois. Cette passion est due à l'âge, il y a de fortes probabilités qu'elle lui passe ! Et on peut avoir un caractère entier et être moral et maîtrisé. Merci de m'avoir parlé, je vais essayer de soigner ma gorge... Je vous ai assez retenu, je me sauve, vos patients vous attendent...

Elle avance dans la rue, la gorge en feu. Devant elle l'enseigne de la pharmacie, elle est si absorbée qu'elle percute ce qui lui semble être un arbre ou un poteau.

C'est un homme.

— Vous avez besoin d'aide ?

Elle titube, se raccroche au bras devant elle, lève les yeux : il a un air grave, sérieux, un sourire qui n'éclaire pas les yeux, bleus, sans lunettes. Des cheveux blancs. Des traits impénétrables.

— On s'est déjà rencontrés ?

Il sourit, il a le sourire très jeune de quelqu'un que la vie n'a pas réussi à user. Il répond par une autre question :

— Le miel... vous l'avez aimé ?

Elle se souvient. Le marché, le miel de sapin, l'apiculteur, l'accent, et le patronyme d'origine slave.

— Vous n'avez pas l'air dans votre assiette... Je vous invite à prendre un thé, il vous fera du bien...

De toute évidence, le français n'est pas sa langue maternelle, il est obligé de chercher ses mots, il parle doucement, lentement. Encore une fois Agathe peine à lui donner un âge, comme aux arbres.

Elle se laisse guider vers les tables posées sur les pavés de la rue piétonne, il avance une chaise, elle s'y assied, la gorge en flammes. Il hèle la serveuse, elle articule : un thé, s'il vous plaît.

— Deux thés, commande-t-il de sa voix grave.

Elle le contemple, même assis il a l'air d'un arbre.

— Vous venez d'arriver ? A Kirchenfeld je veux dire...

— Ça se voit tant que ça ? demande-t-il.

— Moi, je le vois, c'est sûrement parce que je viens d'arriver moi aussi... vous êtes tellement différent des gens d'ici... et puis l'accent... au fait, j'ai adoré votre miel... j'ai une angine, je sors du cabinet médical...

— C'est normal, ça va passer. Au début, c'est surprenant, mais vous vous ferez aux gens d'ici...

— Comme vous ?

— Comme moi, approuve-t-il, je suis arrivé il y a trois ans et j'ai l'impression d'avoir toujours vécu dans la vallée. Vous, vous êtes destinée à repartir ?

— Pas vous ?

— J'y suis, j'y reste ! A moins que... peut-on préjuger de l'avenir ? Il ne nous appartient pas ou alors si peu... et puis je ne suis plus tout jeune... ça ne me déplairait pas de trouver ici un endroit pour ma dernière demeure...

Elle se sent bien dans cette voix, à la fois douce et vibrante. Une voix qui n'est pas pressée, qui prend tout son temps.

— Je peux vous poser une question ?

— Allez-y ! Je suis prêt à tout !

— Votre accent... qu'êtes-vous venu faire ici, au fond de cette vallée perdue ? Moi, c'est pour mon travail, mais vous...

Il éclate d'un rire plus gai que ne le laisse supposer ses yeux.

— Moi aussi ! J'élève des abeilles ! Ça ne peut pas se faire à Paris ! J'avais besoin d'arbres... de beaucoup d'arbres, et ici j'en ai trouvé, de toutes sortes... et puis pour être précis, ma femme était française, journaliste à Moscou pour le compte de son agence parisienne. A sa mort, j'ai décidé de venir vivre dans son pays. Elle est enterrée à Moscou, mais j'ai pensé que je serais plus près d'elle, ici, qu'à côté de sa tombe... Elle m'en avait tant parlé, de sa vallée originelle ! Le bonheur est au fond des vallées, ne le savez-vous pas ? Je ne veux que la paix, avec les montagnes autour de moi, comme un couvercle.

— Vous aimiez votre femme ?

Elle en est presque jalouse.

— Oui, elle était toute ma vie depuis très longtemps.

A nouveau ce poinçon dans sa poitrine, être cette femme, reposer dans cette tombe, avoir été unique dans la vie d'un homme.

— J'ai toujours aimé la France... c'est un grand pays, celui de la liberté, de l'égalité, de la fraternité.

Un soupçon d'ironie perce la voix. Il continue :

— C'est le pays dont on rêve quand on est ailleurs... mais j'ai remarqué qu'on y tue aussi et qu'on peut y être malheureux... Au marché, j'ai entendu parler de meurtres à la maison de retraite, je ne cause pas beaucoup mais j'écoute...

— Et vous avez entendu quoi ?

— Qu'il est inutile de chercher...

— Inutile ?

— Ces enquêtes, ces interrogatoires... Les gens se sentent agressés, jugés... Ici, on est persuadé que les deux vieilles dames sont décédées de mort naturelle... Je vous répète ce que j'entends ! Je n'ai pas vraiment d'opinion sur la question. Au fond, ça m'indiffère ! Mais je me demande pourquoi vous vous obstinez...

— Parce que les gens mentent, cachent et trichent, et que j'ai horreur de ça ! Alors, je m'obstine à chercher. Il y a toujours quelque chose à déterrer, ne serait-ce qu'un vieil os pourri.

— Vous croyez que c'est utile, un vieil os pourri ? Seriez-vous de ceux qui prennent le risque de mourir pour la vérité ? J'ai entendu un jour une belle expression à propos d'un de ces juges qui s'obstinait à lutter envers et contre tous, un juge qui disait qu'il voulait purifier la mer, goutte à goutte. Il a été assassiné... par des non-justes ! Des gens que la vérité agaçait...

— Je suis en danger ?

— Je n'en sais rien ! Je ne suis pas de la vallée, je ne peux pas deviner de quoi sont capables les gens qui y vivent. Trois ans ne suffisent pas pour tout comprendre ! Et puis, je vis seul avec mes ruches... Les abeilles ne parlent pas, elles sont sages et laborieuses... Elles connaissent le prix de la vie... Elles font leur boulot et n'exigent pas l'impossible, un peu comme moi. Je loue une petite maison et je cultive mes légumes, je mange les fruits de mon jardin, et, chaque matin, je savoure le bonheur d'être en vie.

— Et moi, chaque matin, je me dis que je n'ai pas réussi à comprendre... A comprendre ce qui se passe dans cette vallée, à comprendre pourquoi deux vieilles dames ont été assassinées... Et chaque matin je m'en veux !

— Vous allez trouver... On finit toujours par trouver ! Moi aussi, j'ai beaucoup cherché... Tout arrive en son temps, il y a un temps pour chaque chose, de cela je suis sûr, et cette pensée m'a aidé à vivre, à une époque où c'était difficile...

— Vous voulez parler de la guerre ? Vous l'avez vécue, vous aussi... mais pas du même côté... Connaissiez-vous l'existence des Malgré-Nous ? Non, n'est-ce pas, personne ne les connaît, personne ne les reconnaît, la France et même l'Alsace a voulu les oublier ! Ça fait tache... Je vous ennuie avec mes histoires...

Elle le regarde se lever, il lui tend la main, il a les mains chaudes mais pas moites, comme l'écorce des arbres. Elle s'exclame :

— Je vous dois un pot de miel, je l'ai fini, il était délicieux...

Il esquisse un geste de la main :

— Laissons ça ! C'est mon cadeau de bienvenue. Quand quelqu'un s'installe on devrait lui offrir des présents pour le remercier d'être venu, d'avoir choisi cet endroit pour vivre... C'est ainsi que je vois les choses ! Personne ne m'a rien offert à mon arrivée, mais j'aurais apprécié... Je suis l'étranger, mais ça m'est égal, chacun a le droit de vivre où il le désire et j'aime ces montagnes douces, ces arbres, cette herbe... J'habite au fond de la vallée, vous me trouverez facilement si vous avez besoin de me voir, vous demandez le Russe, tout le monde sait où je vis... Je suis l'attraction, malgré moi, je ne cherche qu'à vivre en paix.

Elle pense qu'il a l'air d'un arbre, un arbre inébranlable sur ses racines, lui qui vient de loin, un comble. Peut-être parce qu'il a découvert un port où il a réussi à s'attacher. Loin des villes et du tumulte, loin de la fureur, de la bêtise, de la haine, au milieu des arbres et des abeilles. Avec un chat sans doute, qu'il prend sur ses genoux le soir, qu'il caresse en songeant que la vie c'est ça, des gestes infimes qui font tant de bien, qui pansent et consolent.

Elle n'a plus qu'à entrer dans la pharmacie, tendre son ordonnance, avaler ses comprimés ou ses gélules et retourner dans son bureau, étouffant malgré les stores, malgré les pales du ventilateur, reprendre le fil de la vie d'Agathe Weissberg, relire les rapports, notamment celui consacré à Aurore qui, confrontée à la bonne, n'est pas revenue sur sa déposition : ce mercredi matin, elle a bien croisé Marina dans la cuisine, « elle était essoufflée, ajoute-t-elle, dans l'espoir peut-être d'accabler l'amante de sa tante, elle venait du dehors, elle était appuyée contre le mur comme pour se reposer d'avoir couru ».

Et si Aurore mentait ? Pour se protéger... N'était-ce pas elle qui revenait d'une longue course qui l'avait menée dans la maison originelle où, dans toute la violence de ses quinze ans, elle aurait affronté la matriarche, se serait opposée à elle et l'aurait vaincue... Ensuite, soulagée, apaisée, elle serait rentrée au château, aurait croisé la jeune bonne, puis renoué avec sa vie d'adolescente, bus scolaire, collège, copines, bavardage et flirts.

Elle en a la force. Aurore a hérité du caractère indomptable de l'ancêtre, elle est capable de tout, même du pire.

XII

La machine est en panne, soupire le lieutenant Sama, debout devant ladite machine, un gobelet en plastique à la main. Sans ma dose de caféine à heures régulières je vais avoir du mal à tenir le coup ! Je suis *caféaddict* !

Agathe le contemple, piteux. Un seul café vous manque et vous voilà défait, terrassé, faible. Elle prononce :

— Pourquoi n'iriez-vous pas vous remplir une Thermos, en attendant que la machine soit réparée ? Elle vous permettrait de tenir jusqu'à ce soir... J'ai encore besoin de vous...

Elle ne parle pas de sa gorge blanche, de ses médicaments, qu'importe, elle assume, elle a toujours assumé, marche ou crève, elle avance.

— Vous êtes pâle...

Il la prend par le bras, la guide vers son bureau. Elle s'affale sur le siège pivotant.

— Je vous apporte un verre d'eau fraîche, décrète-t-il pendant qu'elle fait glisser la gélule dans sa main.

Elle attend, immobile, la gorge en feu, la peau en sueur, les cheveux moites sur la nuque, serrés, figés par la chaleur ; autour d'elle le bruit de la vie, des hommes circulant, des moteurs ronronnant dans la cour, les sonneries des téléphones, les voix qui déposent leurs lots de plaintes, de récriminations, de douleurs, et elle assise, son médicament dans la paume, le regard tourné vers la porte qui s'ouvre.

Le lieutenant lui tend le verre d'eau, elle boit, le thé est loin déjà, asséché par l'été. Elle se demande qui est cet homme qui élève des abeilles, qui ressemble à la tante Agathe, à cause sans doute de sa passion pour les arbres, pour l'herbe et les plantes, et puis autre chose les lie, une sorte de pureté que rien n'a réussi à souiller, la pureté de ceux qui ont vu l'enfer et qui s'en sont détournés, qui ont survécu.

— Je me repose une heure, ensuite je retourne à la maison de retraite... Ce n'est pas la peine de m'accompagner, vos enfants ont besoin de vous, allez les rejoindre, je me débrouillerai...

Il ne fait aucune objection, soulagé de pouvoir échapper à la corvée. La maison de retraite il appréhende, il préfère le spectacle de ses gamins jouant sur la moquette du salon, leurs cris et leurs rires, le mouvement même de la vie.

Agathe aime cette heure du soir, le moment où la garde de nuit vient de prendre son poste, tout est calme, la nuit n'est pas tombée, le jour est en train de finir, doucement remplacé par le couvercle percé d'étoiles.

La porte d'entrée est ouverte, elle connaît le chemin jusqu'à la salle de soins. Une jeune fille en blouse blanche y prépare un plateau de médicaments. Elle n'a pas l'air étonnée de la voir entrer, sans doute l'a-t-on prévenue des visites impromptues de la capitaine...

— Je remplace, explique-t-elle, je suis étudiante en médecine, je viens chaque année en été, pour m'habituer aux malades et gagner un peu d'argent. On m'a raconté, pour les deux vieilles dames... Je peux vous aider ?

— Faites votre travail comme si je n'étais pas là ! Je veux vérifier un détail... Je n'en ai pas pour longtemps... Ensuite, je filerai et vous n'oublierez pas de verrouiller la porte derrière moi...

La jeune fille se mord les lèvres, hoche la tête en signe d'acquiescement ; elle a oublié, et voilà le résultat : cette maison de retraite est ouverte à tout vent, le jour et parfois la nuit. Normal qu'Agathe Weissberg ait pu en sortir, que des empoisonneurs y pénètrent...

Dans le placard, Agathe Lolla trouve les sacs-poubelle que Paul Behra n'a pas jugé utile de récupérer. Les aides soignantes y ont entreposé les affaires de la morte. Sur le plastique noir est inscrit en toutes lettres : BEHRA.

Agathe dénoue les liens, saisit chaque objet dans sa main. Un cadre argenté dans lequel un chien fixe l'objectif, comme s'il prenait la pose pour plaire à sa maîtresse. Des bibelots, souvenirs de vacances, coquillages peints, quelques tasses de thé en porcelaine blanche sertie d'un liséré d'or qui semblent avoir peu servi.

Du fond du second sac, elle extirpe une besace en paille tressée que Marthe Behra utilisait pour faire ses quelques courses. Elle ne contient rien.

Elle resserre les ficelles autour des sacs-poubelle qui renferment la vie de madame Behra, du moins la partie visible de l'iceberg. Une vie sans éclats, sans événements. Une vie qui ne différait en rien de celle des autres, hormis l'attitude qu'elle avait eue envers son fils, et qui n'était pas si banale. Comme un ver qui rongerait une vie, songe Agathe Lolla. Le fils avait été un ver et la réciproque devait être vraie. Infestés tous les deux. Sans possibilité de salut.

Et si le fils avait voulu se débarrasser de ce ver qui l'empoisonnait ? S'il avait voulu se purger ?

Dans l'hypothèse où le fils avait tué sa mère pourquoi aurait-il supprimé Agathe Weissberg ? Il ne pouvait pas avoir été entre six heures et six heures trente ce mercredi matin, jour du meurtre, dans le jardin. A sept heures moins le quart, il avait réveillé ses enfants et préparé le petit déjeuner de la famille. Il était matériellement impossible qu'il ait effectué le trajet aller-retour, son domicile étant distant d'une heure de route de la maison Weissberg.

Mais l'épouse pouvait avoir consenti à un faux témoignage pour couvrir son mari et ainsi entrer en possession de l'héritage qui mettrait du beurre dans les épinards de la famille.

Agathe continue à fouiller. Elle écarte des flacons de sérum, des ampoules serrées dans une boîte, périmées et que personne n'a songé à jeter ou à rendre à la pharmacie, une potence hors d'usage, des tubulures de perfusion qui ont abouti là sans raison apparente, enfermées dans leurs étuis stériles transparents. Des sachets pour lavage de vessie et un flacon qui contient des aiguilles usagées.

— Je peux vous aider ?

Elle se relève :

— Je cherche un pot de miel... Je me suis rendu compte que beaucoup de vos pensionnaires allaient en acheter au marché ou s'en faisaient ramener... Pourquoi pas madame Behra ? Elle était gourmande...

La jeune fille secoue la tête :

— Je ne peux pas vous aider... je ne l'ai pas connue... il faudrait demander au personnel de jour... En revanche, je peux aller vérifier dans la cuisine s'il y a du miel... Je crois que j'en ai vu... Elles doivent en prendre au petit déjeuner. On se retrouve dans la salle de soins ?

— Oui, acquiesce Agathe, à tout de suite !

Pendant que la jeune étudiante s'éloigne, elle reste debout devant le placard ouvert, contemplant le bric-à-brac mis au rebut, relents de la vie de madame Behra dont son fils n'avait pas voulu s'encombrer et qui étaient destinés à l'oubli au fond d'une maison de retraite. Objets inanimés... sans âme, puisque le fils unique n'avait pas voulu les prendre dans sa main, les regarder, les aimer...

Elle s'ébroue, se dirige d'un pas lent vers la salle de soins. Tout est calme, « ils » dorment, du sommeil du juste ou non, rien ne filtre des portes fermées, hormis des ronflements assourdis par l'épaisseur du bois.

— Je prépare le plateau de médicaments que l'équipe de jour distribuera demain matin, explique l'étudiante. Je n'ai pas trouvé de pot de miel dans la cuisine, seulement des confitures...

— Ils avalent tout ça ? demande brusquement Agathe en désignant le plateau.

— Les médecins délivrent pilules, gélules et sirops au moindre bobo, les petits vieux adorent, à table ils comparent, calculent, et celui qui en ingurgite le plus mérite le respect sinon la considération des autres. Les médicaments, c'est tout ce qui leur reste, ils se sentent pris au sérieux.

Agathe observe la jeune fille qui remplit consciencieusement godets et compartiments des plaquettes, matin, midi, soir, les trois étapes de la journée correspondant aux heures des repas. Moments privilégiés où les pensionnaires ouvrent leurs barquettes respectives, contemplent le contenu miraculeux et l'avalent à grand renfort d'eau minérale.

— Comment vous y prendriez-vous si vous vouliez empoisonner quelqu'un ? Vous mélangeriez le poison à un plat ?

La jeune fille sans arrêter son travail réfléchit quelques secondes avant de prononcer :

— Sûrement pas, ça risquerait d'atteindre n'importe qui... de faire d'autres victimes... Or, madame Behra est la seule à avoir été empoisonnée... L'assassin n'a pas pris de risque de se tromper, il a frappé en une seule fois...

Le rôle que lui attribue la capitaine semble plaire à la jeune étudiante qui continue :

— Pour être efficace, je mélangerais le poison à une sucrerie ou une boisson sucrée destinée à ma victime, mais destinée à elle seule, sans confusion possible. Une boisson chocolatée très sucrée, très concentrée que la victime boirait d'un seul coup sans s'apercevoir de son contenu. Et elle mourrait sans s'en rendre compte, elle n'aurait pas le temps d'appeler au secours... C'est ce qui s'est passé, non ?

— Oui, sauf que j'ignore encore dans quoi a été mélangé le poison... Votre système, dit Agathe en désignant les barquettes, a l'air pratique, vous ne risquez pas de vous tromper de malade...

— Oui, on écrit le nom de chaque patient sur la boîte. Pour les sirops, on a de petits godets à couvercle, avec également le nom sur le plastique.

— Sortez-moi la fiche de médicaments de madame Behra ! je veux vérifier quelque chose...

La fiche médicale ne mentionne aucun sirop. Seulement des antidépresseurs, un médicament hypotenseur et un somnifère léger pour la nuit.

— Elle était sans doute angoissée, explique l'étudiante, ils le sont tous ou presque, l'approche de la mort les panique... Le grand saut dans l'inconnu terrifie ! En quelque sorte, madame Behra a eu de la chance, elle n'a pas eu le temps de se sentir partir !

— Il n'y a pas de morts idéales... Je vous laisse, j'ai besoin de sommeil, moi aussi je prends des médicaments, je vous souhaite une nuit calme...

L'étudiante la regarde s'éloigner en se demandant quelle douleur se cache sous l'uniforme, une douleur dissimulée par l'habit, comme chez les moines ou les carmélites, on se met une carapace sur le dos. Puis, elle retourne s'asseoir dans la cuisine. Tout à l'heure elle fera sa première ronde, pour l'instant elle pense qu'elle a vingt ans et qu'un jour elle sera vieille.

Agathe marche sur le trottoir vide en se disant qu'elle déteste Kirchenfeld. Une ville de fantômes où rien n'a l'air réel. Elle-même n'a-t-elle pas tout imaginé ? Son enfance dans la vallée auprès d'une tante muette, les cerises, le miel...

Le miel dont elle aurait besoin pour sa gorge, un sirop tendre, sucré, qui apaiserait la brûlure. La brûlure de l'impuissance.

Arrivée chez elle, elle jette le sachet de médicaments sur la table, s'empare d'une cuiller et racle le pot de miel jusqu'au dernier filament. Elle a menti en disant au Russe qu'elle l'avait terminé. En réalité, il en reste. Suffisamment pour se calmer.

Elle jette la cuiller sucrée dans l'évier et le pot dans la poubelle. Elle dévale les escaliers, elle court, le planton la regarde passer, éberlué, elle s'en rend à peine compte, elle fait irruption dans son bureau, ouvre le dossier Weissberg.

Elle s'assied dans son fauteuil, compose le numéro. Il est vingt-trois heures et, par cette chaleur, la jeune femme ne dort certainement pas encore.

Une voix d'homme répond :

— Ma femme ? Vous voulez parler à ma femme ? Minute, je vous la passe...

Elle entend la voix qui annonce : « Chérie, c'est pour toi, la gendarmette... »

La voix d'Elodie est hésitante, un peu ensommeillée.

— Si j'ai donné quelque chose à madame Behra ce dimanche soir, en même temps que le somnifère ? répète-t-elle, mais je vous ai tout dit. Vous m'avez déjà demandé si elle avait mangé, je vous ai répondu qu'elle n'a rien voulu avaler...

— Elodie, vous êtes une des dernières à avoir vu la victime ! Vous devez rassembler vos souvenirs ! Madame Behra a mangé quelque chose le soir, en même temps que son somnifère et c'est vous qui le lui avez donné...

— Pas du tout, madame Behra avait sa barquette à disposition dans sa chambre, elle était assez lucide pour prendre ses cachets toute seule... On les lui préparait et elle se débrouillait...

— Pourtant ce dimanche, vous lui avez donné quelque chose...

— Comment pouvez-vous en être sûre ?

— Simplement parce que ce n'est pas possible *autrement*, affirme la capitaine de sa voix la plus convaincante.

La jeune femme ne répond pas. Agathe l'entend haleter au bout du fil, son gros ventre l'oppresse, elle doit être au terme de sa grossesse.

— J'essaie, j'essaie, mais déjà à l'école j'avais des problèmes de mémoire, c'est pour ça que je n'ai pas pu faire d'études. Je n'ai pas pu passer l'examen d'entrée à l'école d'aides soignantes... Mon mari pour rigoler dit que je suis capable d'oublier mon gamin dans un square.

— Concentrez-vous, Elodie, c'est important ! Si je vous le demande c'est que c'est important. Vous êtes la seule à savoir dans quoi a été dilué le poison. C'est vous qui le lui avez donné.

Elle fulmine : un petit garçon myope comme seul témoin, et maintenant cette gamine avec son QI déficient et la mémoire courte.

Un silence s'ensuit. Agathe n'ose plus bouger, à peine respirer, tendue dans l'attente.

— Elle a pris autre chose, sur sa table de nuit... Pourquoi et quoi je ne sais plus...

— Il y avait un flacon, un pot...

— Pas de pot ni de yoghourt ou de flan car on l'aurait mis au frigo à cause de la chaleur, on ne l'aurait pas laissé dans la chambre. Non, c'était un flacon...

— Et elle a bu... Quel genre de flacon, Elodie ?

L'autre pousse un cri :

— Je me rappelle maintenant : c'était du sirop, elle avait un peu mal à la gorge, à cause de sa journée, on avait fumé autour d'elle et elle avait la voix rauque... Je lui ai donné du sirop contre la toux pour apaiser sa gorge.

— Où était-il ? Sur sa table de chevet ?

— Non, je suis allée le chercher dans la salle de soins, dans l'armoire à pharmacie...

— Il était plein ?

— Je ne sais pas, je n'ai pas dévissé le bouchon, je l'ai mis sur la table de chevet de madame Behra, elle était assez grande pour se servir, je lui ai dit : « Pas plus d'un godet ! »

— Qu'est devenu ce flacon ?

— Quand on a vidé la chambre, on a dû le remettre dans la pharmacie ou on l'a jeté...

Agathe remercie et raccroche.

Elle court.

*

Il y est.

Elle trouve un flacon de sirop antitussif où il manque, à vue d'œil, un godet.

Elle l'ouvre, renifle. C'est possible. Le labo confirmera ou infirmera son hypothèse.

L'étudiante la contemple avec des yeux ronds.

— Vous pensez, murmure-t-elle, vous pensez que...

— Je l'emporte, il y a de fortes chances qu'on y ait dilué le poison...

— Dire qu'on aurait pu s'en servir pour un autre patient... et le tuer en voulant le soigner ! C'est abominable ! Il se passe tant de choses abominables dans les hôpitaux...

— C'est-à-dire ? demande Agathe en s'installant sur le tabouret.

La jeune étudiante fait la moue :

— Je n'en suis qu'au début, il paraît que je n'ai encore rien vu ! Mais j'étais ici, l'année dernière, quand...

Elle s'arrête, soupire :

— Pourquoi vous raconter cette histoire ? Ça ne sert à rien, et ça n'a aucun rapport avec les deux victimes...

— Tout m'intéresse ! J'adore écouter, ne vous gênez pas, racontez-moi !

Elle ne se fait pas prier. Une vieille dame ébouillantée dans la baignoire, on l'a transférée avec des brûlures graves à l'hôpital de Mulhouse où elle est morte deux jours plus tard... Elle n'avait qu'un petit-fils qui n'a pas porté plainte. L'aide soignante responsable a été obligée de donner sa démission. L'affaire n'a pas eu de suite.

— On n'aime pas les procès, dans la vallée, déclare l'étudiante, on vit et on meurt entre nous, rien ne filtre. Cette histoire n'est jamais sortie de Kirchenfeld... Les gens de la vallée ne veulent pas qu'on s'occupe de leurs oignons... ils ont l'esprit de clan ! Comment en êtes-vous arrivée à ce sirop ? Personne n'y avait songé !

— C'est mon métier de penser aux détails que les autres ne remarquent pas ! Et puis il y a eu un concours de circonstances en ma faveur, j'ai eu mal à la gorge et j'ai rencontré un apiculteur. Ce hasard m'a mise sur le bon chemin ! La vie est constellée de signes, mais on est souvent trop absorbé pour les apercevoir. Je vous laisse travailler, je vais me coucher, cette angine m'épuise.

L'angine ou la découverte du cahier de la tante Agathe ? se demande-t-elle. Au fond de son lit. Sous le drap, elle peine à trouver le sommeil, elle rumine, le miel et son contenu, poison en eau dormante, prêt à tuer, le cahier de la tante Agathe et ses révélations mortelles, le carnet de l'autre Agathe, l'ancêtre, et ses calculs sordides qui cachent autre chose, mais quoi ?

Les yeux fermés, elle revoit tout : le jardin à l'aube, la dame à chapeau appuyée contre le vieux cerisier, le petit garçon qui observe la scène de son regard myope, et l'homme introuvable, l'assassin sans doute. Une autre image se superpose : la tante Agathe fuyant la guerre civile, l'Espagne persécutée, violée comme elle, appuyée contre son frère, laissant son fiancé dans la fosse commune, oublié, et eux remontant les fleuves en quête, éperdus, d'un pays.

Elle finit par s'endormir.

*

Agathe parcourt le compte rendu que vient de cracher l'imprimante. Son intuition ne l'a pas trompée...

De l'arsenic dilué dans le sirop antitussif, mais qui, conclut le médecin biologiste, n'a pas eu le temps de tuer. C'est le cyanure de potassium qui a provoqué le décès. Une mort rapide, par blocage de la respiration cellulaire.

— Qu'en pensez-vous ? demande-t-elle au lieutenant Sama et à l'adjudant Dubois qu'elle vient de réunir dans son bureau. Vous ne trouvez pas étrange qu'il y ait deux sortes de poison dans le sirop ?

— L'assassin a dû penser à la mort aux rats, puis il s'est ravisé et a eu recours à une méthode plus rapide pour expédier sa victime dans l'autre monde...

— Il ne manque que l'équivalent d'un godet dans le flacon, remarque Agathe, la dose prise par la victime ce dimanche soir... Elodie m'a déclaré qu'elle a donné le sirop à madame Behra qui, en rentrant de sa fête de famille, s'est plainte d'un chat dans la gorge... Le directeur prétend que madame Behra toussait, il est donc possible qu'on lui ait donné un autre flacon, avant ce dimanche soir. Pourtant, je n'ai retrouvé aucune trace de prescription et les flacons rangés dans l'armoire à pharmacie sont fermés.

— Ce qui nous amène à la conclusion suivante : l'assassin est intra-muros, s'écrie l'adjudant. Et il peut récidiver...

— Elodie, reprend Agathe, donne le flacon à madame Behra qui se sert un godet et meurt... Les poisons étaient déjà dilués dans le sirop ! Or, Elodie a pris le flacon dans l'armoire à pharmacie... Comment le cyanure et la mort aux rats ont-ils pu être mélangés au sirop alors que le flacon était enfermé dans l'armoire ?

— Cette maison de retraite est un moulin, remarque le lieutenant, n'importe qui a pu mélanger les poisons au sirop : les membres du personnel, les patients, voire les visiteurs !

— Mais comment l'assassin pouvait-il savoir qu'Elodie allait donner ce flacon-là, précisément celui-là, à madame Behra ? En réalité, ce serait Iris Haas qui lui aurait remis le flacon pour qu'elle l'apporte à la patiente...

— Encore elle ! s'exclame le lieutenant.

— Oui, encore elle, soupire Agathe. Je ne sais pas pourquoi, mais elle me tombe toujours dans les pattes. Elle est partout, on ne voit qu'elle, trop visible, trop apparente, trop maligne aussi... un serpent qui glisse entre les pieds...

— Il faut la terrasser une fois pour toutes, avance l'adjudant qui transpire à grosses gouttes. On la prend entre quatre yeux et cette fois on la fait craquer, elle est coriace mais si on l'intimide un peu... La garde à vue rafraîchit souvent la mémoire...

— On n'en est pas là ! Je vais d'abord frapper un grand coup. Le moment est venu pour rassembler tout ce beau monde ! Je n'aurai pas à les chercher loin, ils ne quittent pas leur vallée, même pas pour aller en vacances ! Loin de leur clocher, ils languissent...

*

A neuf heures du matin de cette mi-août, il fait presque frais, mais la journée, par la pâleur de son ciel, s'annonce étouffante. Avec un peu de chance, un orage éclaterait vers le soir, rafraîchissant l'air, préparant les pensionnaires de la maison de retraite à un sommeil moins tourmenté.

Cette fois, Agathe a décidé de venir en nombre : le lieutenant Sama, l'adjudant Dubois, son secrétaire breton et deux gendarmes l'accompagnent. Quand les petites vieilles qui somnolent dans les fauteuils disposés le long du mur les voient arriver, elles se mettent à pépier, en patois, s'alarment. Qui est mort, entend Agathe, ce qui donne en alsacien : *wer esh tot ?*

— Personne, répond-elle.

— Vous comprenez le patois ? s'étonne le lieutenant.

Elle explique :

— J'ai appris l'allemand en classe, comme beaucoup de gens, le patois n'en est pas si éloigné ! Ce sont les mêmes racines.

La porte de la salle de soins est entrebâillée, elle entre, ses hommes sur ses talons. A côté de la fenêtre fermée, debout, presque au garde-à-vous, le directeur arbore sa pipe éteinte si intimement liée à lui qu'elle semble un prolongement de sa bouche.

Les aides soignantes sont assises, sur des chaises ou des tabourets, Iris Haas au centre du groupe.

Agathe se met à parler. On la regarde, on la fixe même, elle perçoit le murmure qui s'écoule dans les gorges, gonfle les ventres, pâlit les joues. Un murmure empreint de silence, on ne lui fera aucun cadeau, on ne lui donnera rien, même pas des miettes. On gardera tout, le murmure le dit ainsi que les yeux ternes, les peaux éteintes, les mains sagement croisées sur les genoux, les corps en retrait, les bouches closes, les lèvres pincées. Les corps sont là, contraints et forcés, on écoute, oreilles ouvertes, mais rien ne filtrera. Coalition contre l'arrivante venue d'ailleurs, représentante de l'ordre, mais, pour l'ordre, Iris suffit depuis des décennies. Deux vieilles sont mortes assassinées, une troisième par accident, mais Iris leur a promis que l'hécatombe s'arrêtera.

Agathe perçoit cette retenue, mais elle continue à parler, à jeter des mots en espérant que quelques-uns fassent mouche. On ne sait ce qui peut en advenir. Les mots ont tant de pouvoir.

— Vous connaissez toutes, tous, ajoute-t-elle à l'intention du directeur resté debout, appuyé maintenant contre la paillasse, en retrait du personnel assis, la mort aux rats qui éradique les nuisibles. Vous en utilisez dans vos jardins, vos granges, vos sous-sols... A la campagne, il y a des rats et des gens qui détestent les rats, ces deux espèces ne font pas bon ménage... On a voulu tuer à la maison de retraite, en utilisant deux poisons, l'arsenic et le cyanure. Le cyanure n'a pas laissé à l'arsenic le temps de faire son effet, il a été plus rapide, l'assassin devait être pressé... Il s'est hâté de la tuer, peut-être de peur que la vie ne lui en laisse pas le temps ? Le poison est une arme de pervers. Mais je ne vais pas vous délivrer un cours sur la perversion... Je vous ai réunis parce que je me suis souvenue d'un détail...

Elle marque un temps d'arrêt pour les préparer à la suite.

— Ce flacon de sirop a une vie propre... il a circulé. Il n'a pas toujours été enfermé dans l'armoire à pharmacie. Ni dans la chambre de madame Behra. Il y a quelqu'un parmi vous qui a tenu ce flacon dans les mains avant ce dimanche soir... J'attends que vous me disiez qui est cette personne...

On n'entend plus que le bourdonnement d'une mouche arrivée on ne sait comment, un courant ascendant, une porte ouverte, elle est dedans, prise au piège. Les femmes s'agitent sur leurs chaises, le directeur transpire, s'essuie le front, cet été l'anéantit, il ne se fera jamais à la chaleur alsacienne, il est alsacien pourtant, mais il n'aime plus rien depuis si longtemps.

Une voix s'élève, hésitante, rauque :

— C'est moi qui l'ai remis dans l'armoire à pharmacie, machinalement, il était plein, je n'avais aucune raison de le jeter... On nous a recommandé de faire des économies, ajoute la jeune femme en lorgnant le directeur comme si elle en attendait du secours.

Agathe lève la main en signe d'apaisement. L'aide soignante reprend d'un ton plaintif :

— Je ne pouvais pas savoir qu'il était empoisonné ! Il était plein, je n'ai pas vérifié si le bouchon était dévissé, j'ai seulement barré le nom écrit dessus...

Elle pousse un petit cri.

— Le nom, c'était Weissberg, en majuscules. Et c'était dans la chambre de madame Weissberg que j'ai pris le flacon, elle n'était pas décédée dans sa chambre... Je me suis dit que, puisqu'il n'avait pas servi, autant le remettre dans la pharmacie au lieu de le jeter.

Le silence est tel qu'on perçoit les battements d'ailes de la mouche. Agathe finit par prononcer :

— Marthe Behra a été tuée par erreur avec le poison destiné à madame Weissberg et que cette dernière n'a pas eu le temps d'avaler. On a voulu la tuer deux fois, mais une fois a suffi. En mourant dans le jardin, le crâne enfoncé, elle a échappé à la mort aux rats et au cyanure. Quelqu'un la haïssait. Une ou deux personnes : la première côté jardin, la seconde côté poison, l'extérieur et l'intérieur. La première est probablement une femme, l'Histoire nous a appris que les femmes aiment manier le poison, la seconde est un homme, et les deux peuvent être parmi nous.

— Vous m'accusez ? riposte le directeur qui s'est avancé d'un pas, je ne vous permets pas...

— Je n'émets que des hypothèses ! Le jour où je vous accuserai je fournirai des preuves. Si les assassins ne se trouvent pas dans cette pièce, vous les avez déjà rencontrés ou côtoyés. Ces deux personnes n'agissent sans doute pas de concert, elles ne se connaissent peut-être pas. Mais elles ont un point commun : leur haine pour madame Weissberg. Et cette haine n'a pas pu passer inaperçue... Vous l'avez remarquée ou enregistrée dans votre mémoire sans vous en rendre compte... Je vous demande de creuser dans vos souvenirs, de vous rappeler chaque détail, par exemple les personnes qui venaient rendre visite à madame Weissberg...

— A part ses filles, sa petite-fille, son médecin et nous-mêmes, déclare Iris, il n'y avait pas grand-monde... des connaissances, des relations, au début de son installation, mais ces derniers mois plus personne ne venait... Elle n'était plus aussi courtisée qu'à l'époque où elle dirigeait ses usines, plus aussi utile... Elle n'avait que nous...

— Il ne faut pas exagérer, s'interpose le directeur, le notaire venait parfois, je l'ai vu, il adorait bavarder avec elle, elle avait une conversation agréable et elle savait écouter. Il venait se confier à elle, c'est un homme assez seul, il est marié mais ça n'empêche pas...

— C'est vrai, il venait au moins une fois par semaine, parfois le soir, et je devais lui demander de s'en aller, poliment bien sûr, c'est un homme très bien élevé... Et puis, ajoute Elisa, je me souviens aussi d'un homme, un vieil homme que je n'avais jamais vu, ni à la maison de retraite ni en ville, je l'ai croisé une fois, il sortait d'une chambre, il a frappé à la porte de madame Weissberg, je ne sais pas si elle l'a laissé entrer ou non... Quelques minutes plus tard, quand j'ai fait ma première ronde, il n'était pas avec elle...

— Il était comment ? interroge l'adjudant Dubois, vous pourriez nous aider à dresser un portrait-robot ?

Elisa secoue la tête :

— Je ne l'ai vu que de dos, il avait les cheveux blancs, il était de taille et de corpulence moyennes, mais je ne suis pas sûre... Je n'ai pas vu son visage, le couloir était mal éclairé...

Il me semble que c'était au mois de mai... oui, peu de temps avant...

— Quelqu'un d'autre a rencontré cet homme ? reprend l'adjudant. Il est peut-être venu plusieurs fois...

Personne ne réagit. Il fait chaud dans la salle de soins qui aurait besoin d'un appareil de climatisation. Du couloir montent les bruits de voix des pensionnaires affalés dans leurs fauteuils.

— On ne peut pas être derrière chaque visiteur ! s'exclame Iris Haas. Les pensionnaires sont libres de recevoir qui ils veulent dans leur chambre. Ce n'est ni une prison ni un hôpital ! D'ailleurs, on n'aurait pas le temps de vérifier les identités de tout le monde.

— Iris a raison, entend-on dans l'assemblée, on n'a pas que ça à faire !

— Justement, reprend Iris en se levant, on doit retourner à notre travail ! On cause on cause et les pensionnaires attendent... Comment voulez-vous qu'on se souvienne de cet homme ? Elisa n'est même pas capable de le décrire ! Si ça se trouve, elle l'a rêvé...

— C'est faux ! Je l'ai vu, de mes yeux vu...

— Tu avais peut-être deux ou trois canettes de bière dans le nez ! Parfois, quand tu arrives le soir, tu es déjà un peu pompette... A se demander pourquoi on te garde... Par charité...

— Ça suffit, l'interrompt Hector Höffel qui tend la main comme s'il voulait séparer les deux femmes, on réglera la question plus tard...

— Je vous accompagne à votre bureau, dit Agathe, j'ai à vous parler.

Elle continue en s'adressant au lieutenant Sama :

— Et si vous interrogiez les pensionnaires au sujet de ce visiteur nocturne ? Il se peut que quelqu'un l'ait remarqué...

Sur ce, elle emboîte le pas à Hector Höffel.

*

Agathe repousse un dossier et s'assied sur l'unique chaise en face du bureau directorial. Il fait tiède dans la pièce aux volets rabattus. Hector Höffel, dans son fauteuil, attend. Il contemple son vis-à-vis avec l'air d'un gamin pris en faute, comme s'il était redevenu un élève confronté à la maîtresse.

— Vous me soupçonnez, commence-t-il.

Il soupire bruyamment, ramène ses mains sur ses genoux, laissant des traces moites sur le bois verni du bureau.

— Ce n'est pas parce que je couche avec Iris que j'ai tué ma belle-mère ! Vous nous imaginez en amants diaboliques qui veulent exterminer la « salope » s'opposant à leur union ? Mais je n'avais pas la moindre intention de divorcer, pas plus qu'Iris... On se payait du bon temps, des moments agréables... Iris était une maîtresse pratique...

— Etait ?

Il hoche la tête :

— Oui ! Depuis les événements, je lui ai dit qu'il est plus raisonnable de nous arrêter, pour le moment... Inutile d'en rajouter, même si personne n'en parle, je préfère ne pas courir de risques.

— Tout le monde est au courant de votre liaison ?

Il a un sourire narquois :

— Evidemment ! Mais je vous l'ai déjà dit, j'ai réussi à imposer le silence. Je suis directeur et, grâce à ce titre, on me respecte.

Comme on respectait Agathe Weissberg, la propriétaire, la châtelaine... Ce respect ne l'a pas protégée... La haine peut se montrer plus forte que le respect.

En revenir à Hector Höffel, sa femme, sa maîtresse : le trio banal.

— Vous n'êtes pas très heureux avec votre femme... Votre belle-mère vous en voulait de ne pas respecter les convenances. Peut-être vous en voulait-elle aussi de ne pas aimer votre femme...

Hector étouffe un rire nerveux.

— Et votre maîtresse a un mari encombrant dont elle n'arrive pas à se débarrasser...

— Pourquoi ne l'a-t-elle pas empoisonné ? Moi aussi, j'aurais de bonnes raisons de supprimer ma femme qui est une vraie emmerdeuse ! Vous l'avez vue et quand on la voit on comprend. Inutile de vous cacher qu'on se déteste cordialement. Mais de là à tuer ma belle-mère ! Pour faire souffrir Claudie ? Elle n'a même pas versé une larme ! Elle s'est hâtée de faire des calculs, l'héritage apaise les chagrins. A croire qu'elle attendait ce moment depuis longtemps. Il faut avouer que sa mère pesait lourd.

Il reprend son souffle.

— D'après votre scénario, j'aurais tué ma belle-mère avec la complicité de ma maîtresse afin de pouvoir divorcer ? Et Iris et moi aurions refait notre vie tous les deux ? Le directeur de l'hôpital, ex-mari de la fille Weissberg, ex-copropriétaire du château, épousant en secondes noces une de ses employées ? Vous m'imaginez aller vivre dans la maison de fonction, avec une aide soignante ? Je ne suis pas fou. Je suis seulement intéressé. Je viens de très bas, mon père était ouvrier, ma mère élevait quelques lapins pour que je puisse manger de la viande le dimanche. J'ai eu faim, j'ai travaillé dur et vous voudriez que je renonce au luxe que j'ai acquis par mon mariage ? Si je divorce, je n'ai droit à rien, je repars comme je suis venu, sans un centime. Je n'avais aucun intérêt à supprimer l'ancêtre, la poule aux œufs d'or.

Il s'exprime comme le personnel.

— Aucun intérêt, sauf si votre maîtresse vous faisait chanter, vous harcelait pour vous pousser au divorce... Agathe Weissberg n'aurait pas apprécié que vous répudiiez sa fille pour une autre femme... Les autochtones en auraient ri et elle aurait perdu la face. Et comme elle était très autoritaire, elle aurait pu vous mettre des bâtons dans les roues, pour vous punir... Autre hypothèse : Iris lui en a parlé, pour vous mettre devant le fait accompli et Agathe a incité sa fille à demander le divorce... elle était très respectueuse des conventions et votre histoire avec Iris la choquait...

Il ricane :

— Vous venez de prétendre que ma belle-mère ne supporterait pas un divorce dans la famille...

— Ce qu'elle n'aurait pas supporté, c'est que vous vous moquiez des Weissberg... D'une manière ou d'une autre, elle vous aurait anéanti, divorce ou pas divorce. Elle devenait encombrante ! D'ailleurs, elle vous a toujours encombré !

— On ne tue pas tous ceux qui vous encombrent, ce serait trop beau.

Il soupire. Cette fille devient insupportable. Oui, il baisait ailleurs que dans le giron matrimonial, et alors ? Il n'était pas le premier. D'autant plus qu'il y a renoncé.

— J'ai toujours su qu'en couchant avec Iris, j'allais au devant des emmerdements ! Si vous croyez que c'est facile de vivre dans cette famille ! J'avais besoin de compensations, je suis un homme simple. Avec Iris, j'oubliais ma femme et le clan. Elle ne me demandait rien, n'exigeait rien, ne revendiquait pas. C'était une relation facile qui n'engage pas.

Un discours identique à celui de l'homme qu'elle doit oublier. Il lui avait proposé une liaison qui ne mettrait pas son mariage en péril. Une épouse pour le confort, une maîtresse pour le plaisir. Il n'était capable que de dissocier. Un homme clivé.

Elle était partie.

— Vous voulez m'inculper ?

— Vous regardez trop de téléfilms : ce n'est pas moi qui inculpe, mais le juge d'instruction. Et il est en vacances.

Il se redresse :

— Vous n'avez aucune charge contre personne, vous n'avez que ce foutu flacon de sirop. Vous ignorez qui y a mis le poison et pourquoi. Vous ne savez rien, sauf que je couchais avec Iris, ce qui ne vous avance pas beaucoup dans votre enquête. Vous êtes dans une impasse et vous me harcelez parce que vous n'avez pas d'autre coupable potentiel. Vous l'avez dit vous-même : ce sont les femmes qui empoisonnent.

— Oui, mais, ce matin-là, c'est un homme qui avait rendez-vous avec votre belle-mère. Et vous êtes le seul homme de son entourage. Votre maîtresse est votre seul alibi et il ne pèse pas lourd. Mais je ne suis pas pressée de vous déférer. Je vous crois incapable de vous échapper de votre hôpital ou de votre château, je vous laisse donc libre...

Si on peut dire, ajoute-t-elle dans sa tête. Libre est un trop grand mot pour un petit bonhomme.

Il ferait un coupable idéal. Iris aussi. Le couple d'amants, tueurs de belle-mère possessive, excessive et dominatrice. Devant une cour d'assises, l'argument serait recevable. Les jurés en frémiraient. Le couple diabolique uni dans le pire. Autre argument de poids : cette transaction financière entre Iris et l'ancêtre ; le fric serait le mobile du crime, plus encore que la haine.

Si leur scénario d'empoisonnement avait fonctionné, Agathe Weissberg se serait éteinte dans son lit, après avoir ingurgité la potion magique avant de se coucher, pour calmer sa gorge irritée par des décennies de cigarettes. le toubib aurait délivré un permis d'inhumer, personne n'aurait eu de soupçon, elle avait quatre-vingt-cinq ans ! On aurait conclu qu'elle avait oublié de se réveiller.

Rien ne serait arrivé, récapitule Agathe, je serais tranquille. A quoi tient la vie ? A un sirop qui n'a pas trouvé son destinataire.

A quoi tient la vie ? Une communion, un repas de famille, un chat dans la gorge qui oblige madame Behra à réclamer un sirop et à en mourir sans se rendre compte de ce qui lui arrive. Mais cette mort n'est-elle pas une juste conclusion de sa vie ? Qu'avait-elle compris des sentiments de son fils pour elle et de ses sentiments pour lui ?

Agathe Lolla se lève. Sur sa nuque, une mèche de cheveux s'est encore échappée. Elle se sent moite et dure. Tous ces Hector Höffel de par le monde, à en avoir la nausée. Elle sort, comme si elle fuyait.

Hector Höffel, dans son fauteuil directorial, imagine la haute silhouette passer devant les persiennes closes.

Qu'ai-je fait de ma vie ? se demande-t-il.

XIII

AGATHE DIVAGUE dans les ruelles de Kirchenfeld. Elle renifle les odeurs. La chaleur colle. La ville cuit dans son jus. Pas très appétissant, le jus. Et ces montagnes bleutées que la chaleur estompe, qui tentent de faire croire à la beauté des choses. Les lacs aux couleurs vertes, les torrents et leur pureté minérale, les arbres qui tendent leurs bras vers le ciel, et autour d'elle tous ces gens qui piétinent les pavés roses. Un décor débonnaire de montagne douce, de vallée opulente, de moissons abondantes. Et un meurtrier, ou plusieurs, qui sévissent en catimini. Tels des vers dans un beau fruit.

Elle avance dans la rue piétonne encombrée d'étals de chaussures et de vêtements. Grande braderie de fin d'été, on fourgue les reliquats. Les femmes fouillent, palpent, en quête de l'aubaine. Hector Höffel aussi est traversé de cette soif de possession qu'Iris partage avec l'avidité de ceux qui n'ont pas obtenu leur part. Pourquoi pas nous ? se disent-ils. Ne sont-ils pas prêts à tuer pour assouvir leur envie ?

Agathe s'arrête devant une robe claire, décolletée, qui mettra en valeur son 95 D. N'a-t-elle pas le droit d'acheter ?

Le droit de séduire ? Sauf que ça finit toujours mal quand elle séduit.

Elle décide d'ignorer le prix. Elle a si peu de besoins. Pourquoi se refuser un petit cadeau ? Une manière de se récompenser d'avoir déniché le flacon de sirop...

Elle cherche des yeux une vendeuse. C'est alors qu'elle les aperçoit, attablés à la terrasse du café.

Ils rient, ou plus exactement, elle rit. De toutes ses dents. Agathe ne voit plus qu'elles, étincelles dans l'ombre de l'église. Devant l'homme, un verre à demi rempli de bière. La jeune fille plante son doigt dans la mousse, le suce, le remouille, et ainsi de suite, dans une succession de rires en cascade. Une jolie fille dont le débardeur minuscule laisse entrevoir des seins menus et une peau délicatement hâlée dans un teint de blonde. Elle possède l'éclat de la jeunesse, un éclat intense, comme on ne le rencontre qu'entre quinze et vingt ans.

Agathe regarde la fille qui rit. Elle a le cœur qui bat, violemment, comme si le muscle n'en pouvait plus. Jamais plus elle ne resplendirait comme cette fille, jamais plus elle ne tremperait le doigt dans la mousse d'une bière à la terrasse d'un café, mi-innocente mi-rouée. Jamais plus elle n'aurait quinze ans.

La fille rit toujours, de plus en plus jolie, éclatante dans ce débardeur rouge minuscule. Elle ne vieillira jamais, elle ne mourra jamais. Elle restera ainsi, figée dans sa lumière, insensible au temps, au réel.

Elle l'a reconnue : Aurore Dufour, la petite-fille d'Agathe Weissberg.

Lui, c'est Simon. Il sourit, heureux de plaire à une gamine de quinze ans. Il a l'air d'un mouton à peine sorti de l'enfance qui se retrouverait brusquement en face d'une louve aux dents blanches. La louve ne fera de lui qu'une bouchée et il aimera ça. Après, elle le jettera.

La louve exercera ses charmes sur lui. Il faut un début à tout, il sera son début. Rassasiée, elle retournera chasser dans ses terres, fils de bourgeois ou d'aristocrates, elle reviendra à son monde. Pour l'instant, Simon constitue un mets de choix.

Agathe s'appuie contre la vitrine du magasin, des bribes de conversation l'atteignent.

Aurore parle de son père.

Elle lui en a touché deux mots, de son père, mais à contrecœur. La conversation a eu lieu dans son bureau, à la gendarmerie. Aurore s'est sentie interrogée et, par réflexe, s'est retranchée derrière des sentiments lisses. J'ai de bonnes relations avec mon père, a-t-elle dit, c'est un artiste qui a beaucoup de talent, même si les autres ne le reconnaissent pas. Un jour, le monde entier saura qu'il est génial.

Agathe en sait davantage sur leur relation, grâce à la pensionnaire dont la chambre jouxtait l'appartement d'Agathe Weissberg. La paroi est mince, la voisine n'avait pas perdu un mot de la dernière conversation que l'ancêtre avait eue avec sa petite-fille.

La pensionnaire avait entendu la porte claquer ainsi que l'exclamation d'Agathe Weissberg : « Aurore, je l'ai fait pour ton bien, uniquement pour ton bien. »

La jeune fille, dans le couloir, avait hurlé : « Que connais-tu de *mon* bien ? Tu ne connais rien au bien, tu n'as jamais fait que le mal autour de toi ! Tu crois que je ne sais rien, tu te trompes ! Je te déteste, j'espère pouvoir aller bientôt à ton enterrement, je dépenserai ton fric en te haïssant, et je le dilapiderai avec mon père. Et toi, tu pleureras après ta mort toutes les larmes que tu n'as pas su verser de ton vivant. Tu pleureras des larmes de sang. »

La voisine de couloir en a tremblé. Des larmes de sang. Elle souhaitait à sa propre grand-mère de verser des larmes de sang. Tout cela à cause d'un homme.

Le père d'Aurore. « Tu as détruit la vie de ma mère et de mon père, avait encore vociféré l'adolescente, mais je te tuerai plutôt que de te laisser toucher à la mienne. »

Agathe s'est renseignée plus avant. Elle a appris que Lisa n'avait été mariée que pendant six mois. Quelques jours après la naissance de sa fille, le jeune époux avait déguerpi, ce qui avait permis à Agathe de raconter à la fillette que son père l'avait abandonnée.

Sans doute Agathe Weissberg, imbue de son pouvoir, n'a-t-elle pas imaginé que le père réapparaîtrait un jour. Ce qui vient de se produire à l'occasion des quinze ans d'Aurore où la jeune fille a reçu une longue lettre d'explications qui peuvent passer pour des excuses et qui montre le château sous un autre angle : « Un enfer féminin, a-t-il écrit. Dominé par une figure toute-puissante, une matriarche qui considère de haut tout ce qui n'est pas de son sang. Elle ne pouvait pas supporter de ne pas m'avoir choisi. Je n'étais pas le gendre dont elle rêvait, seulement un misérable qui avait profité de la jeunesse et de la naïveté, de l'innocence et de la pureté de sa fille. Un imbécile qui n'avait même pas le bac ! Et qui n'aimait que l'art. J'ai fini par craquer. L'humiliation, la honte, la haine, je n'ai pas tenu le coup. Je t'ai laissée entre leurs mains et c'est ce que j'ai fait de pire, mais j'étais trop jeune et trop faible pour lui résister. »

Agathe décolle son dos de la vitrine et s'avance vers eux.

— Vous vous connaissez ?

La voix d'Aurore, péremptoire, s'adresse à Simon. La jeune fille a eu à peine un regard pour la « gendarmette ».

— Nous sommes voisins, explique Simon, l'amour des arbres nous rapproche. Vous devez avoir soif... Je vous commande un panaché ou un Perrier ?

Elle opte pour un panaché et demande, elle aussi :

— Vous vous connaissez ?

— Un peu, répond Simon, j'ai donné quelques cours de maths à Aurore, quand elle en avait besoin...

— Besoin ! ricane Aurore, c'était une idée de ma mère, moi je m'en serais bien passée ! Elle ne voit que mes études, mon avenir et ça offre quelque chose de nul : le bac avec mention suivi d'une grande école de commerce, HEC, le nec plus ultra. Et quand je sortirai de cette prestigieuse institution, je devrai travailler avec elle, sous ses ordres, adjointe de madame la P-DG. J'apporterai un souffle nouveau à la société... que des foutaises. Mais je ne me laisserai pas manipuler comme elle s'est laissé faire par sa chère maman...

Aurore avale son diabolo grenadine d'un coup rageur et manque de faire éclater le verre tant elle le repose violemment sur la table de fer.

— Vous croyez que c'est possible de vivre à Kirchenfeld ? Entre ma mère et mes tantes sans parler de ma grand-mère...

Elle se reprend, comme si elle venait de se le rappeler :

— Ah oui, elle n'est plus là, une de moins ! Mais les autres sont redoutables, elles aussi... Je ne vis qu'avec des bonnes femmes qui n'aiment pas les hommes. Je suis la seule dans cette baraque à aimer les mecs... ça change, hein ? Moi, je les croquerai tous, l'un après l'autre, aucun ne me résistera. Ma mère n'aime personne, elle n'a pas été capable d'aimer mon père qui l'adorait... Ma tante Hélène non plus n'en est pas capable, elle se sert de sa Marina, et mon autre tante Claudie est encore pire : elle a un mari qui n'a plus envie de la baiser et elle s'en contente... De toute façon, quel homme voudrait de cette peau de vache momifiée ? Je cohabite avec des cinglées moribondes qui ricanent quand elles entendent prononcer le mot amour, comme si c'était un gros mot !

Les yeux clairs s'emplissent de larmes. De colère, mais de douleur aussi. L'une ne va pas sans l'autre.

Aurore ne pense pas à se taire. Le privilège de la jeunesse qui se sent tous les droits, qui prend plaisir à déballer. Sans doute pour que la rancœur ne s'installe pas, ne creuse pas de sillons sous sa peau, qui se transformeront en rides.

— Mon père appelle ma grand-mère : la folle. Mais elle n'était pas folle, seulement méchante, rouée et maligne... Pas suffisamment, car elle a fini par se faire attraper...

— Attraper ?

— C'est un interrogatoire ? Vous n'oubliez jamais que vous êtes flic ? Vous ne vous reposez jamais ?

— Pas flic, gendarme...

— C'est la même chose, rétorque Aurore, on vous paie pour emmerder les gens, fouiller dans leurs histoires...

— Je devrais laisser courir l'assassin de votre grand-mère ?

— L'assassin de ma grand-mère, je lui donne l'absolution ! Il a bien fait. Moi, si j'avais osé, je l'aurais supprimée, aussi. J'étais trop lâche, j'ai laissé le boulot à quelqu'un d'autre.

— A qui ?

— C'est votre affaire, ne comptez pas sur moi pour vous aider ! Je vous en prie, foutez la paix à mon père, il n'y est pour rien ! Il en a assez bavé avec les femmes Weissberg...

Pourquoi pas elle ? songe Agathe qui a fait contrôler son emploi du temps. Aurore a eu largement le temps de tuer Agathe avant de rentrer au château puis de monter dans le bus scolaire qui l'emmenait au lycée, au lieu du collège qu'elle aurait dû fréquenter. Aurore avait mis les bouchées doubles, et cette hâte lui avait permis de sauter une classe. Dans le but de quitter le château au plus vite, conclut Agathe, le succès scolaire pour assurer son avenir.

Et le père ? Quelle est sa place ?

Aurore y vient. Elle crache :

— Ma chère grand-mère m'aimait tellement qu'elle n'a pas pu supporter que je sois heureuse ! Elle était jalouse de mon propre père ! Mon père n'est pas le salaud qu'elle m'a décrit, il est génial et je l'adore. Et je la déteste de m'avoir privée de lui pendant quinze ans ! Mais je ne l'ai pas tuée pour autant, je ne l'aurais pas fait, à cause de mon père.

Elle ne craquera pas. A cause du père. Elle ne l'a pas retrouvé pour le perdre aussitôt. Elle est aussi maligne que sa grand-mère. Si elle l'a tuée, elle n'a laissé aucune trace. Elle a pris le bus de ramassage. Les camarades ont été formels : elle était parmi eux. L'un d'eux s'est souvenu de son attitude (renfrognée, bizarre, d'habitude on bavarde, mais pas ce matin-là, elle avait envie d'être seule). Les autres n'ont rien remarqué de spécial.

— ... mon père est merveilleux.

Elle l'a dit, avec une moue enfantine et un sourire céleste. Amoureuse. L'éclat vient de là. Aurore est amoureuse de son père.

Lui et elle, unis dans le meurtre. Ce n'est pas une piste négligeable.

Le père et la fille, ensemble dans le forfait qui répare l'absence de ces quinze années. Et élimine celle qui a voulu détruire leur relation. Il est probable qu'Agathe Weissberg n'avait pas renoncé à les séparer et qu'elle se serait battue pour parvenir à ses fins. Elle n'était pas femme à se déclarer vaincue ni à renoncer.

Mais, à quinze ans, est-on capable de tuer ?

Les enfants sont capables d'être aussi tordus que les adultes. Question névrose, entre sa mère, sa grand-mère et ses tantes, Aurore était largement servie.

Simon s'agite sur sa chaise, lorgne son verre vide, lance :

— On ne pourrait pas parler de choses plus gaies ? Il n'y a pas que la mort dans la vie ! Agathe, je voulais vous appeler pour vous dire que les quetsches sont mûres et que j'en ai fait de la confiture... vous l'aimez ?

Elle est émue. Pourquoi Simon a-t-il le don de la rappeler à son enfance ? Une enfance douce, des étés tendres dans un jardin, loin de la guerre.

Elle doit faire un effort pour ne pas s'écrouler sur la table, devant cet homme qui lui propose de la confiture de quetsches, qui la regarde, calme, patient, serein, amoureux peut-être, suffisamment amoureux pour penser à ses tartines du matin. Sauf que le matin, elle ne mange pas de tartines.

— Oui, j'aime la confiture de quetsches... surtout quand elle est concoctée maison, et par vous, ajoute-t-elle. Quant à votre père, Aurore, je vais le convoquer, j'ai besoin de lui, et de vous... J'aime la vérité presque autant que la confiture de quetsches et que le miel de sapin. J'irai jusqu'au bout, même si vous devez en pleurer des larmes de sang, Aurore...

La jeune fille pâlit, laisse tomber :

— Des larmes de sang ! Que connaissez-vous à la famille Weissberg ? Je parie que chez vous tout a été simple ! Vous avez eu un père qui vous gâtait et une mère qui aimait son mari... Moi, j'ai grandi entre des harpies qui n'ont pas voulu que j'aie un père ! C'est fini ! Je l'ai dit à ma mère : je fous le camp pour vivre chez lui, il est d'accord. Je leur laisse leur foutu château, je préfère un petit appart à Strasbourg avec mon père que dix pièces à Kirchenfeld et je ne leur pardonnerai, jamais...

— Tu n'es pas majeure, Aurore, remarque Simon, tu dois demander au juge de confier ta garde à ton père, c'est la procédure. Tu devrais la respecter sous peine d'avoir des ennuis. Ta mère a des droits sur toi !

— Des droits ! éructe Aurore, vous me faites vomir ! Les parents n'ont pas de droits sur leurs enfants, ils n'ont que des devoirs ! Et leur devoir, c'est de me laisser mon père. D'ailleurs, je vous quitte, j'ai rendez-vous avec lui...

Elle se lève, s'éloigne sur un bref signe de tête, pressée de courir vers son rendez-vous d'amour. Elle a la démarche légère, dansante, d'une ado heureuse de retrouver l'homme qu'elle aime. Le seul homme de sa vie. De quoi commettre n'importe quelle folie. Pour le venger, pour préparer l'avenir. Avec l'ancêtre douairière dans son dos, elle aurait eu peu de chance d'habiter avec son père. Il est fort probable qu'Agathe Weissberg aurait remué ciel et terre pour tuer cette idylle naissante.

Pourquoi a-t-elle détesté son gendre au point, selon les déclarations d'Aurore, d'empêcher toute relation entre le père et la fille ? Mais n'était-ce pas logique ? N'était-elle pas suffisamment possessive pour éliminer le pion susceptible de la gêner ? Une reine mère dans toute sa splendeur...

Et si le père et la fille avaient décidé d'inverser le cours des choses ? Il était facile pour Aurore de donner rendez-vous à sa grand-mère. Dans le jardin, elle aurait lancé cette pierre, comme une gamine effrontée qu'elle est restée. Ensuite, son père, présent lui aussi ou qu'elle aurait appelé à son secours – comme toutes les ados Aurore possède un téléphone portable –, serait venu transporter la vieille dame jusqu'à l'arbre pendant qu'elle rentrait chez elle... Ce qui expliquerait que le petit garçon n'ait aperçu qu'une silhouette masculine.

— Les paroles d'Aurore t'ont mis la puce à l'oreille...

Elle lève les yeux, elle l'avait oublié. Il est là, assis devant son verre vide. Il est beau, jeune. Il prend sa main qu'elle a laissée sur la table, il poursuit :

— Agathe, tu as l'air si seule... Je suis là, tu sais, je suis là.

— Pour peu de temps, Simon, je suis partout pour peu de temps... Tu ne devrais pas t'attacher, tu vas souffrir...

— Je prends le risque ! Quand on ne prend plus de risques, on est mort ! Et jusqu'à nouvel ordre, je me sens vivant et capable de te serrer dans mes bras et de te faire l'amour, tout simplement parce que je t'aime, Agathe.

Elle retire sa main, murmure :

— Il ne faut pas, Simon, je ne suis pas guérie... et j'ai quelque chose à finir. Ma tante... et Agathe Weissberg... Elles ne me quittent pas, je cherche, je n'ai pas de temps pour aimer...

— J'attendrai que le désir revienne, Agathe. J'attendrai le temps qu'il faudra, j'ai tout mon temps et une patience infinie... Un jour, je te raconterai comment j'ai acquis cette patience. Tu n'as pas le privilège de la douleur. Moi aussi, j'ai souffert, j'ai mis un peu de solitude et de silence dessus, et voilà je me sens à nouveau capable d'aimer. Quand je t'ai vue, ça m'est tombé dessus. C'est la vie elle-même qui m'est tombée dans les bras.

— C'est ce qu'on croit toujours, au début, le hasard de la vie, le miracle, le cadeau... et après... après, le réel reprend sa place, toute sa place...

— Le réel peut cohabiter avec le rêve. Je serai le réel, tu seras le rêve. Parfois, on inversera les rôles...

— Je ne joue pas, dit Agathe en se levant. J'ai un travail à accomplir, j'ai besoin de toutes mes forces. Je vais faire un tour au cimetière, j'y ai quelques fantômes...

Il n'insiste pas. Il la regarde s'éloigner.

Il se demande s'il la perdra, comme il a perdu l'autre.

*

Agathe range son portable dans sa poche et fixe, de l'autre côté de la route, les grilles ouvertes du cimetière de Kirchenfeld. De vieilles dames les franchissent, serrant des pots de fleurs contre leur poitrine. Elles vont pleurer, parler, soliloquer avec l'absent, silence rompu par les plaintes, les larmes, les remords peut-être. Ensuite, elles nettoieront les tombes, que le défunt n'ait rien à leur reprocher. Ni les vivants.

Elle hésite. Traverser la route, retrouver la tombe de la tante Agathe ? A quoi bon ! N'a-t-elle pas son carnet ? Tout y est inscrit. La tante y raconte sa rencontre avec Camille Weissberg à son arrivée à Kirchenfeld, au bout de la longue route d'errance. Elle est entrée dans une boulangerie où elle a acheté un pain, et en sortant, il lui a dit : *Si vous voulez, suivez-moi.* Elle l'a suivi, il est entré dans une boucherie-charcuterie, lui a fait signe : *Attendez-moi.* Elle a attendu sur le trottoir. Il est revenu deux minutes plus tard avec un bout de saucisse dans un morceau de papier, il a précisé : *C'est pour accompagner le pain, ce sera meilleur.* Elle a fourré la saucisse dans le pain, elle a mangé, devant lui.

J'avais trop faim, je ne pouvais pas attendre, il m'a regardée manger de ses yeux bleus, un bleu comme je n'en avais jamais vu, si clair. On aurait dit deux myosotis, je n'en avais jamais vus, mais je les ai reconnus. Des yeux si purs qu'on avait envie de les toucher pour voir si on arriverait à les salir. Il m'avait repérée dès mon arrivée dans la ville, il me l'a avoué plus tard, parce qu'il m'avait trouvée jolie, perdue, affamée, et qu'il en avait été transpercé.

Ensuite, Camille Weissberg m'a emmenée voir ses parents, dans la boucherie. Le père, dans l'arrière-salle, taillait dans un bœuf, enfin dans une énorme pièce de viande suspendue à un crochet. J'ai eu envie de vomir, c'était le spectacle même de la guerre, c'était l'Espagne dans un abattoir, qui attendait d'être dépecée. Je n'aurais pas été capable de prononcer le moindre mot. D'ailleurs, je ne connaissais que quelques phrases que j'avais apprises au cours du voyage. Camille a parlé pour moi. Sa sœur était debout derrière le comptoir et ce n'était pas sa place. C'est la première chose que j'ai pensée en la voyant. Elle était trop belle pour vivre dans une boucherie.

Ils m'ont loué une chambre, dans les mansardes, minuscule, pas chauffée, mais c'était mieux que dehors. Le jour même, j'ai commencé à aider, pour payer ma chambre. Ils m'ont aussi trouvé du travail à l'usine, derrière une machine, debout pendant neuf heures d'affilée, il faisait chaud, on fabriquait des bobines de fils et la cadence était infernale, j'avais du mal à suivre. J'étais très jeune et pas du tout habituée à ces rythmes, je venais de la campagne, je ne connaissais rien à l'usine. Mais on avait besoin de main-d'œuvre et je n'ouvrais jamais la bouche, ça arrangeait les patrons, je ne risquais pas de déranger ou de réclamer. J'étais corvéable à merci, petite Espagnole sans le sou et sans mots. Dans ma mansarde aussi, je ne disais rien, j'avais froid l'hiver, je cuisais l'été. On estimait que je devais être contente d'avoir un toit sur la tête, moi qui n'étais personne, qui avais tout perdu, même mon pays.

Mais il y avait Camille... et sa sœur Agathe, ils s'entendaient bien, les deux doigts d'une seule main, toujours ensemble. Même la nuit, je les entendais chuchoter à l'étage du dessous, je percevais des rires étouffés, à croire qu'ils dormaient dans le même lit. Agathe était déjà celle d'aujourd'hui : flamboyante, souveraine, absolue. Et si belle ! Lui, Camille, il n'y a qu'un mot pour le qualifier : bon. Il était bon.

On ne peut pas savoir ce qu'il serait devenu. Sans aucun doute, un homme bon. Il n'en a pas eu le temps.

Elle n'ira pas au cimetière. Elle n'a plus qu'à rentrer à la gendarmerie, son « home », le seul endroit où elle se sent utile.

Il y règne une chaleur si épaisse qu'elle en semble palpable.

— J'ai fait comme vous venez de me le demander au téléphone, l'accueille le lieutenant Sama. J'ai convoqué l'intéressé, il s'est fait tirer l'oreille, mais il a fini par se ranger à mes arguments. Il arrive vers dix-neuf heures. J'ai chargé l'adjudant Dubois de récupérer le téléphone portable d'Aurore... Parfois, ces engins parlent ! Il faut bien qu'ils servent à quelque chose ! Et les gens ne s'en méfient pas, ils n'imaginent pas que tout est noté dans la mémoire de l'appareil, ils ont l'impression que c'est un petit joujou inoffensif avec lequel on peut faire tout et n'importe quoi. Grâce à lui, on aura peut-être du nouveau à se mettre sous la dent ! Je mise sur le père... Je me demande pourquoi on n'y a pas pensé tout de suite... Parce qu'il était hors jeu depuis quinze ans ? Ça n'empêche pas de tuer ! Le proverbe dit que la vengeance est un plat qui se mange froid.

— Vous me laisserez seule avec lui, recommande Agathe en s'asseyant dans son fauteuil. Vous connaissez mes habitudes...

— Oui, soupire le lieutenant. Je les respecte... J'ai d'autres affaires sur le dos... Un propriétaire nous enquiquine depuis des semaines à propos de squatteurs qui ont osé passer deux nuits dans son chalet de vacances, vide au demeurant, et boire trois bouteilles de sa cave ! Comme il a le bras long, il menace d'en référer à l'ami d'un ami qui aurait des relations au ministère de l'Intérieur ! Je n'arrive plus à m'en dépêtrer, il me tanne plusieurs fois par jour, histoire, prétend-il, de me rappeler à mon devoir. Celui de faire respecter l'ordre et la justice. Pathétique, non ?

— Oui, mais il est propriétaire, et les squatteurs sont dans leur tort. Retrouvez-les et sermonnez-les ! C'est notre devoir, cher lieutenant !

Une fois Sama sorti, elle pose son front sur ses mains jointes. Le devoir... et si le sien était de séparer une jeune fille de son père à peine retrouvé ? Drôle de devoir... Comment Aurore y survivrait-elle ? A moins qu'elle aussi se retrouve face à un jury de cour d'assises, à répondre d'un crime odieux. Ou d'un accident. Dans ce cas, elle bénéficierait de circonstances atténuantes et les jurés s'apitoieraient sur son enfance sans père.

Quel genre d'homme est le père de la jolie Aurore, l'ex-époux de l'aristocratique Lisa ? Sans doute avait-ce été un mariage d'amour, la petite fille était née six mois à peine après les épousailles. Agathe avait été contrainte d'accepter cette union, mais avait tellement pesé dans la balance que le jeune mari à peine promu père avait pris la poudre d'escampette.

Il est à l'heure.

Marc Dufour a des traits ordinaires, des yeux bruns. Il est de taille moyenne, ne porte sur lui aucun signe distinctif. Un homme de quarante ans, banal et insipide. A se demander ce que la fille d'Agathe Weissberg avait bien pu lui trouver...

Il s'assied sur le siège, l'air las.

— Je n'ai pas dormi cette nuit, je l'ai passée à peindre ! J'ai la tête dans le chou... En plus, je viens de me faire engueuler au téléphone par ma fille ! J'avais oublié notre rendez-vous, je dormais... A cet âge, elles sont sans pitié !

— Le matin où votre ex-belle-mère a été tuée, que faisiez-vous ? Vous peigniez ?

— Comment pouvez-vous exiger de moi un détail aussi précis ? Si vous croyez que je tiens un agenda ! Certainement, mais je ne m'en rappelle plus. Si c'était moi qui l'avais tuée, je me serais forgé un alibi, je ne suis pas stupide ! J'ai une petite amie qui ne demanderait qu'à jurer que j'ai passé la nuit avec elle...

Pas bête, l'ex-gendre d'Agathe Weissberg... d'autant plus redoutable.

— Moi, reprend-il, je suis celui qui en voulait le moins à la vieille.

— Précisez votre pensée !

Il a un sourire retors. Il n'est pas beau, mais quand il sourit, il devient laid.

— Je ne suis pas là pour faire votre boulot ! Je ne sais rien. Je l'ai peu connue, la famille Weissberg... Je me demande pourquoi on l'appelle comme ça ! Son mari était allemand, un aristocrate courtois, très bien élevé, genre vieille Allemagne... Je ne me suis jamais expliqué comment il a pu épouser une bouchère, fille de bouchers... ni comment il a pu accepter de s'enterrer dans ce trou... Il était subjugué par sa tendre épouse. Il la buvait des yeux, une telle soumission était presque gênante. Moi, je ne me suis pas soumis longtemps, j'ai fui, je n'avais pas d'autre choix... En réalité, je me suis laissé expulser. Je suis parti avec une valise, comme je suis arrivé, et je leur ai laissé ma fille. C'est tout ce qu'elle voulait ! Je n'ai été qu'un géniteur...

— Pourquoi ne l'avez-vous pas tuée ?

— Pourquoi je ne l'ai pas tuée ?

Il s'en étrangle, les yeux exorbités.

— Quelle question ! Pourquoi l'aurais-je tuée ?

— Pour avoir la place ! C'est une raison suffisante... Vous ne l'avez pas tuée il y a quinze ans, parce que vous étiez jeune, très jeune, et que vous n'en avez pas conçu l'idée. Mais vous avez grandi, vieilli, pris de l'assurance, et quand vous vous êtes rendu compte qu'elle ferait tout pour vous séparer une seconde fois de votre fille, vous n'avez pas supporté et vous avez mis au point un plan pour l'abattre, de loin. A coups de poison par exemple...

— De poison ? Mais elle est morte dans son jardin, le crâne enfoncé, m'a dit Aurore. Pourquoi un poison ?

— Un poison, continue Agathe en ignorant la question, qui vous aurait permis de retourner la tête haute au château, de recommencer votre vie avec votre ex-femme qui ne demanderait pas mieux de vous reprendre maintenant qu'elle est orpheline. Elle souhaite peut-être renouer avec l'homme qu'elle a aimé... Le seul homme qu'elle a aimé... Car, elle n'a pas refait sa vie. Comme si elle attendait votre retour...

Visiblement, elle touche juste. Il se penche vers le bureau, murmure :

— Vous croyez ?

— Pourquoi pas ? Il y a tant de possibles dans la vie... Vous non plus vous ne vous êtes pas remarié. Je sais que votre situation financière n'est pas brillante. Si vous reveniez vous installer au château, vos soucis prendraient fin et vous pourriez continuer votre œuvre d'artiste sans peur du lendemain...

— Je ne suis pas un assassin.

Elle sourit.

— J'ai connu un type qui prétendait qu'il n'y avait pas d'innocents, seulement des coupables. Il était commissaire de police, il a mal fini.

— Comment ?

— En prison. Il a tué son père. Il n'a jamais su expliquer pourquoi. Il n'avait apparemment aucun mobile. Il s'est laissé condamner en répétant qu'il était coupable, sans circonstances atténuantes. Il le répétait tellement que ça a fini par intriguer un de ses ex-collègues. Qui lui en a trouvé, des circonstances atténuantes.

Elle les captive toujours, avec cette histoire.

— Son père, un homme très bien, irréprochable, avait certains penchants dont il a fait profiter son fils. Et, comme le fils était unique, il en a beaucoup profité. De deux à douze ans. C'est long, dix ans, vous ne trouvez pas ?

Elle ne lui laisse pas le temps de répondre :

— Vous aussi vous vous êtes fait avoir par la vieille Weissberg, vous aussi vous avez des raisons de la tuer. Votre fille est adorable. Et elle vous en a privé pendant quinze ans, c'est encore plus long que dix. Vous avez vécu avec le minimum vital, le RMI, pendant tout ce temps, alors qu'Agathe aurait eu les moyens de vous venir en aide. Vous la lui aviez demandée, cette aide...

Il blêmit.

— Vous avez réclamé une pension alimentaire, argumentant que votre femme avait les moyens financiers de vous secourir, c'est ce qui figure dans les minutes du procès. Vu votre situation, vous n'aviez qu'un avocat nommé par l'aide judiciaire qui n'a rien obtenu pour vous. L'avocat de la famille Weissberg vous a qualifié de pervers qui avez perturbé une famille honorable en séduisant et engrossant une jeune fille innocente et naïve. Le divorce a été prononcé à vos torts exclusifs. Vous vous êtes senti dépossédé... Vous avez demandé un droit de visite, on vous a renvoyé à votre studio trop exigu pour accueillir une petite fille. Il y a eu expertise et contre-expertise, rapports sociaux. En désespoir de cause, vous avez renoncé. Vous n'aviez pas les moyens de vous battre contre votre belle-mère. Et votre ex-femme s'est cantonnée dans le silence.

— Elle l'a achetée, elle achetait tout le monde. Pour la pension alimentaire, j'y avais droit ! J'aurais trouvé juste de recevoir une partie du gâteau. Grâce à cette pension, j'aurais pu louer un appartement plus spacieux et avoir une chance d'obtenir un droit de garde. Mais madame Weissberg ne l'entendait pas de cette oreille. Elle ne voulait même pas que je l'approche !

— Que lui aviez-vous fait pour qu'elle vous déteste autant ?

Il s'essuie le front avant de répondre :

— Comment voulez-vous que je le sache ? Elle avait cristallisé toute sa haine sur moi ! Je me suis dit parfois que je payais pour les crasses que lui avait faites un autre... Mais je ne vois pas qui ! Tout le monde était à ses genoux.

Il gémit :

— Et ma femme, Lisa, croyait tout ce que racontait sa mère...

— Que lui a-t-elle dit pour la détacher de vous ?

— Que je n'en voulais qu'à son fric, à son héritage, que j'étais un fainéant et un profiteur. Elle le lui a tellement asséné que Lisa n'a rien répondu quand je lui ai annoncé que je partais... Elle m'a regardé faire ma valise sans une larme... Elle est comme sa mère, dure, froide, sans pitié... Il n'y a que l'argent qui les intéresse...

— Et maintenant que la belle-mère n'est plus, vous passez par votre fille pour récupérer votre femme... et recréer ce que vous avez perdu : un homme, une femme, un enfant. Contrairement à ce que vous avez fait miroiter à Aurore, vous n'avez pas l'intention de l'accueillir chez vous, mais plutôt de rentrer au château. Ce sera plus commode, pour votre avenir de peintre, d'avoir un mécène à domicile. Car vos toiles ne se vendent pas... Vous ne gagnez pas votre vie avec votre art, vous subsistez grâce au RMI. Aurore ne se contentera pas du RMI. Elle a besoin de confort, voire de luxe...

— Et ce serait pour lui assurer ce luxe que j'aurais tué sa grand-mère ? Je n'avais qu'à attendre ! Elle n'en avait plus pour longtemps, à son âge...

— Vous savez que c'est faux : madame Weissberg, de l'avis de tous même de son médecin, appartenait à la race des centenaires ! Vous auriez été obligé de ronger votre frein un long moment encore, quinze ans, sinon davantage ! Et vous étiez pressé. Vous vouliez votre fille, votre ex-femme, et ce qui les accompagne : le château, le train de vie et la possibilité de vous adonner à votre art en toute quiétude.

— Si vous êtes si sûre de vous, jetez-moi en tôle !

Elle soupire :

— Ce n'est pas moi qui jette en tôle, mais le juge d'instruction ! Je ne suis que le premier maillon de la chaîne de la justice. Je n'ai pas beaucoup de pouvoir... Seulement celui de vous écouter et d'essayer de vous comprendre... Comprendre n'est pas donné à tout le monde, c'est un métier difficile qui exige beaucoup de patience.

Un silence s'ensuit. Il réfléchit, elle tripote dans sa poche. Mais elle attendra qu'il se lève, qu'il sorte. Quand elle sera seule, elle ramènera entre ses doigts les cacahuètes grillées. Elle en a besoin, elle en frémit d'excitation. Cet homme la débecte. Elle le contemple : encore un individu de la trempe d'Hector Höffel, lâche, couard. Elle a deux couards. Lequel est coupable ? Ils se valent, question haine ils n'ont rien à s'envier. Chacun est capable du pire pour arriver à l'assouvissement. Leur couardise n'empêche rien.

Elle a envie de cacahuètes, elle le laisse partir.

— Que faites-vous, ce soir ? demande-t-elle sur le pas de la porte.

Le sourire est ironique :

— Ce que vous avez prévu : me rendre au château ! Mon ex-épouse m'y a invité à dîner, en famille... On sera réunis, comme autrefois, sauf qu'il n'y aura pas l'ancêtre...

— Je vous souhaite une bonne soirée...

Avec qui la passerait-elle, cette soirée ? La réponse est simple : avec Agathe Weissberg. L'unique et irremplaçable Agathe. Même morte, elle s'impose, impossible de composer sans elle.

D'ailleurs, il soupire :

— Elle me manquera... Je dois être un peu masochiste !

Il s'éloigne, elle ramène une poignée de cacahuètes de sa poche, les enfourne dans sa bouche. Elle entend la porte claquer, il est dehors. On l'attend.

Elle, personne ne l'attend, hormis l'album de famille des Weissberg et le cahier de la tante Agathe.

Si elle appelait Simon ?

Elle hésite, que lui dirait-elle ? Qu'elle a envie d'un homme ? Qu'elle a faim d'un homme, comme on a faim de cacahuètes grillées, un homme pour remplir son lit, la remplir ? Après, qu'en fera-t-elle ?

Je ne joue pas, murmure-t-elle, je ne joue pas.

Elle lorgne l'appareil posé sur le socle. Il serait si facile de décrocher, de composer le numéro, de proposer, de recevoir.

Et si, au lieu d'appeler Simon, elle téléphonait à celui qu'elle doit oublier ?

Elle y songe. Les doigts la démangent, elle reste immobile.

Elle se lève, elle rentre chez elle. Dans l'immeuble, elle ne croise personne. Toutes les familles à table ou devant la télé. Elle perçoit des sons de voix à travers les portes de bois. Elle grimpe les escaliers, personne ne la retient.

Dans son lit, un peu plus tard, la nuit tombée, la fenêtre ouverte sur le ciel, elle lit. Elle regarde. La tante Agathe a collé sur une des pages du cahier une photo de madame Weissberg, en noir et blanc, prise au temps de sa splendeur, à l'âge de la maturité triomphante. En dessous, elle déchiffre : *Ma fée, avril 1960.*

Agathe Weissberg avait quarante ans.

Agathe, ma fée, m'a donné cette photo, et je la regarde chaque jour. A l'usine, je ne l'aperçois guère, elle quitte rarement son bureau, et moi je suis en bas, avec les autres ouvriers, je ne fais pas partie de son monde. Mais, quand, par hasard, nous nous croisons, elle s'arrête pour me dire bonjour, et elle m'embrasse devant tout le monde. Les autres femmes sont jalouses ! Elles s'imaginent que je suis privilégiée, mais elles se trompent ! Le contremaître ne me fait pas de cadeaux, je travaille durement et je ne suis pas mieux payée que mes collègues.

Personne ne sait comment nous nous sommes rencontrées, ni que j'ai habité au-dessus de la boucherie ni que j'ai connu son frère Camille. Personne ne parle plus de Camille, on l'a oublié, même Agathe l'a oublié.

Qu'a-t-elle fait de son frère ?

Elle est mariée, elle est heureuse, elle a trois filles, une famille unie... Pourquoi devrait-elle attendre son frère ? Il ne reviendra plus, il a disparu dans les steppes russes, quelque part à l'est... Je ne le reverrai jamais, du moins pas dans ce monde, et dans l'autre c'est impossible, je ne crois pas aux miracles.

Pourtant, j'en ai vécu un quand les fascistes m'ont demandé de choisir entre mon frère et le garçon que j'aimais. J'ai choisi mon frère, ils ont fusillé Paco devant mes yeux. J'ai tout vu, je ne m'en suis jamais remise.

C'est à cause de moi que Paco est mort. Je l'ai trahi, livré, comme Judas a livré Jésus. Paco ne ressuscitera pas, il n'y a pas de miracle.

... quand je contemple la photo d'Agathe, je me dis que la vie peut être miséricordieuse... Elle m'a sauvée, quand les nazis ont occupé l'Alsace, elle m'a fait délivrer des faux papiers français. Grâce à elle, je suis devenue Agathe. Elle avait vingt ans et déjà le même caractère indomptable. Rien ne lui était impossible, elle ne s'en vantait pas, mais je savais qu'elle travaillait avec la résistance, je l'ai compris quand elle m'a donné la fausse carte d'identité. Pour Camille, je n'ai jamais su s'il aidait sa sœur dans ses activités secrètes. Il était communiste, mais seulement d'âme, il

n'était affilié à aucun parti, ses parents catholiques ne l'auraient pas accepté et cet engagement aurait été dangereux pour sa famille. Malgré tout, il distribuait L'Humanité, *le matin avant d'aller travailler à la banque. Ses parents nourrissaient de grands espoirs, ils l'imaginaient directeur de l'agence de Kirchenfeld. Il en avait les capacités sinon l'ambition. Ils espéraient également qu'Agathe conserve le magasin et épouse un boucher, mais le destin en a décidé autrement... Camille n'a pas eu le temps de devenir, il est allé mourir dans cette guerre qui n'était pas la sienne. Il est allé tuer ses frères d'âme ou se faire tuer par eux. Agathe a eu tout le temps...*

Agathe fait claquer le cahier, le repose sur sa table de nuit. Elle éteint, rêve encore un peu, rêver n'est-ce pas tout ce qu'il lui reste ? De l'étage du dessous lui parviennent, estompés par le béton, des pleurs d'enfant. Elle finit par s'endormir.

XIV

ENCORE UNE PLAINTE de voisinage, soupire le lieutenant Sama en tendant à Agathe son premier café du matin, en ce moment, ça pleut ! Marre de ces problèmes de cohabitation ! Pourquoi les gens ne se supportent-ils pas ? J'aimerais bien qu'on m'explique !

Agathe touille le sucre tout en disant :

— C'est simple, mon cher Al : les gens ne se supportent pas parce qu'ils n'acceptent pas l'autre comme autre... ils le voudraient à leur image, et à leur seule image, la différence leur est trop pénible. Ce qui signifie que la plupart des êtres humains de notre belle planète sont si égoïstes qu'ils exigent que l'autre se range à leur manière de voir, de vivre. Il doit être comme eux, ou pas du tout.

— Vous avez raison, répond le lieutenant d'un air désabusé, et nous on est obligés de se coltiner l'égoïsme fondamental de l'homme ! De composer avec, et surtout d'empêcher que les protagonistes en viennent aux mains ! Je crains que ça n'arrive, dans le cas dont on m'a parlé, le voisin plaignant a l'air de quelqu'un qui est sur le point de disjoncter. Tout ça à cause de quelques arbres ! Et d'un vieil apiculteur qui ne veut pas les faire couper !

— Et qui est cet homme inébranlable ?

Elle connaît la réponse qui tombe pendant qu'elle approche la tasse de ses lèvres.

— Un hurluberlu qui est venu habiter au fond de la vallée, personne ne sait exactement d'où il vient, de l'Est paraît-il, un Russe original qui élève des abeilles et qui s'obstine à répondre à son voisin que les arbres ont une vie propre, que rien ne doit interrompre et surtout pas la main de l'homme ! Vous imaginez l'ambiance !

— Je vois ! Je vois si bien que je vais tâcher d'empêcher l'hécatombe... Prévenez le petit Jules de préparer la voiture et expliquez-lui l'itinéraire ! Je finis mon café et j'arrive.

— Bien, bien, marmonne le lieutenant. Au fait, je vous signale que j'ai récupéré le portable de la jeune Aurore, non sans mal, j'ai dû user de toute ma persuasion... elle s'y agrippait comme les puces sur un âne... Je compte lui faire cracher tout ce qu'il a dans le ventre... je m'y attelle tout de suite. Je vous transmettrai mes conclusions à votre retour.

Elle n'écoute plus, elle est déjà là-bas, avec l'homme qui aime les arbres.

*

La Mégane amorce le dernier virage avant la montée vers le ballon.

— On arrive dans le trou du cul du monde, lance le petit Jules, l'emploi-jeune. Oh excusez moi capitaine ! Ça m'a échappé ! Mais avouez qu'on est vraiment loin de tout !

— Ça a son charme, mais vous êtes trop jeune pour le savourer ! Je pense que, pour certains, cet endroit doit représenter le paradis, surtout quand on a vécu des horreurs... Genre havre de paix, calme après la tempête, port tranquille.

— Un vrai port de pêche, vous l'avez dit capitaine ! Même mort, je ne viendrais pas m'enterrer dans ce trou perdu ! Voilà, je crois que c'est là ! Deux maisons construites début du siècle, genre fermes alsaciennes basses, m'a-t-on dit, et de hauts arbres qui séparent les deux propriétés. 13 et 15, rue des Sapins, super ! Vachement original !

Dans la cuisine ouverte sur le jardin, il est en train de transvaser le miel d'un seau posé à terre vers les pots de plastique vierges. Il suspend son geste, pose sa louche sur une assiette où perlent des gouttelettes d'or sombre et tend sa main à l'arrivante.

Il sourit avec l'air de s'excuser :

— Je n'espérais pas que vous vous déplaciez pour une si petite affaire...

Elle sent la présence dans son dos, se retourne vers le jeune gendarme :

— Si vous alliez les mesurer ?

Elle désigne les objets du délit, une rangée d'épicéas magnifiques. Il s'éloigne, elle reste seule avec le vieil homme.

— Ce n'est pas moi qui les ai plantés, j'aurais bien aimé, mais j'étais trop loin. Ils doivent avoir une trentaine d'années, l'âge où tout commence.

Son âge.

Il reprend aussitôt :

— Ils ne méritent pas le sort qu'on veut leur faire subir. Personne ne mérite d'être abattu... Ce qui m'étonne et me blesse c'est que mon cher voisin ait attendu mon arrivée pour commencer à râler. Avant, il paraît qu'il ne se souciait pas de ces arbres. Je pense à juste titre que j'y suis pour beaucoup dans sa mauvaise humeur...

— Il est allergique aux piqûres d'abeilles ?

Il éclate de rire.

— Oh non, les abeilles, il s'en moque ! Ce serait plutôt moi qui le dérange... ma présence lui est pénible, il aurait préféré un Alsacien pure race, vous comprenez ?

Elle comprend parfaitement.

— Un type avec qui il aurait pu bavarder en patois, précise-t-elle, avec qui il se serait senti en pays connu, c'est ça ? Et vous, vous êtes l'étranger ?

— Oui, et qui plus est je viens d'un pays à la mauvaise réputation. Les Russkoffs ne sont-ils pas tous des rouges sanguinaires ?

— Pas qu'eux vous savez ! En plus, ils sont en train de virer capitalistes, ils seront bientôt chouchoutés et leur mauvaise réputation ne sera plus qu'un souvenir. J'avais une tante qui n'était pas russe, mais espagnole et rouge elle aussi... eh bien, pour survivre et s'intégrer dans la vallée, elle est devenue Agathe et elle est même allée à l'église tous les dimanches s'agenouiller avec les autres devant l'autel et écouter les bonnes paroles du curé... mais quand même au moment de sa mort, elle est revenue à ses premières amours, elle n'avait plus rien à perdre, elle ne croyait pas en Dieu. Pour elle, Dieu était mort depuis longtemps...

Pourquoi se met-elle à raconter la vie de sa tante à ce vieil homme debout devant un seau de miel ? A cause du miel probablement, de la louche qui attend, de ses gestes précis, de son amour pour les arbres. Pour la liberté aussi, sans doute.

Il désigne la fenêtre :

— Des gamins se sont amusés la nuit dernière à me faire peur... Ils ont brisé une vitre et se sont enfuis quand ils ont vu que je ne réagissais pas. Ou alors ils craignaient que le Russkoff sanguinaire surgisse avec une arme à la main et leur troue la peau... ils avaient tout faux, je n'ai pas d'arme, je suis venu absolument sans arme. Quand on cherche la paix on laisse les armes derrière soi... Mais je comprends, ce sont des gosses qui jouent à faire la guerre. On ne leur a pas assez dit ce qu'est la guerre. Ils ne savent pas.

— Vous voulez porter plainte ?

— Vous plaisantez ? Je ne pense pas qu'une plainte arrangera les choses, bien au contraire... non, je ne bouge pas, et je n'abattrai pas les arbres non plus, plainte ou pas ! D'ailleurs, ces arbres ne sont pas à moi, mais à ma propriétaire, je ne suis que locataire, la vieille dame qui me loue cette maison est pensionnaire à la maison de retraite, elle m'a donné tout droit sur la propriété... Elle n'a pas d'enfants ni même d'héritiers, alors elle s'est prise d'affection pour moi et c'est réciproque d'ailleurs... Vous vous laisserez bien tenter par une tartine de miel de sapin, non ? Accompagnée d'un thé ? Autrefois, dans ma vie russe, j'en buvais des litres par jour ! J'ai même ramené un samovar. Le thé est tout prêt, tout chaud.

Elle se sent bien tout à coup, une cuisine qui lui en rappelle une autre, le vieux fourneau sur lequel la tante Agathe faisait cuire les petits pois avec des feuilles de laitue, des oignons et une tranche de lard fumé.

— Cette maison doit vous sembler très modeste, mais pour moi c'est presque le luxe... je n'ai besoin de la partager avec personne, même pas avec la propriétaire... C'est ma fée. Vous croyez aux fées ? Moi, j'en ai croisé dans ma vie, parfois je n'ai pas pu les saisir... On ne s'en remet jamais. Mais pour la fin de ma vie, j'ai eu de la chance, je suis tombé sur une fée authentique qui m'a rendu quelque chose que je ne pensais plus pouvoir trouver...

— Vous parlez par énigmes ! Vous ne pouvez pas être plus précis ? Merci pour la tartine...

— Oh, on ne peut pas tout comprendre ! Il faut accepter l'incompréhensible ! Goûtez le thé et dites-moi si vous aimez !

Elle y trempe ses lèvres, il est chaud mais pas brûlant et il laisse dans la gorge une impression douce.

— Il est bon, et je suis si bien dans votre modeste cuisine que j'ai presque envie de vous parler de ma fée à moi... Elle s'appelait Agathe.

— Eh bien, parlez-moi d'elle ! Elle m'intéresse et j'ai si peu l'occasion d'écouter... Les abeilles ne sont pas très causantes...

— Je ne suis pas venue pour ça, réplique-t-elle, je suis venue pour... à cause de votre voisin et de ces foutus arbres... Il va falloir trouver un terrain d'entente... sinon votre voisin, qui a l'air d'avoir le sang chaud, risque de péter un plomb, et ce sera plus grave qu'un carreau cassé !

— Laissons ça ! Ça n'a aucune importance ! Je m'arrangerai avec lui, je trouverai comment l'apaiser, j'ai une longue expérience de la négociation. Parlez-moi de votre fée... j'adore les histoires de fées... Elle s'appelait Agathe, dites-vous ?

Elle avale une gorgée de thé avant de répondre :

— Oui, enfin, elle a été débaptisée au moment de l'arrivée des nazis. De Maria-Luz elle est devenue Agathe, ça valait mieux pour elle ! Un compromis nécessaire pour ne pas être jetée dans un de ces camps pour réfugiés républicains. Elle s'est cachée sous une autre identité... et elle est restée, même après guerre, Agathe... Peut-être qu'elle aimait ce prénom, car ma tante, pour tout vous dire, avait elle aussi rencontré une fée qui s'appelait Agathe...

— Ça donne plein d'Agathe ! Vous, votre tante, cette fée... et madame Weissberg aussi, je crois, portait ce prénom...

— C'était elle, la fée de ma tante ! Vous imaginez ? J'enquête sur la mort d'une fée !

Elle en rit tout à coup. Enquête sur une fée assassinée. Doublement assassinée, sauf que le poison avait agi sur une autre, avait tué une innocente. Il n'y a pas d'innocents, seulement des coupables, répétait un de ses professeurs de l'école de Melun, rappelez-vous, pas d'innocents.

— A vous de parler un peu maintenant... et à moi de poser des questions. Je suis curieuse de vous, de cette maison aussi, elle me rappelle tellement celle des étés de mon enfance. Mais vous avez la chance que sa propriétaire soit encore en vie. Ma fée à moi n'a pas survécue à son cancer... Vous allez de temps en temps rendre visite à la vôtre, je suppose ?

— Oui, bien sûr ! Elle a quatre-vingt-dix ans mais elle a encore toute sa tête et ses oreilles et ses dents... Je lui apporte des chocolats, des fraises de mon jardin. Elle n'a personne, je vous l'ai dit, elle n'a que moi, je suis sa seule distraction même si la maison de retraite, finalement, n'est pas pire qu'une autre, d'ailleurs elle ne s'en plaint pas. Elle trouve les soignantes plutôt gentilles...

— Votre fée a certainement connu Agathe Weissberg qui n'avait que cinq ans de moins qu'elle...

Agathe remarque sur les mains qui serrent le bol la blancheur des jointures.

— Oui, elle m'en parle parfois... Madame Weissberg ne passe pas inaperçue. Elles se rencontraient à table et se croisaient dans les couloirs. Ma fée, enfin Marguerite, c'est son prénom, aimait beaucoup l'ancêtre, comme on l'appelle, elle lui aurait donné le bon Dieu sans confession, quand elle l'évoque elle en a des larmes dans les yeux... Elle prétend que madame Weissberg était la bonté incarnée, une bonté très silencieuse, quasi invisible... qui contrastait avec son apparence un peu hautaine, un peu dure, de patronne des filatures. D'après ce que j'ai compris madame Weissberg aurait aidé Marguerite financièrement, elle lui aurait donné de l'argent, pas prêté, donné, au moment où cette dernière était sur la brèche, je ne sais pas à quelle occasion exactement. Mais ça remonte à une bonne vingtaine d'années. En tout cas, Marguerite n'a jamais oublié. Il est vrai que c'est si rare, les gens capables de donner !

Il se tait. On entend une vache meugler dans le pré d'en face.

— C'est peut-être à cause de la générosité d'Agathe Weissberg que Marguerite m'a loué cette maison pour une bouchée de pain, c'est-à-dire pour ce que je suis en mesure de lui payer comme loyer. Une façon de rendre ce qu'elle a reçu. Une belle leçon de vie. Elle a beaucoup souffert, Marguerite, elle a perdu ses deux frères sur le front russe, des Malgré-Nous, vous avez dû en entendre parler... Ils ne sont pas morts du fait des Allemands, car on a retrouvé leur trace après-guerre, côté russe, ils sont décédés de la dysenterie au camp de Tambow où ils étaient retenus... Marguerite en a beaucoup voulu à la France de ne pas avoir obtenu plus vite le retour de tous les incorporés de force, dès la Libération. Il paraît même que certains Alsaciens auraient refait leur vie là-bas, dans l'ex-bloc soviétique, tout simplement parce que les Russes refusaient de les lâcher... de peur peut-être qu'ils racontent au monde libre ce qu'ils ont vu et subi... Marguerite trouve que la France a été injuste envers l'Alsace... qu'elle l'a trop assimilée au peuple allemand, alors que beaucoup d'Alsaciens ont été tués, déportés, comme Wodli ou Stoessel, à qui on a donné des noms de rues... des communistes purs et durs, de grands résistants. Marguerite déplore que la France connaisse si mal le triste sort des Malgré-Nous. On devrait apprendre aux jeunes Français dans les écoles que l'Alsace n'est pas devenue allemande de gaieté de cœur et qu'elle a eu son lot de souffrances...

— Pourquoi aurait-elle été épargnée ? En tout cas, Agathe Weissberg l'a été, épargnée, elle a même réussi à faire fortune avec sa boucherie, marché noir d'un côté, résistance de l'autre, et maintenant vous me dépeignez une femme au grand cœur... qui dois-je croire ? Peut-on être aussi multiple, aussi insaisissable ?

Elle se lève.

— J'ai pris de votre temps, dit-elle, mais j'ai été heureuse de parler avec vous, pour votre voisin je vais voir ce que je peux faire. Ne vous tracassez pas ! Ça va s'arranger à l'amiable...

— Tout ce que je souhaite, c'est qu'on n'enquiquine pas Marguerite avec ces histoires stupides, elle a droit à la paix...

— Je vous le promets, assure Agathe en tendant la main, si jamais votre fée se souvenait de quelque chose à propos de madame Weissberg vous savez où me joindre, jour et nuit... je suis quelqu'un de très disponible... l'avantage de vivre seule, sans attaches. Un peu comme vous, sans doute...

— Moi, je vis avec mes absents... Vous, vous avez toute la vie devant vous, c'est un lieu commun sans doute de dire ça, mais les lieux communs ne sont pas toujours faux... votre vie attend d'être remplie... la mienne l'est déjà, à ras bord.

— Ne vous fiez pas à l'âge ! Moi aussi, j'ai des absents... des vivants et des morts, et un téléphone qui ne demande qu'à me relier à un homme que je dois oublier... Dites-moi, vous qui avez une vie remplie à ras bord, que fait-on quand on n'a pas de place dans une histoire ?

— On en change ! La vie est pleine d'histoires et chacune est différente, c'est ça qui fait sa force. Un jour, Agathe, vous trouverez une histoire qui vous conviendra, dans laquelle vous aurez une place, dans laquelle vous serez bien, à votre place justement. Ça vous arrivera, j'en suis sûr. Ça vous arrivera parce que vous en avez envie. Revenez me voir quand vous voulez, je suis toujours là.

— Alors, qu'avez-vous tiré de l'irascible voisin ? demande Agathe, qui vient de s'asseoir à côté du chauffeur.

— Eh bien, c'est un sinistre personnage ! Je ne le voudrais pas comme voisin ! J'ai l'impression qu'il regrette Hitler et le temps béni du fascisme ! En tout cas, il déteste les communistes, la lie de la terre, tous à exterminer. Il dit que le seul tort d'Hitler a été de ne pas avoir nettoyé la France de cette sale race. Et quand il a vu débarquer un de ces maudits communistes à quelques mètres de sa maison, dans son propre village, chez lui quoi, son sang n'a fait qu'un tour... Et depuis, c'est la guerre ! Ça l'excite beaucoup ! On dirait même que ça donne un sens à sa vie !

— Vous n'avez sûrement pas tort ! Les gens adorent la guerre, au fond, c'est la grande histoire de leur vie. Enfin, pour ceux qui en reviennent. Les autres, on ne leur demande pas leur avis. A propos de guerre, je saute du coq à l'âne, je vais vous emmener visiter des reliques... non, ne me fixez pas avec ces yeux ronds, regardez plutôt la route, elle nous conduit au tout début, là où l'histoire a commencé, bien avant votre naissance, Jules, et bien avant la mienne même... C'était un temps glorieux, des années fastes, peut-être pour compenser l'horreur, les privations, les frustrations... Allez, on roule !

La Mégane s'ébranle, Agathe pense tout en regardant le vert des prés, cerné en arrière-plan par le moutonnement des montagnes à vaches, un paysage idyllique, parfaitement serein, une image de carte postale. Où on s'emmerde, comme partout ailleurs. L'ennui, la première cause des querelles de voisinage. Elle médite sur ce point crucial des relations humaines quand Jules freine brusquement. Un hérisson, qu'il a réussi à éviter. La bête trottine paisiblement vers le fossé, sans doute n'a-t-elle même pas perçu le danger...

Amoureuse peut-être pour braver ainsi la route, les hommes, le grand jour ? Le lièvre, lui, avait eu moins de chance... Ecrasé en plein essor... Comme ces jeunes gens envoyés sur le front russe... et dont on a perdu la trace... ensevelis dans les immensités glacées. Agathe aussi y avait perdu un frère. Son seul frère. Etait-il l'absent à qui elle écrivait la nuit, au petit matin déchirait les lettres ? On ne le saurait jamais.

— C'est là, déclare-t-elle en désignant la grille du château, contournez le bâtiment principal, longez le mur d'enceinte, on arrivera à l'usine. D'ailleurs, c'est indiqué sur la pancarte, il n'y a qu'à suivre...

*

— Je ne vous attendais pas, déclare Lisa von Ehrenmann très élégante dans son tailleur crème, je ne m'attendais pas non plus à ce que ma secrétaire sans doute impressionnée par votre uniforme vous conduise jusqu'à moi. Mais enfin vous voilà, que puis-je pour vous ?

— Revenir dans le passé...

Madame la présidente ne peut réprimer un sursaut :

— Dans le passé ?

— Mais oui, sourit Agathe en désignant les bâtiments anciens qui apparaissent derrière la nouvelle usine, j'aimerais beaucoup visiter les manufactures d'indiennes dont vous avez tout gardé, apparemment... dans quel but ?

— Les reconvertir en musée ! Il m'a paru évident de ne pas tout démolir comme me le conseillait bêtement mon architecte. D'ailleurs, je veux faire réhabiliter les logements occupés autrefois par les ouvriers et les proposer à mes employés... qui pourront les acquérir... s'ils le souhaitent. Je crois que cette idée aurait plu à ma mère...

— Pourquoi ne l'a-t-elle pas réalisée de son vivant ?

— Oh ! ces dernières années, elle régressait beaucoup... elle était tout le temps enfermée dans ses souvenirs. Le présent l'intéressait beaucoup moins et l'avenir était pratiquement devenu inexistant... d'une certaine manière elle était prête à mourir... Au fait, mon ex-mari qui deviendra peut-être mon futur époux, nous y songeons sérieusement, m'a raconté votre entrevue... si ça peut vous rassurer, il n'a pas l'étoffe d'un tueur et surtout pas d'un tueur avec préméditation, ce n'est pas un pervers. S'il l'avait été, il serait venu voler sa fille et l'aurait emmenée quelque part en Amérique d'où ils ne seraient jamais revenus...

— Sauf que l'argent lui manquait cruellement pour mener ce plan à exécution ! On y va ? On pourra bavarder tout en marchant !

Dans la cour on aperçoit les toits d'ardoises du château qui surplombent les murs d'enceinte séparant la propriété du reste du domaine, ainsi que les feuilles des tilleuls qui conduisent le visiteur de la grille au terre-plein.

— Ma mère a racheté le château et les manufactures après la libération, tout de suite en 1945, les propriétaires de l'époque avaient été impliqués dans une sale affaire avec les nazis, ils se sont enfuis, elle les a obtenus pour une bouchée de pain... Mais elle s'est hâtée de tout moderniser, ce que vous voyez là est son œuvre : elle a fait édifier des bâtiments en structure de fonte afin de pouvoir accueillir des machines de plus en plus lourdes, et puis elle a pensé aux toits en sheds pour recevoir la lumière naturelle. Regardez ces cheminées carrées, elles marquent le passage de la force hydraulique à la vapeur. Ma mère dès les années 50 a utilisé les cadres plats à la lyonnaise qui permettent une plus grande variété de dessins... et elle a fabriqué des indiennes remarquables qu'elle a commercialisées dans le monde entier. Elle faisait tout sur place, de la fleur de coton au tissu imprimé ! Ici, c'était le magasin d'emballage, là le magasin de toile blanche et l'atelier de gravure... en tout cinq bâtiments. Le coton arrivait brut, il était filé, tissé, teint et imprimé sur place, on utilisait l'eau de la Doller qui coule en contrebas.

Lisa désigne la mince rivière qui serpente entre les saules.

— Il y avait même une église, remarque Agathe, on vivait en vase clos j'imagine, lieu de culte, écoles, logements et le château à côté, qui domine l'ensemble.

— Oui et avant l'arrivée de ma mère, le domaine possédait une ferme... on a d'ailleurs gardé les jardins potagers... que l'on distribue aux employés, charge à eux de les cultiver... Venez, je vais vous montrer !

Elles descendent l'allée, sur la pelouse les bouquets de noisetiers jettent une ombre fraîche, on entend au loin le caquètement entêté d'une poule. Agathe murmure :

— On croirait le temps arrêté...

— Plutôt suspendu, répond Lisa, parfois je me demande si je ne devrais pas remettre toutes ces machines en marche, renouer avec les indiennes, un plus aux couches-culottes... juste pour le plaisir, le fun comme disent les jeunes. Et puis pour ne pas oublier que c'est par là que ma mère a commencé, que c'est ainsi qu'elle a fabriqué ce que les gens d'ici appellent son empire... c'est d'ailleurs tout à fait exagéré, mais ça leur plaît de penser ça, ils ont besoin d'une souveraine, d'une patronne, d'une image idéale et emblématique...

— Une image idéale, rétorque Agathe, peut-être voulez-vous garder cette image-là de votre mère... mais il y a au moins une personne pour qui votre mère était autre chose que cette image... quelqu'un qui connaissait une autre facette de sa personne ou de son personnage... une facette moins idéale.

Lisa s'arrête brusquement, fait face, hautaine :

— Je commence vraiment à trouver insupportables vos insinuations. Ma mère était parfaite et même si Aurore se laisse aller à des écarts de langage dus à son âge, elle l'aimait, tout le monde l'aimait, l'estimait et l'admirait...

— Sauf certains hommes, dont votre ex-mari et le mari de votre sœur Claudie... et la compagne de votre autre sœur. Mais laissons ça et dites-moi pourquoi votre mère a prêté cette somme d'argent à Iris Haas, qui d'ailleurs vous l'a restituée. Vous devez bien avoir une petite idée sur la question... vous en avez certainement parlé entre vous, en famille. Qu'en pensent vos sœurs ?

Lisa presse le pas soudain, tout en jetant :

— Je n'ai pas beaucoup de temps à vous consacrer, je travaille moi...

— Moi aussi !

— Justement ! Vous devriez chercher le coupable au lieu d'essayer je ne sais quoi... de me faire dire ce que j'ignore... si vous voulez tout savoir, oui, on en a discuté, mes sœurs et moi, et nous sommes arrivées à la même conclusion : nous ne comprenons pas les raisons de l'acte de ma mère... sans doute sa générosité est-elle en cause, elle a été émue par la détresse de cette brave femme, elle a tenté de l'aider. Mais je suis persuadée que cette femme n'est pour rien dans l'histoire de ma mère... d'ailleurs nous sommes tous convaincus qu'il ne s'agit que d'un accident. Vous êtes bien la seule à vous entêter à enquêter, un homicide c'est parfaitement stupide !

— En tout cas, je sais de source sûre que votre mère n'était pas seule dans le jardin... mais qu'un homme l'accompagnait ou l'a rejointe... un rendez-vous donc. Je sais aussi que la mère d'Iris Haas et votre mère se connaissaient... la mère d'Iris travaillait pour votre mère.

— Comme la majorité des gens de la vallée ! Je ne vois rien d'étonnant à ça !

— Ce qui est étonnant, par contre, c'est que cette ouvrière pourtant modèle, et qui, de l'avis de tous aurait mérité une promotion, n'a rien obtenu pendant les quarante années de travail assidu ! Personne n'a compris... mais on murmure, ce sont les témoignages que j'ai recueillis, qu'elle a été particulièrement vache avec elle... injuste quoi, comme si elle lui en voulait personnellement. Et voilà qu'avec Iris, elle devient tout à coup très généreuse... Etrange, non ?

— Ma mère était fascinante et insaisissable, elle avait ses raisons qu'on ne comprenait pas toujours. D'ailleurs, elle ne nous donnait pas d'explications. Mais elle était bonne, dans son genre...

Elle se tait. Elles sont arrivées au point de départ, les bâtiments qui abritent les bureaux et les magasins de l'usine Peaunette.

— Nous n'avons pas tout vu, mais cet aperçu vous donne une idée de l'importance des filatures du temps glorieux des indiennes, déclare Lisa en tendant la main à Agathe, je vous souhaite de conclure au plus vite, ça vous apportera la paix, vous m'avez l'air tourmentée... et un peu seule aussi, ajoute-t-elle.

Sur ce, elle s'éclipse en direction des bureaux, laissant Agathe plantée sur le macadam.

Il a l'air d'un juge. D'un grand juge, du moins par la taille. Le genre inquisiteur, sec et maigre.

— Antoine Galbier, se présente-t-il, nous ne nous sommes vus, si je puis dire, qu'au téléphone. Je suis heureux de faire votre connaissance, merci d'être venue jusqu'ici.

Il rentre de vacances, son teint le prouve, hâlé par le grand large.

— J'étais en croisière, explique-t-il, en voyage de noces, voilà, vous savez tout sur moi.

Il n'a plus l'air si sec tout à coup, seulement la mine d'un jeune marié qui retombe à terre, en l'occurrence sur le parquet de son bureau au premier étage du tribunal de grande instance de Mulhouse.

— Alors, passons à vous, ou plus exactement à votre enquête ! Qu'avez-vous de neuf ? Cette Iris Haas par exemple... qu'en avez-vous tiré ?

— Rien de plus, mais je crois de plus en plus que l'affaire Weissberg ne se situe pas au temps d'aujourd'hui...

— Que voulez-vous dire ? C'est bien au mois de juin 2005 qu'elle est décédée, non ?

— Ce n'est pas si simple, rétorque Agathe assise devant le juge Galbier qui l'examine de ses yeux petits, froids, plus du tout des yeux de jeune marié, il y a une volonté de silence qui recouvre toute la vallée... comme si personne n'avait envie que je déterre un vieil os.

— Vous n'êtes pas un chien et je ne saurais que faire d'un vieil os... C'est un coupable que je veux, et un coupable vivant, si possible. Savez-vous qui vient de m'appeler ? Alexandre Valmy ! Ce nom ne vous dit rien ? C'est un journaliste parisien, qui œuvre pour *Le Figaro*, mais dont la mère est originaire de votre délicieuse vallée mortelle. Alors, évidemment, notre histoire l'intéresse. Comment notre histoire a pu arriver jusqu'à lui et comment il s'est procuré mes coordonnées, notre grand reporter n'a pas daigné me l'expliquer. Mais il arrive, il rapplique. Il veut voir de ses yeux, m'a-t-il dit. Vous allez l'avoir sur le dos, je vous préviens. Il a reniflé une merde et il s'y accroche. Il s'est mis dans la tête que la merde recelait un diamant hors de prix, un bijou exceptionnel. Je ne le connais pas mais je ne vous cache pas que je n'ai aucune sympathie pour les journalistes. Ce sont des personnes parfaitement inutiles dont nous nous passerions fort bien.

Il tapote son sous-main de cuir avec son stylo plume, lentement, régulièrement, à la manière d'un métronome.

— Je suis rentré hier et depuis hier j'étudie nos personnages... Je suis arrivé à la conclusion suivante : votre Iris Haas me plaît beaucoup. Enormément même. Je vais établir un mandat de dépôt.

— Ne faites pas ça ! Laissez-moi encore quelques jours ! Je vous assure que l'histoire est plus vicieuse que cette Iris Haas... et quand votre Alexandre Valmy débarquera, envoyez-le-moi ! J'adore les journalistes... il pourra m'être utile...

— Un journaliste qui se rendrait utile, vous voulez rire ! Des fouille-merde dont la seule fonction est d'empêcher la justice de travailler en paix ! Ne vous en faites pas, je ne le garderai pas sous mon aile, je vous l'expédierai illico !

*

Alexandre Valmy a choisi de débarquer en Alsace un lundi, il ignore que c'est le matin de la rentrée des classes. En bon célibataire sans enfants, il est surpris par les gamins qui traversent la chaussée, sacs sur le dos, conquérants. Il manque d'en écraser un, qui marche à l'écart des groupes. Un solitaire, comme lui l'avait été, comme il l'est encore. Un qui circule sans rien demander à personne.

Il se sent presque en vacances, l'air de l'Alsace lui fait toujours cet effet. Sans doute à cause de sa grand-mère qui lui racontait les légendes de son pays quand il était petit. Elle habitait chez eux, dans l'appartement donnant sur le canal Saint-Martin, impasse des Récollets ; pour lui, pour l'élever pendant que ses parents travaillaient, elle avait abandonné sa vallée, sa maison, ses amis d'enfance. L'été, elle l'emmenait chez elle, respirer l'air des vaches, cueillir les cerises et bavarder avec les vieilles du village. En septembre, ils rentraient à Paris par le train, bronzés, engraissés aussi. Ses parents avaient du mal à reconnaître leur petit Alexandre fragile et élégant dans ce gaillard tanné par le soleil et le grand air.

Et puis voilà qu'il revient, seul, avec un sac pour tout bagage et comme but un article à pondre dont le thème est : meurtres de vieilles dames dans la plus calme vallée de l'hexagone. Encore heureux que sa grand-mère n'en fasse pas partie ! Que serait-il arrivé, s'interroge le jeune homme, si, au lieu de rejoindre sa fille, son gendre et son petit-fils dans la capitale, elle était demeurée à Kirchenfeld ?

Il en frémit en montant les marches du tribunal, monumentales comme il se doit dans un lieu aussi vénérable. Il se demande quelles questions il posera au juge Galbier. Au timbre de sa voix, il en a déduit qu'il devait avoir son âge, comme la capitaine de gendarmerie qu'il a jointe la veille.

Un gang de jeunes pour élucider des meurtres de vieilles ! Ce serait peut-être la conclusion de son article.

Il se sent fringant tout à coup, comme si on n'avait attendu que lui pour donner un sens à ces meurtres. Lui qui était extérieur, qui venait d'ailleurs, apporterait un regard neuf, nouveau, sur ces crimes et tout deviendrait clair. Un vrai miracle.

En arrivant devant la porte du juge, il se sent miraculeux.

*

Agathe est en train de trier des cacahuètes sur son bureau. Délicate opération. Tout ça parce que la veille elle a acheté sans trop regarder les étiquettes, trois paquets d'arachides, du moins c'est ce qu'elle croyait. Ce n'est qu'en les ouvrant qu'elle a remarqué le désastre : les cacahuètes mélangées aux pistaches et autres fruits secs.

A qui confier cette tâche ? L'idée de jeter les trois sachets ne l'a même pas effleurée, elle a été élevée par des gens qui ont connu la faim, ça ne s'oublie pas.

Alors, elle trie. Tout en triant, elle attend le journaliste, cet Alexandre au nom pompeux, doublement victorieux. Que croyait-il, ce prétentieux Parisien ? Qu'il ouvrirait les secrets, comme on casse une noix en deux ? Ça fait trois mois qu'elle s'y efforce, elle vit avec les deux Agathe, l'ancêtre et la tante et elle n'est toujours pas arrivée à la racine du mal. Un meurtre, ça se soigne comme une rage de dents : pour trouver le coupable, il faut atteindre la racine.

La racine de la tante Agathe, elle l'a touchée du bout des mots du cahier, en découvrant la raison de son silence obstiné, le pacte conclu avec les fascistes qui lui a laissé la vie sauve ainsi qu'à son frère pendant que l'amoureux tombait sous les balles. Et c'est de ce pacte abject qu'elle était née, elle, Agathe, des années plus tard. C'était pour lui donner une chance de naître que sa tante avait sacrifié l'homme qu'elle aimait. Et ensuite, la tante s'était enfermée dans ses souvenirs, avait vécu avec son absent, écrivant l'histoire dans un cahier à spirale d'écolière, recluse dans sa maison dont elle ne sortait que pour se rendre à l'usine la semaine, à l'église le dimanche. Une vie ordinaire dans une vallée du bout du monde. Une vie dont elle, la petite Agathe, avait été la seule joie. Enfin, du moins, c'est ce qu'elle a envie de croire. Des joies, elle a dû en avoir d'autres... Quelle avait été sa relation avec Camille, le frère de sa fée ? Elle sortait d'une histoire brisée par les balles des fascistes, d'un amour rompu par la mort, mort dont elle avait été responsable, alors qu'avait signifié le jeune homme ? Une amitié douce, vaguement amoureuse, rompue elle aussi par le départ de Camille ?

Comme si dans la vie de la tante Agathe il n'y avait eu que des absents...

Elle a fini de trier lorsque le téléphone sonne. Elle enfourne une poignée de cacahuètes avant de décrocher. Sans doute lui annonce-t-on l'arrivée du journaliste...

— J'ai un type qui vous réclame à cor et à cri. Je lui ai dit que vous n'aviez pas le temps de le recevoir, qu'il peut faire une déposition s'il a quelque chose à déposer, mais il s'entête, et il prétend qu'il ne bougera pas d'ici avant de vous avoir vue. Qu'est-ce que j'en fais ?

— Vous le faites monter, déclare Agathe qui ne déteste pas les gens qui la réclament. Lorsque Alexandre Valmy arrivera, vous le ferez patienter, d'ailleurs il est déjà en retard. Il veut nous montrer qu'à Paris on ne respecte rien et surtout pas les horaires !

L'inconnu est debout devant elle qui le considère avec mansuétude. Tout à coup, elle a envie d'être bonne avec quelqu'un, peut-être à cause du souvenir de la tante Agathe qui avait été si douce avec elle...

Il est petit et ventru, estomac dilaté et joues ballonnées. Court sur pattes et les bras dodus. Ecarlate, avec un nez épais et des pommettes méchamment couperosées. Un vieillard mais alerte, du genre à conduire sa 2 CV sans faillir et à monter sur son tracteur sans peur. D'ailleurs, il darde sur elle un regard qui ne cille pas.

Elle attend. Il dit :

— C'est mon devoir de venir. Je suis catholique et pratiquant, je vais à la messe tous les dimanches, sans faute, alors je ne peux pas laisser passer ça. Le bon Dieu m'en voudrait de me taire, d'ailleurs j'en ai glissé deux mots à monsieur le curé qui m'a conseillé cette visite chez vous...

Voilà, reprend-il après avoir avalé sa salive, je connais le coupable, celui qui a tué madame Weissberg. J'habite à côté de lui depuis des années. Je suis né ici, mais pas lui, il est venu après la Libération, si on peut appeler ça une Libération.

Elle le regarde, ne pas l'interrompre surtout, même pas avec le bruit des cacahuètes dont elle a furieusement envie de se remplir la bouche. Elle pose ses mains sur le bureau. Ne pas bouger, écouter.

— Il est venu, il a acheté la maison à côté de chez moi, une vieille baraque en ruine dont personne ne voulait dans le village, il y avait eu un drame là-dedans autrefois, alors on s'en méfiait. Mais lui ça l'a pas gêné. Il l'a eue pour une bouchée de pain et il s'y est agrippé comme un morpion sur les couilles d'un âne. Moi, j'ai rien pu empêcher, on m'a pas demandé mon avis de toute façon, même si c'était moi le voisin. Enfin, j'ai vite vu qu'il n'était pas comme nous. Qu'il était communiste. Un vrai, avec une carte au Parti. Tout le monde le savait. Et un fainéant, car à part ses réunions au Parti et vendre *L'Humanité* le dimanche, il ne faisait rien. Et nous, on était obligés de bosser dur à l'usine pour que monsieur puisse nous regarder de haut. J'ai toujours dit que ça finirait mal, ma mère le disait déjà : la paresse est la mère de tous les vices.

Il se penche en avant, effleurant le bureau de son ventre proéminent.

— Ce matin-là, j'étais debout, je dors mal, alors je me lève tôt. Le monde appartient aux gens qui se lèvent tôt. Et, qui ai-je vu partir en douce, à cinq heures et des poussières ? Lui. Comme je suis curieux, j'ai regardé quelle direction il prenait : Kirchenfeld, à travers le pré qui conduit au bois, et là il y en a pour un quart d'heure de marche.

Elle sourit gentiment :

— Et parce que votre voisin est parti se promener vous l'accusez de meurtre ?

Il riposte, violemment.

— Je n'accuse pas, j'en suis sûr, il me l'a dit.

— Reprenons depuis le début, si vous voulez bien. Qui êtes-vous, qui est-il ?

Elle note : le délateur s'appelle Gustave Reichmann, il a quatre-vingts ans, il a passé sa vie de travailleur dans les usines Weissberg, a fini sa carrière promu au rang de chef d'atelier.

— J'ai commencé tout en bas de l'échelle et je me suis consacré à l'usine, madame Weissberg pourrait témoigner si l'autre salaud l'avait laissée en vie...

— L'autre salaud a un nom je suppose ?

— On l'appelle Rudy, on ne sait même pas exactement d'où il vient, ni de quelle nationalité il est, et à peine son âge, une cinquantaine d'années. On lui a vendu cette baraque, on pouvait pas faire autrement ! Mais du boulot, par contre, on lui en a pas donné, enfin pas du vrai boulot ! Ici, on se méfie trop des communistes... Madame Weissberg n'en a jamais voulu chez elle ! Mais quand sa fille a pris les commandes de l'usine, il est revenu à la charge et on lui a procuré un boulot, le premier vrai boulot de sa vie. Un tout petit truc, manœuvre, il s'occupait de la manutention, vraiment le bas de l'échelle... du temps de madame Weissberg, ça ne serait pas arrivé. Heureusement pour lui, elle n'en savait rien. A l'usine il n'y a jamais eu de communistes. D'ailleurs, il n'y en a pas dans la vallée, j'ai jamais compris ce qu'il était venu chercher ici. Il aurait pu aller s'installer en ville, non il prétendait qu'il aimait la vallée, un fou je vous dis. Il faut être fou pour tuer une dame comme madame Weissberg !

— Il aurait tué madame Weissberg pour la punir de son attitude, par vengeance ?

— Oui, parce qu'il venait d'être licencié. Officiellement, le licenciement a été prononcé pour faute grave, il se serait battu avec un de ses collègues de travail... mais lui il s'était mis en tête que c'était madame Weissberg qui avait exigé son renvoi.

— C'était vrai ?

— Ça, je sais pas. Sûrement pas, madame Weissberg ces derniers temps ne s'occupait plus de rien, elle se reposait sur sa fille et elle n'était plus aussi... impliquée. N'empêche, l'essentiel c'est que lui, il y croit. Il est un peu borné, comme tous les communistes, ce sont des gens qui se mettent des idées dans la tête et n'en démordent plus. Lui, il croyait dur comme fer que la vieille, comme il l'appelait, avait exigé qu'on le mette à la porte...

Je ne lui veux aucun mal, on buvait même un coup de temps en temps de part et d'autre du grillage. Lui de la vodka, moi de la bière. On n'est pas des chiens, on peut se parler et boire ensemble, même si on n'est pas du même bord. Mais maintenant c'est trop, je ne peux pas laisser passer ça, laisser un meurtrier en liberté, car il me l'a avoué, à moi. Vous comprenez, je suis le seul à lui parler, par-dessus la clôture, et le seul à trinquer avec lui. Et hier, il m'a dit brusquement, en plein milieu d'une phrase qui n'avait rien à voir avec madame Weissberg : « C'est moi qui l'ai tuée, la vieille. C'était une salope, elle le méritait mille fois. »

Je lui ai demandé à qui il pensait, alors il a répété en détachant bien les mots, pour que je comprenne parfaitement, pour bien me l'enfoncer dans le crâne : « J'ai tué la vieille Weissberg, la salope, c'est à cause de cette salope que j'ai plus de travail. »

C'est clair non ?

— Et vous, qu'avez-vous répondu ? Ça ne s'est pas terminé sur son aveu, je suppose... il vous a expliqué ses raisons... et comment il a procédé...

— Il m'a dit que l'occasion avait été trop belle, qu'elle était seule dans le jardin. D'ailleurs il s'est demandé ce qu'elle trafiquait là, de si bonne heure. Il a compris quand il a vu la dame, elles avaient rendez-vous toutes les deux...

— La dame ?

— Oui, il m'a donné son nom : c'est une aide soignante de l'hôpital, je la connais bien, ma mère était à la...

— Son nom ?

— Madame Haas, Iris quoi. Tout le monde l'appelle Iris. C'est une brave femme qui n'a pas eu de chance avec son mari. Les vieux l'aiment bien, ma mère aussi la trouvait très gentille et dévouée...

— Et d'après votre voisin, elles se sont parlé...

— Oui, elles ont discuté un moment et quand Iris est repartie, Gustave s'est avancé, et comme l'occasion était bonne, eh bien il en a profité. Il m'a dit textuellement : « Il fallait que je le fasse. N'importe qui aurait dû le faire depuis longtemps, mais moi je l'ai fait. »

— Si on enregistrait votre déposition ?

XV

Le juge Galbier jubile en étudiant le dossier : rien ne cloche. Vengeance, c'est un mobile parfait. Le meurtrier a développé une haine que son ultime échec symbolisé par son licenciement a renforcée et qui l'a poussé à l'acte irrémédiable. Un individu qui n'a rien à perdre, qui porte sur lui les stigmates de son ratage. Un aigri, désabusé, blasé, un exclu du grand partage. Et les journalistes ne s'y sont pas trompés. *Le Journal de l'Est* titre : « Communisme contre Capitalisme. » Alors que *Les Dernières Dépêches d'Alsace* annoncent : « La guerre froide a fait une ultime victime. »

Et le petit jeune, Alexandre Valmy, le journaliste parisien rentré chez lui, avec sa besace remplie d'articles définitifs, avait eu le nez fin autant que les dents longues. Il n'y était pas allé de main morte : « Meurtre politique à retardement. »

Meurtre avec préméditation, récapitule le juge. Même si, lors du premier entretien, il avait refusé d'avouer, pour le poison. Il avait voulu jouer au plus fin. Ou alors il avait oublié, amnésie partielle, ça arrive même à ceux qui sont prêts à avouer. Comme si la mémoire avait sectionné un morceau. Heureusement, elle lui était vite revenue et il avait fini par reconnaître qu'il avait dilué de la mort aux rats dans le médicament contre la toux.

C'est écrit sur la déposition, noir sur blanc :

« Là aussi l'occasion avait été trop belle. J'étais à la maison de retraite, en visite chez une vieille voisine, chambre 12. J'ai tout de suite vu que la Weissberg sortait de la chambre 13. J'ai décidé que ce chiffre ne lui porterait pas bonheur. Elle avait eu suffisamment de chance dans sa putain de vie. Alors, je suis entré dans la chambre et j'ai vu le flacon. Je l'ai pris sans penser à ce que j'en ferais. Juste pour l'emmerder. C'était la première chose qui m'a sauté aux yeux quand j'ai ouvert la porte. Une fois chez moi, j'ai compris ce que je pourrais en faire. Alors, j'ai préparé ma mixture en me disant qu'elle allait crever comme un rat. Ça me faisait plaisir de penser ainsi. Et, le jour même, j'ai ramené le flacon dans sa chambre, ni vu ni connu, on entre dans la maison de retraite comme dans un moulin, personne ne m'a vu. Après, j'ai complètement oublié ce sirop, complètement, comme si j'avais jamais préparé le poison. Et quand je l'ai aperçue dans le jardin, je m'en rappelais plus non plus. Alors, je l'ai poussée pour qu'elle se fracasse la tête contre les cailloux de la bordure. Je savais qu'elle crèverait, que ce serait un choc dont elle ne se relèverait pas. D'ailleurs, elle s'est laissé faire, on aurait dit qu'elle s'attendait à ce que je la tue. Elle était mal en point, mais elle a quand même eu le culot de me demander de l'aider à marcher jusqu'à l'arbre. J'ai compris qu'elle voulait mourir là-bas. Je l'ai aidée, j'allais pas lui refuser ça, je suis pas un monstre. Et puis quand elle a été installée confortablement, je me suis tiré, j'étais fatigué. J'ai jamais plus pensé au flacon de sirop. »

Il n'a plus qu'à transmettre le dossier au juge des libertés. Une bonne chose de faite. Rien à craindre, côté aveu, le communiste ne se rétractera pas. Il s'en tiendra à la parole donnée, trop fier d'avoir pu abattre ce bastion du capitalisme.

Un fou, mais ce n'est plus son problème, les psychiatres pourront gloser à loisir. Lui, il s'en lave les mains. L'affaire est claire comme de l'eau de roche, une affaire en or.

Trop claire peut-être. N'a-il pas avoué un peu trop facilement ? Mais pourquoi aurait-il menti ?

Il chasse la petite pensée inopportune : le mobile est parfait, haine et vengeance. Le meurtre accompli, il avait fini par se confier à son voisin, pris de remords peut-être. Il écoperait de vingt ans maximum, dont la moitié en libération conditionnelle. Les jurés prendraient en considération sa vie de raté professionnel. Il bénéficierait des circonstances atténuantes s'il était capable d'émouvoir le jury. A moins qu'il ne s'obstine à jouer au communiste pur et dur et qu'il présente son crime comme un acte politique, le dernier sursaut d'un communiste aigri.

Les journalistes, eux, ont déjà leur proie, et ne la lâcheront pas.

Le juge fait claquer le dossier, d'ailleurs sa toute jeune épouse l'attend et ce soir ils dînent en ville.

*

Le cimetière est vide. Agathe Lolla avance entre les tombes figées dans le silence. S'il y a des oiseaux enfouis dans les buis, ils se taisent. Rien ne bruit. La mort doit les intimider. La mort intimiderait n'importe qui. Sauf les morts qui composent avec elle.

Jamais encore en marchant dans un cimetière, elle n'a eu cette impression de deux mondes parallèles. L'impression qu'on l'attend.

Il se met à pleuvoir. Elle sent les gouttes sur sa peau mais elle continue d'avancer.

Elle finit par trouver la tombe.

Ils sont là. Maria-Luz Lolla dite Agathe née à Barcelone, Espagne, décédée à Nieder, Alsace. Enterrée à Kirchenfeld.

Julio Lolla, dit Jules, né à Barcelone, décédé à Mulhouse, Alsace. Enterré à Kirchenfeld.

Odile Lolla née Schnell, née à Mulhouse, décédée à Mulhouse. Enterrée à Kirchenfeld.

Ses morts. Elle avait fait transférer les dépouilles de Julio et d'Odile dans le caveau qui abrite Agathe. Les deux femmes de son père : sa sœur, son épouse. Celle qui l'avait sauvé et celle qui lui avait donné sa vie, sa jeunesse, sa fille. Celle qui lui avait rendu la vie. Qui l'avait caché pendant les années où il valait mieux vivre caché, au fond d'une remise d'un jardin ouvrier, entre les râteaux et les sacs de patates. Caché comme un rat, un rat rouge.

Agathe s'écroule sur le monument. Sa famille. Une bande de rescapés de l'apocalypse, d'une guerre fratricide qui menait à l'exil ou à la mort. Et au bout de la route, pour le frère comme pour la sœur, quelqu'un s'était levé, avait endossé l'habit de fée : « C'était ma fée », avait écrit Agathe dans son cahier. Pourquoi la fille des bouchers avait-elle pris ce risque ? Pour ne pas démériter aux yeux de son frère qui, le premier, avait tendu la main à l'errante ? Avait-elle flairé à ce moment-là la bonne affaire : la jeune fille servile et serviable qui ferait une excellente servante, et pour rien encore, un morceau de pain, un bout de saucisse ? Et puis plus tard, il avait été trop tard pour la renvoyer, la servante s'était installée. Elle ne l'avait pas dénoncée, pas livrée. Elle l'avait protégée.

Agathe Weissberg avait-elle été capable de bonté ? Elle aurait protégé la fugitive comme plus tard elle aurait donné une somme considérable à une aide soignante, par pure altruisme ? Par générosité ?

Elle n'arrive pas à y croire. Le calcul. Agathe Weissberg n'avait jamais rien fait d'autre que calculer. Poser des chiffres. Elle avait laissé derrière elle un carnet bourré de chiffres, son ultime testament.

Aurait-elle sauvé la jeune Catalane par calcul ? Elle était capable de penser à long terme. De prévoir, tel un joueur d'échecs qui anticipe plusieurs tours d'avance.

Agathe reste couchée sur la pierre jusqu'à la nuit. La lune se lève, ronde, entière. Alors elle se lève elle aussi et se met à marcher entre les tombes vers la grille qui se profile derrière les croix. Encore quelques pas et elle sera dehors. Elle rejoindra Simon qui ne demande que ça. Après la mort, la vie, un grand lit et des peaux qui se rejoignent. Ça durera le temps que ça durera, le temps de sa présence à Kirchenfeld. Trois ans, en principe. Il reste deux ans et neuf mois. Ça leur fera du bien, à tous les deux.

A présent que l'affaire Weissberg est résolue, elle a tout son temps.

Tout près de la grille du cimetière, elle la voit. Une tombe très simple, surmontée d'une croix de pierre avec, gravée au cœur du granit, une inscription : « A mon inoubliable maman. » Agathe se penche sur le médaillon serti dans la pierre.

Pas de doute, elle lui ressemble.

Le nom, le prénom, la date de naissance et celle du décès confirment que cette tombe est celle de la mère d'Iris Haas.

Et la mère d'Iris Haas s'appelait Agathe Schneider.

Agathe sourit à la lune : elle a trouvé la quatrième Agathe, celle dont elle n'a pas soupçonné l'existence. La mère d'Iris. Agathe Lolla, pourtant, en a abondamment parlé dans son cahier, mais jamais en la désignant, comme si elle craignait, fût-ce dans le silence des feuilles, de trahir un secret. Le secret d'Agathe Schneider qui avait dû se résoudre à épouser l'ivrogne qu'elle n'aimait pas, pour donner un père à sa fille. Et elle, la nièce, n'avait su lire entre les lignes, croyant bêtement que sa tante parlait d'elle-même à la troisième personne : *Agathe ne s'est jamais remise de la disparition de Camille.* Evidemment, il ne s'agissait ni de la sœur, Agathe Weissberg, ni d'elle Agathe Lolla, l'amie, la confidente, mais de la dernière Agathe, celle qui avait aimé Camille et en avait eu un enfant, en pleine guerre.

Elle s'étire sous le regard de la lune, elle sort.

*

La lune est encore ronde quand Agathe grimpe les marches de terre qui mènent au jardin.

L'autre est déjà arrivée.

— Vous avez fait vite !

Iris Haas répond calmement :

— J'étais pressée. En fait, je ne dors plus depuis deux nuits. J'attends.

— Vous attendiez que je vous appelle ?

— C'est ça, à peu près. De toute façon, je serais venue.

Dans l'obscurité des arbres, elle pointe ses yeux exorbités, à l'étrange lumière bleu pâle, sur la capitaine.

— Si vous croyez que j'aurais laissé un innocent s'accuser... je suis une criminelle, pas une salope ! Comment avez-vous compris ?

— J'ai trouvé la tombe de votre mère, sous la lune, je reviens du cimetière... c'est sur la tombe que j'ai saisi...

Elle ne complète pas sa phrase. Iris n'a rien à savoir du cahier de la tante, qui lui appartient à elle seule, l'héritière du meilleur et du pire.

— J'ai compris qu'Agathe, votre mère, avait été amoureuse, qu'un enfant été né de cet amour. Vous, Iris, vous avez été l'enfant de cet amour. Mais ça ne vous a pas sauvée. Peut-être était-il trop tard quand vous avez appris la vérité... Votre mère vous l'a révélée au moment de mourir, n'est-ce pas ?

Les yeux d'Iris Haas brillent sous la lune. Des yeux de loup, songe Agathe. Un loup justicier. Qui bénéficiera de toutes les circonstances atténuantes, toutes plus une, qu'Iris elle-même ne connaît pas encore. Qu'elle seule connaît. C'est son boulot.

— Je suis fière d'être la fille de mon père. C'est pour lui, pour sa mémoire que je l'ai tuée. Le seul regret que j'ai, c'est de ne pas l'avoir tuée exprès. C'est elle qui a commencé...

Iris a la voix d'une petite fille qui raconte.

— Je l'ai vue passer sur le trottoir, je venais de me lever et je buvais un café, j'avais l'intention de rentrer chez moi avant d'aller bosser. Mais quand je l'ai aperçue, je ne sais pas pourquoi, je l'ai suivie.

Elles sont arrivées en même temps, la tante et la nièce, l'une derrière l'autre. Et, aussitôt, Agathe Weissberg avait attaqué.

— Elle m'a jeté : « Pourquoi tu me suis comme un roquet ? » Je lui ai répondu : « Je suis chez moi ici autant que toi. » Alors, elle a continué, d'une voix méchante, vous n'avez pas idée : « Chez toi ? Tu ne manques pas de culot ! Evidemment, avec la pute de mère que tu as eue. Et tu crois que mon frère l'aurait épousée, la pute ? Je peux te jurer que non. Il l'a sautée entre deux portes, voilà tout. Et toi tu t'es monté le bourrichon en croyant que j'allais t'ouvrir les bras et te donner mon fric ? Tu n'auras ni l'un ni l'autre. Tu n'es qu'une bâtarde ! »

Puis, l'ancêtre s'était baissée et avait ramassé les petits cailloux.

— Elle s'est mise à me les lancer dessus. Je me suis d'abord protégée avec mes bras. Et, tout à coup, j'ai fait comme elle : j'ai ramassé une pierre et je l'ai lancée.

Une bataille de gamines où aucune ne veut céder.

— Le caillou l'a touchée à la tempe, elle a perdu l'équilibre, elle est tombée en avant sur la borne. Je l'ai redressée, j'ai vu le front enfoncé, elle n'était pas morte. Elle me regardait en prononçant d'une voix tout à fait intelligible : « Tu ne seras jamais ma nièce. Tu es de mon sang, mais tu n'es pas de ma famille. »

Il y avait une haine dans ses yeux, vous ne pouvez pas vous imaginer...

— Vous la faisiez chanter... Vous croyez qu'elle pouvait tomber dans les bras de quelqu'un qui, sous prétexte d'être de son sang, voulait lui extorquer son argent ?

— Son argent ? Mais c'était ma tante et c'est elle qui a hérité des biens qui revenaient à mon père ! J'y avais droit ! Ça ne lui coûtait rien, ça ne la privait pas ! Et puis, ce n'est pas pour l'argent que je lui ai raconté ce que ma mère m'avait appris. Je croyais naïvement qu'elle pleurerait de joie, je ne voulais pas imaginer qu'elle se conduirait avec moi comme avec ma mère quand elle lui avait annoncé sa grossesse... Je pensais qu'avec le temps elle s'était amadouée et qu'elle regrettait, qu'elle serait trop contente de pouvoir réparer l'injustice... eh bien non, elle était toujours la même, dure, froide, sans pitié. Elle m'a rejetée en me filant cette liasse de billets : « La première et la dernière fois, a-t-elle dit de sa voix glacée, tu n'auras plus un centime de moi, même si tu dois en crever. Considère cet argent comme solde de tout compte. »

— Elle vous l'a donné tout de même ?

— Oui, elle était acculée, ce n'est pas par amour... Je l'avais menacée d'aller raconter à ses filles qui je suis. Et ça, elle ne pouvait pas supporter. Elle voulait être la seule, comme si elle n'avait jamais eu de frère...

— Mais, dans ce cas, elle aurait continué à payer, alors pourquoi avoir tué la vache à lait ? Vous pouviez exiger davantage...

— Je vous répète que c'est un accident. Elle est tombée... mais c'est moi qui l'ai tuée, je ne renie rien, j'assume.

— Et vous l'avez transportée au cerisier ?

Elle hésite.

— Non, je l'ai laissée sur place. Elle a dû se traîner jusqu'à l'arbre... Quand je suis partie, elle respirait et elle avait encore ses yeux pleins de haine... Oui, je sais, je plaide coupable, j'aurais dû appeler à l'aide, mais je n'ai pas pu. Je suis allée travailler, je ne savais pas quoi faire d'autre. J'étais comme tétanisée.

Elle se met à pleurer, à coups de petits sanglots nerveux qui déchirent la nuit. Puis, tout aussi brusquement, elle s'essuie les yeux d'un revers de la main :

— Je ne vois pas pourquoi je pleure sur cette carne, je ne regrette rien. Si c'était à refaire, je referais pareil...

Violences volontaires ayant entraîné la mort sans intention de la donner. Ça, c'était côté jardin. Reste l'autre côté.

— Vous avez aussi tenté de l'empoisonner en ajoutant de la mort aux rats au sirop...

— C'est pas moi.

Le ton est péremptoire.

— Qui alors ?

— Comment voulez-vous que je le sache ? En tout cas, quelqu'un qui la haïssait encore plus que moi !

— Vous connaissez cet homme, celui qu'on appelle ici « le communiste », celui qui s'est accusé du meurtre de votre tante ?

— Je le connais comme tout le monde, il vient parfois à la maison de retraite rendre visite à un pensionnaire, mais je ne sais rien de plus. Enfin, dans le jardin, ce n'était pas lui qui a lancé le caillou ! Il n'était même pas là !

— Si, il y était, mais vous ne l'avez pas vu... vous étiez trop occupée... il a voulu vous couvrir, prendre l'affaire à son compte, payer à votre place ! Avez-vous une explication à cette attitude ?

— Je ne vois pas pourquoi il m'aurait couverte ! Je ne le connais pas, cet homme. Il n'est rien pour moi, il n'est ni de ma famille ni même de mes amis. Je ne sais pas pourquoi il ment ! Enfin, pour le poison, il ne ment pas, car si ce n'est pas moi, c'est forcément lui. Et, maintenant, je fais quoi ? Je rentre chez moi ou vous m'arrêtez sur-le-champ, à l'endroit même de mon forfait ?

— Vous êtes arrogante, je vous conseille plus d'humilité quand vous serez confrontée au juge d'instruction, et plus tard aux jurés. Croyez-moi, votre orgueil ne vous mènera à rien ! Votre père n'a pas eu le temps de vous reconnaître ni de vous aimer et votre tante vous a refusé sa tendresse, mais personne n'y est pour rien, et surtout pas les gens qui vous jugeront. Je vous laisse rentrer, on se reverra quand le jour sera levé, ce n'est qu'une question d'heures, mais attendez-vous à une garde à vue. Vous pouvez déjà contacter un avocat si vous en connaissez un...

Sur le macadam, au moment où Iris ouvre la portière de sa vieille Renault, Agathe risque une ultime question :

— Il y a une plaque sur la tombe de votre mère : *A mon amie*. A votre avis, elle vient de qui ?

— Ma mère était secrète, sinon elle ne m'aurait pas cachée mes origines, jusqu'à sa mort. Mais je suis sûre que ce n'était pas son amant. Elle n'a jamais eu d'autre homme dans sa vie que mon père et, ensuite, son mari qu'elle n'aimait pas. Elle n'a pas eu une vie très heureuse...

*

— Eh bien, on y est ! s'exclame le juge Galbier, deux meurtriers, il fallait bien ça pour une femme d'exception de la trempe de cette Agathe Weissberg !

Agathe ne répond pas.

— Je ne vois pas ce qui vous tracasse ! Tout est parfaitement limpide. Iris Haas a tué sa tante par haine et dépit, ou par accident, c'est ce que son avocat plaidera s'il est intelligent. L'autre, le communiste, s'est trompé de victime, il voulait atteindre madame Weissberg, mais le hasard a voulu que ce soit madame Behra qui ingurgite ce sirop... Je ne vois rien qui puisse vous perturber !

Il récapitule, en bon prof devant une élève un peu perplexe :

— Le communiste a vu la scène, l'a enregistrée. Quand Iris Haas a quitté les lieux, il s'est approché, a pris la victime dans ses bras et l'a déposée contre le cerisier où elle a rendu son dernier soupir. De toute façon, s'il avait appelé les pompiers, ils seraient arrivés trop tard, elle était agonisante et aucun médecin ne l'aurait sauvée. Ensuite, il s'est chargé du crime, parce qu'il était coupable. Coupable d'avoir mélangé la mort aux rats au sirop qu'il avait pris dans la chambre de madame Weissberg, exactement comme il le dit dans sa déposition, déposition qu'il a signée.

Il tapote le dossier qui repose sous ses mains :

— Tout est là-dedans. Il n'y a pas de loup. Votre communiste, reprend-il en se penchant sur son bureau comme s'il voulait atteindre Agathe, assise de l'autre côté, se sent tellement coupable qu'il endosse le meurtre commis par Iris Haas, auquel il a assisté. D'ailleurs, c'est lui qui l'a prise dans ses bras pour l'adosser contre cet arbre.

— Justement. C'est ça qui...

Il l'interrompt.

— Remords, remords, ma chère, vous ne connaissez pas encore la nature humaine sur le bout des doigts. Et puis, il a voulu peut-être exaucer son dernier vœu... On accorde bien une cigarette au condamné...

— Pourtant, il s'est obstiné dans sa première version, et nous savons à présent qu'elle est fausse, qu'il n'a pas jeté ce caillou... Pourquoi ne s'obstinerait-il pas aussi dans cette histoire de poison ?

— Il n'a pas d'alibi, il avait ses entrées et ses sorties à la maison de retraite, de la mort aux rats dans sa remise, et un motif puissant.

— Ah oui ? Lequel ?

Le juge la considère avec commisération.

— Mais la lutte des classes ! Cette femme représentait pour lui la quintessence de l'abomination. Idéologiquement, il était de son devoir de supprimer ce symbole de l'oppression. Il en avait fait son idée fixe et le jour où il a pu se venger, il l'a fait. Disons que son licenciement suite à cette bagarre a été la goutte d'eau qui a fait déborder le vase. Surtout que son collègue de travail, lui, n'a pas été inquiété ! Il a pris cette attitude pour de la provocation. Ce n'est pas la première fois qu'un type au chômage tue son employeur ! En plus, les communistes sont tous des paranoïaques. Regardez Staline !

— Ce n'est pas un mobile suffisant. Tous les communistes ne tuent pas leurs patrons.

— Celui-là, si ! Ou alors vous avez quelqu'un de mieux à me proposer ?

Elle n'a personne de mieux ; elle a juste quelqu'un qu'elle garde en réserve, comme on garde sa meilleure carte pour la fin.

Mais quelle fin ?

*

La vendeuse, vraisemblablement la patronne, est une solide femme aux cheveux permanentés et au sourire commercial.

— Si nous avons vendu, fin mai de cette année, une plaque de marbre noir avec l'inscription : *A mon amie* ? répète-t-elle, un peu décontenancée par la question qu'Agathe vient de poser.

Elle fronce les sourcils, se souvient :

— Oui, je vois, on en vend si peu, de ces plaques-là, ça m'avait frappée. C'était un homme que je connais de vue, donc quelqu'un d'ici, de toute façon notre clientèle habite Kirchenfeld ou la vallée. Donc, que disais-je, un homme, mais pas un vieillard, voilà ça me revient, il a payé en liquide et il a précisé comme pour s'excuser : « Ce salopard de banquier m'a interdit de chéquier. » Et cet homme c'était le communiste, c'est ainsi qu'on le surnomme, je ne connais même pas son vrai nom !

— Le communiste, vous êtes sûre ?

— Absolument et je n'ai pas été mécontente qu'il me règle en liquide. Tout le monde sait qu'il galère depuis qu'il a été licencié... on n'embauche plus guère à l'usine Peaunette cependant on ne licencie jamais... mais il paraît qu'il ne l'avait pas volé ! En tout cas, moi je ne lui donnerais pas le bon Dieu sans confession !

— Ça m'étonnerait qu'il vous le réclame ! Merci beaucoup pour le renseignement.

La patronne des pompes funèbres la regarde sortir, elle se demande visiblement pourquoi la capitaine, la chef, se déplace pour un si mince détail, une plaque de marbre noir à poser sur une tombe...

XVI

Iris Haas et le communiste ont été écroués ; au bout de la garde à vue, le juge des libertés a signé les mandats de dépôt.

Comme il se doit, ils se retrouvent chacun dans une aile de la prison de Mulhouse, un bâtiment séparé du tribunal de grande instance par une rue.

Ils ne regrettent rien, ni l'un ni l'autre. Ils l'ont d'ailleurs, chacun, séparément, confié au juge Galbier : « Si c'était à refaire, je le referais ».

— Sauf, a ajouté Iris, comme c'était un accident, il faudrait que les mêmes circonstances se répètent, qu'elle me jette les pierres dessus, que je riposte en lançant un caillou, vous comprenez, monsieur le juge ?

Le juge s'est demandé si elle se moquait de lui. Des raisons sérieuses le faisaient pencher vers cette hypothèse : le sourire narquois, presque insolent, les yeux exorbités de cet insupportable bleu clair, l'allure rigide. Même assise sur sa chaise, Iris conservait ce maintien orgueilleux, insultant. Le juge Galbier a eu du mal à supporter. Quoi, une aide soignante de rien du tout qui vient clamer haut et fort qu'il est normal et logique de tuer les vieilles mégères ! Si on se mettait à tuer les vieux, où allait-on ?

— Et dans votre métier, vous usiez aussi de votre pouvoir ? a-t-il demandé.

Il n'aurait pas été étonné qu'elle craque. Craquer ça fait du bien quand on n'a plus rien à perdre, et qu'elle lui avoue tout de go une série de crimes forcément impunis... Mais elle avait ricané :

— Ça vous arrangerait de me faire passer pour une serial killeuse de vieux ! Je n'ai tué aucun des malades dont j'ai eu la charge pendant plus de quarante ans ! Parfois les doigts me démangeaient, mais je ne l'ai jamais fait. J'ai toujours laissé la mort naturelle se charger d'eux. Pour Agathe non plus je n'ai rien prémédité, ça s'est passé comme ça, c'est la vie, et puis je crois que la vie pour une fois a été juste en la précipitant sur cette borne, elle avait dépassé les bornes en insultant ma mère et en niant notre parenté... Comment voulez-vous que je fasse établir ma filiation ? Mon père n'est jamais rentré ! Je n'ai que la parole de ma mère sur laquelle m'appuyer, mais je sais qu'elle ne m'a pas menti... et Agathe Weissberg savait pertinemment que c'était vrai, que j'étais sa nièce, mais elle se serait laissé tuer plutôt que d'y consentir. J'ignore tout des relations qu'elle avait eues avec son frère, ma mère n'a pas eu le temps de m'en parler...

— Vous êtes la seule à être persuadée de votre parenté... et si votre mère avait tout inventé ? Elle a très bien eu le temps, sa vie durant, d'imaginer une histoire dont vous ne pourrez jamais vérifier l'authenticité...

Iris avait lancé, méprisante :

— J'en suis sûre, moi ! Ce que vous en pensez avec votre esprit tordu et malsain, je n'en ai rien à foutre ! De toute façon, je veux bien payer, j'ai passé une grande partie de ma vie à payer les conneries des autres, celles de mon beau-père, celles de mon mari, pourquoi pas la mienne ? Surtout que celle-là, je vous le répète, je l'assume et je ne regrette rien !

Le juge Galbier l'avait rendue aux gendarmes.

*

Pendant ce temps, le coupable attend.

Mais avant qu'ils ne viennent le cueillir, il doit finir son travail, arracher les oignons qu'il mettra en bottes et suspendra sur la porte de la grange pour les faire sécher. Il se penche sur la terre sèche, tire sur les tiges déjà jaunies, le bulbe s'extirpe du sol, péniblement, boule à la peau fripée tachée de terre. Il le jette dans la travée, continue. Il y a trois rangées à déterrer et il ignore le temps qu'il lui reste. Elle pouvait venir tout de suite ou dans une heure ou le lendemain. Peut-être même jamais, mais ça il n'y croit pas un instant.

Elle viendra, il en est sûr. Bientôt, elle comprendra et alors elle l'emmènera. D'ailleurs, il est presque prêt, encore quelques oignons à arracher à la terre.

Les oignons s'entassent sur la terre. Un joli monticule. On dirait un tumulus, une tombe.

Il se redresse, contemple le potager cerclé de murets. Ils allaient venir et il devrait se mettre à table. Evoquer ses visites à la vieille dame, une fois par semaine il lui apportait quelques fruits du jardin, cerises, mirabelles, pommes et poires. « Pour vos goûters », disait-il. Elle acceptait, les larmes aux yeux, elle recevait peu de visites. Il l'embrassait, sortait de la chambre qui sentait les fruits mûrs. Dans les couloirs il lui arrivait de la croiser, elle. Il l'avait reconnue dès la première fois. Elle n'avait pas changé, les yeux métalliques, d'un bleu clair, que l'on trouvait admirables mais qu'il avait cessé d'admirer depuis longtemps. Elle portait son chapeau, comme autrefois, même toute jeune fille dans la boucherie elle ne l'enlevait jamais. Déjà une dame. Une dame qui attendait son heure, au fond de son magasin. Et l'heure était venue.

Un jour, il s'était approché de sa chambre, la porte était entrebâillée, il était entré, il avait vu le royaume, les meubles luisant dans l'obscurité des volets baissés. Un royaume impeccable, lustré à cœur, bibelots, vases et chandeliers en étain. Deux chambres contiguës, chambre à coucher et salon, des tapis persans, rouge et or, un fauteuil Stressless pour regarder l'écran plat dernier cri.

Au fil des visites, il a conçu le projet de se débarrasser d'elle. Il a soupesé les différentes manières de tuer, fusil, poignard, mains nues. Mais il ne pouvait pas, mains nues c'était impossible, il ne l'approcherait pas, sa peau lui répugnait. Ne pas poser ses mains sur elle. Sa peau sur sa peau.

Il a pensé au poison, il en utilise parfois pour les rats qui pullulent autour des granges, non par plaisir mais par contrainte, les rats ça bouffe tout. Il les tue par devoir. Elle était comme eux, appartenait à la même engeance, elle aussi il la tuerait non par plaisir mais par devoir.

Il a longtemps imaginé une vengeance. Mais le mot lui semble insuffisant. Il ne se vengerait pas. Rien ne suffirait à panser la douleur, même pas sa mort. Il la tuerait non pas pour lui qui avait perdu jusqu'à son nom, mais à leur nom à eux qui étaient restés couchés sur la terre étrangère, sans aucun espoir.

Il contemple les oignons. La récolte lui aurait suffi pour l'hiver. Il aime les oignons. Un légume simple. Un légume de pauvre. Il en a beaucoup mangé.

Il entend le crissement des pneus. Ils viennent, donc.

Il range sa bêche dans l'appentis réservé aux outils. Les oignons resteraient éparpillés sur la terre puisqu'il n'a pas le temps d'en faire des bouquets.

Il n'opposera aucune résistance. Il les avait suivis, eux aussi, les soldats de l'apocalypse vêtus de noir et bottés de cuir qui étaient venus le prendre ce jour-là. Il ne se souvenait plus si c'était un lundi ou un jeudi. Un jour de semaine, banal. Enfin pas vraiment, puisque c'était le dernier jour, le soir même il avait décidé de s'enfuir, tout était prévu, il rejoindrait l'Espagne et de là s'embarquerait pour rejoindre le Général à Londres où il mettrait à sa disposition sa jeunesse et son amour de la liberté.

Ils l'avaient emmené et dans leur bureau il avait reconnu ce qu'on lui reprochait, oui il était communiste, oui il distribuait des journaux clandestins, oui il s'apprêtait à quitter ce pays pour se battre contre les nazis.

Ils n'avaient pas appréciés. Pour se défouler, ils l'avaient un peu torturé.

Et ils avaient ricané. Et ces ricanements le poursuivaient. C'étaient des ricanements d'êtres vivants qui avaient transgressé la barrière de l'humain.

Puis, ils avaient jeté quelques mots, articulé de leurs bouches sèches, arides, qu'il avait reçus, tout sanglant qu'il était. Des mots qui ne laissaient aucun doute. Le nom de la personne qui l'avait dénoncé.

Puis le silence.

Derrière lui, les oignons achèvent de sécher sur la terre recouverte de pelures.

Agathe Lolla lui tend la main.

— Bonjour, Camille Weissberg.

*

— Tu veux des œufs brouillés ?

Simon a décidé de commencer le sevrage. Les cacahuètes, c'est bon, mais un paquet par jour, c'est trop. Le reste du temps, il faut manger.

Il débute le sevrage par un dîner.

Agathe est radieuse

— Au sens étymologique du mot, Simon, comprendre ça veut dire prendre avec soi. Alors, dans ce cas, si tu prends avec toi, comment veux-tu juger ? Je suis bien contente de laisser ce boulot aux jurés ! Je serais incapable, incapable vraiment, de juger Camille Weissberg et sa fille !

— Allons-y pour des œufs brouillés, tu vas aimer, j'en suis sûr, surtout si c'est moi qui les fais ! On parlera à table...

Il s'éclipse vers la cuisine, elle reste dans le petit salon aux murs de pierres apparentes, aux plafonds barrés de poutres sombres.

Elle pense. A Camille devenu Nicolas. Un prénom de petit garçon, qu'il n'a pas choisi. Dans le camp de Tambow, il l'avait usurpé à un Russe qui venait de mourir. Il voulait une autre place et il l'avait prise.

— Je ne voulais pas mourir en pensant que je m'appelle Camille Weissberg. C'était un nom qui me semblait sale. Alors j'ai tué Camille et je suis devenu Nicolas. Avec ce prénom d'emprunt, je devenais un autre, je pouvais mourir sans honte. La honte d'avoir une sœur capable de vous vendre, d'appartenir à cette famille-là...

Les nazis m'ont considéré comme une quantité tellement négligeable qu'ils ont fait de moi de la chair à canon et qu'au lieu de me laisser crever dans un camp, comme le Struthof, ils m'ont expédié en hiver. Ils ne pensaient pas que j'en reviendrais. Le Front russe c'était la mort programmée... mais j'ai survécu et je suis revenu, longtemps après...

Il a tendu vers elle ses mains nues au-dessus des oignons :

— Finissons-en, passez-moi les menottes ! C'est moi qui ai tué...

— Tué qui ? Camille Weissberg ?

Il a eu l'air fatigué :

— J'ai tué ma sœur, je lui avais donné rendez-vous dans le jardin de notre enfance, c'était l'endroit rêvé. J'en avais tant rêvé de ces arbres... Je lui ai jeté ce caillou et elle est tombée...

— Vous voulez me faire croire que votre fille Iris n'était pas présente ? A ce qu'on m'a dit, il y avait un monde fou au contraire dans ce jardin : vous, elle, le communiste, un petit garçon. Parmi toutes ces personnes un seul a jeté la première pierre.

Elle a repris pendant qu'il la fixait de ses yeux clairs, aussi clairs que ceux de sa sœur Agathe.

— La pierre, ce n'est pas vous qui l'avez jetée mais Iris. Vous n'auriez jamais eu ce geste-là. Et vous n'auriez pas, malgré ce que vous dites, touché votre sœur fût-ce pour la tuer. Vous n'êtes pas un tueur. Vous n'êtes pas revenu pour tuer. Vous êtes revenu pour retrouver la femme que vous aimiez, et qui, comble de l'ironie, s'appelait Agathe, comme votre sœur. Vous aimiez votre sœur. Vous aimiez Agathe. Et vous aimiez l'autre Agathe, qui en réalité s'appelait Maria-Luz... Vous souvenez-vous d'elle ? C'est grâce à elle que j'ai fini par comprendre... elle écrivait entre les lignes, et j'ai mis du temps à apprendre à lire... et puis j'ai trouvé la tombe et j'ai saisi...

« *Qu'a-t-elle fait de son frère ?* » Cette question revient dans son cahier de mémoire comme une litanie. Je crois qu'elle aussi avait peur d'avoir compris. Elle aimait tellement celle qu'elle appelait sa fée !

— Même moi j'y croyais, je croyais qu'elle m'aimait. La vérité m'a sauté aux yeux lorsque j'ai entendu les rires des types de la Gestapo. Je les entends toujours, ils ne s'éteindront jamais. La nuit, je me réveille, j'écoute : « C'est ta chère sœur, elle a compris quelle sale petite racaille tu es, une merde de sous-homme, une raclure de communiste, ta sœur a compris dans quel camp il fallait être, ta sœur travaille pour nous, espèce de cochon. » Ils disaient schwein. Elle n'a pas livré que moi, d'autres aussi, tous communistes.

— Et sa participation dans les groupes de résistance ? C'était quoi ? De l'opportunisme ? Elle était assez maligne pour anticiper l'avenir et elle se ménageait une porte de sortie ?

— Je ne sais pas. J'ai passé ma vie à essayer de nommer ce qui s'est passé. Elle m'a livré, donné, trahi, vendu, et on pourrait trouver des quantités d'autres verbes. Elle a aussi aidé, secouru, sauvé, résisté. Tout ça est vrai. Sans doute était-elle double. Ce que je sais, c'est qu'elle est venue au rendez-vous que je lui ai fixé. J'avais laissé un simple petit mot sur la table de sa chambre indiquant l'heure et le lieu, je n'ai pas signé, et elle est venue... Elle m'avait reconnu. Elle m'avait attendu.

Agathe imagine : la vieille dame trottinant vers son frère, plus de soixante ans après l'avoir tué. Que lui aurait-elle dit ? Serait-elle tombée dans ses bras en lui demandant pardon ? Ou lui aurait-elle reproché d'être encore en vie ? Et de venir, car telle était l'intention de Camille, lui réclamer au nom de sa fille Iris la part d'héritage auquel elle avait droit de par sa filiation ?

Tout s'est terminé sur une déposition.

« Je soussigné né Camille Weissberg à Kirchenfeld le 15 août 1919, connu sous l'identité de Nicolas Kourov, nom que j'ai usurpé pendant mon emprisonnement au camp de Tambow, déclare avoir été présent sur les lieux de l'accident ayant provoqué la mort de madame Agathe Weissberg, mercredi entre six heures et six heures trente. En effet, j'avais donné rendez-vous à cette personne afin de régler des détails que l'on peut qualifier de familiaux. Je suis arrivé au moment où madame Weissberg suivie d'une femme que je n'ai pas identifiée tout d'abord montait les marches de terre qui conduisaient au jardin. Elles ne se sont pas aperçues de ma présence. Elles ont échangé quelques mots que j'ai entendus, puis aussitôt madame Weissberg s'est penchée vers le sol pour ramasser des cailloux qu'elle s'est mise à lancer avec l'intention visible de blesser son interlocutrice. J'ai failli m'interposer mais n'en ai pas eu le temps, car Iris Haas que je venais de reconnaître a riposté et touché madame Weissberg à la tempe. Celle-ci, après avoir titubé s'est écroulée et, dans sa chute, a violemment heurté une borne. J'ai vu Iris Haas se pencher sur le corps inanimé puis se relever et s'enfuir en courant. Je me suis approché et je me suis penché au-dessus d'elle : elle vivait encore, mais respirait difficilement, ses yeux déjà fuyaient. Je le sais, j'ai assisté de nombreux morts au cours de la guerre. Elle a murmuré : « Ramène-moi. » Je l'ai prise dans mes bras et je l'ai portée jusqu'à l'arbre. Je l'ai adossée contre le tronc et elle a fermé les yeux. Elle était morte. Je ne suis même pas sûr qu'elle m'ait reconnu. Je n'ai vu personne dans le jardin ce matin-là, à part madame Weissberg et Iris Haas. Je ne sais pas si quelqu'un a assisté à la scène. Après, je suis rentré chez moi. Je n'ai rien dit, je n'ai pas dénoncé Iris Haas, d'abord parce que je ne suis pas un délateur et ensuite parce qu'elle est ma fille et que je lui ai fait beaucoup de mal. Je lui demande pardon.

Après mon incarcération à Tambow, j'ai connu de nombreux autres camps. J'étais devenu un Russe, mais un de ceux qui étaient condamnés à rester dans les culs-de-basse-fosse à trimer pour la plus grande gloire de Staline. Staline n'a pas relâché tous les Alsaciens (mais j'avoue que je n'ai jamais revendiqué mon statut de Malgré-Nous et encore moins d'Alsacien), j'ai rencontré nombre d'entre eux qui sont morts en captivité.

J'ai fini par quitter la Sibérie et j'ai vécu comme citoyen russe. J'ai rencontré une journaliste parisienne que j'ai épousée. A sa mort, j'ai demandé un visa qui, miraculeusement, m'a été octroyé. Je suis revenu en France et je me suis installé sur les lieux de ma naissance. Pourquoi ? J'avoue ne pas avoir de réponse précise. Pour me trouver le plus près possible de mon bourreau ? Pourtant, pas une fois en trois ans, je n'ai essayé de l'approcher et encore moins de lui parler. Pour lui dire quoi ? Que j'avais survécu ? Elle m'avait enterré en me livrant à la Gestapo. Pourtant, lorsque j'ai constaté les difficultés financières d'Iris, difficultés dont me parlait ma propriétaire, je me suis dit qu'il était parfaitement injuste que ma fille ne puisse bénéficier d'une part des biens de ses grands-parents.

Je n'ai pas osé non plus m'approcher d'Agathe, ma fiancée perdue, et quand enfin j'ai pris la décision d'aller sonner à sa porte, j'ai appris qu'elle venait de mourir. Après, j'ai encore tergiversé pour me présenter à ma fille. D'ailleurs, qui suis-je ? Nicolas Kourov. Ni ma fiancée ni ma fille ne connaissent de Nicolas Kourov. Ma sœur m'a fait perdre jusqu'à mon nom. Elle a détruit ma vie ou elle a tenté de la détruire, mais je n'éprouve ni haine ni amertume, seulement une profonde tristesse. Tristesse de ce que nous avons manqué, de ce que j'ai manqué, à cause d'elle.

J'ai gardé le chapeau. C'est moi qui l'ai ramassé, qui l'ai emporté, qui l'ai rangé dans mon armoire et il ne se passe pas une seule journée sans que j'aille le regarder, le toucher. »

Camille n'a rien dit, pour l'arbre et elle ne lui en a pas parlé. La tante Agathe avait vendu la mèche dans son cahier :

Camille, la veille de son départ pour l'Angleterre – c'est du moins ce qu'il s'imaginait à ce moment-là –, était allé planter un arbrisseau minuscule qu'il venait de greffer. Il m'avait dit qu'il ignorait ce qu'il deviendrait, qu'il en aurait la surprise à son retour. Il n'est jamais revenu, mais son arbre a grandi et Agathe y va presque chaque jour. Je sais qu'elle ne le fera jamais couper. C'est tout ce qui lui reste de lui.

*

— C'est prêt !

Agathe se lève, la table est mise : nappe et serviettes en toile de lin jaune, assiettes en grès, décor rustique. Simon est un homme de goût.

Les œufs sont brouillés à point, crémeux et onctueux. Elle mange. Elle n'a plus mangé depuis des siècles. Agathe, toutes les Agathe, l'ont empêchée de se nourrir.

Et puis le communiste lui avait donné du fil à retordre. Heureusement, elle avait un indice, on laisse toujours un indice derrière soi. « *A mon amie* », avait-il posé sur la tombe de la mère d'Iris. Agathe Schneider avait été la seule amie qu'il avait eue au cours de sa vie, pas une camarade, mais une amie. Lui aussi avait été son seul ami. L'ami de cœur à qui on confie tout. Même sa fille n'avait jamais rien su de cette amitié étrange. C'était à lui qu'elle avait osé dire l'indicible. Ce que finalement presque toute la vallée savait, mais n'osait formuler. Elle avait des preuves, qu'elle lui avait confiées juste avant de mourir. « Je ne peux pas mourir avec ça sur la conscience, lui avait-elle dit, mais je ne peux pas charger Iris. »

Elle lui avait fourni les preuves de la trahison d'Agathe Weissberg, comme ultime message d'amitié. C'est du moins ainsi qu'il avait interprété la confidence qui allait coûter la vie à madame Weissberg. Qu'il avait voulu tuer comme on extermine les rats. A la place d'Agathe. Au nom de Camille sacrifié par sa sœur.

— C'est bon ?

Elle articule « délicieux ».

— Alors, c'est fini ?

Elle est déjà en train de fouiller dans son sac. Il s'y trouve. La nuit, elle a cessé de dormir avec lui, mais elle le garde encore avec elle, le jour.

Elle le feuillette rapidement.

Agathe est venue me voir, j'ai compris à son regard que j'allais très mal, que je n'en avais plus pour longtemps. Bien sûr, elle m'a parlé de Camille, ça fait si longtemps qu'elle n'en avait plus parlé à personne. Moi aussi, j'ai aimé Camille, on l'a aimé toutes les deux. Alors, je lui ai dit, pour ce matin où on est venu le chercher. Elle ne m'a pas cru d'abord, c'était si horrible, moi aussi pendant toutes ces années j'ai voulu fermer les yeux... Je lui ai dit ce que je pensais, ce qui doit être la vérité, parce qu'il fallait que quelqu'un le sache, après moi (mais parfois je me dis que tout monde le sait, au fond). Elle l'aimait, elle a le droit de savoir ce qu'on lui a fait.

Je me suis longtemps dit que Camille avait payé à ma place. C'est moi qu'elle aurait dû dénoncer, mais elle aimait trop ce rôle de fée et peut-être m'aimait-elle, un peu, si elle était capable d'aimer quelqu'un ou peut-être me gardait-elle en réserve, pour plus tard, pour l'heure des règlements de comptes.

— Comme dessert je te propose de la crème anglaise et du kugelhopf glacé, je sais, ce n'est pas très orthodoxe, mais j'ai testé, c'est atypique mais séduisant...

Il est vraiment attendrissant.

— Tu as une manière impayable de prononcer kugelhopf ! Ma tante maîtrisait si bien le patois qu'elle était arrivée à le parler sans accent... mais elle a mis des années, m'a-t-elle avoué un jour.

Elle rit :

— Figure-toi que c'est à cause de ce détail que j'ai compris que mon marchand de miel cachait quelque chose... Comme quoi, il faut savoir écouter les gens. Lui, le Russe, réussissait à suivre les conversations de ses voisines de marché qui bavassaient en patois ! J'ai trouvé ça troublant...

— Et ta troisième petite vieille, celle qui était si gentille que toute la vallée est prête à demander sa canonisation, elle est morte de quoi, en définitive ? Elle a été supprimée par le communiste qui craignait sa perspicacité ?

Agathe haussa les épaules :

— Le communiste a agi pour venger son amie, la mère d'Iris, l'Agathe que je n'ai pas su reconnaître... Il se foutait pas mal de cette grenouille de bénitier. Ou alors, s'il l'a poussée, il a complètement occulté son acte, tellement il est obsédé par Agathe Weissberg. Tout est possible, mais on ne le saura jamais car il ne parlera jamais de cette chute, si meurtre il y a eu. Je crois qu'il ne regrette qu'une chose : ne pas pouvoir tuer Agathe Weissberg pour de bon. Ça doit être terrible pour lui de penser qu'une autre, une Marthe Behra dont il n'avait rien à faire, a trinqué à la place de l'ancêtre. Et, surtout, de se dire qu'il n'a pas su protéger Iris que sa mère lui avait confiée. Il voulait s'acquitter de cette double mission : venger Camille Weissberg et veiller sur la fille de Camille.

Elle se dit que c'est là que se trouve la ligne de défense de l'avocat commis d'office : la folie. Sans nul doute, il plaidera la folie et le communiste finira ses jours dans un hôpital psychiatrique.

— Bon, prononce Simon, tu as bien mangé, tu es une bonne petite élève, je suis content de toi. Si on passait au dessert ?

— Mais on vient de le prendre !

— Le vrai dessert pour moi c'est toi... et pour toi ? Tu veux te contenter du kugelhopf glacé ou...

Le cahier est demeuré sur la table, entre les assiettes où la glace est en train de fondre.